赵君豪

著

游尘琐记

中国文史出版社

图书在版编目（CIP）数据

游尘琐记 / 赵君豪著 . -- 北京：中国文史出版社，
2020.12

（名家游记）

ISBN 978-7-5205-2793-4

Ⅰ. ①游… Ⅱ. ①赵… Ⅲ. ①游记 – 作品集 – 中国 –
现代 Ⅳ. ①I266.4

中国版本图书馆 CIP 数据核字（2020）第 250954 号

责任编辑：孙　裕

出版发行：中国文史出版社

社　　址：北京市海淀区西八里庄路 69 号　　邮编：100142

电　　话：010 – 81136606　81136602　81136603　81136605（发行部）

传　　真：010 – 81136655

印　　装：北京新华印刷有限公司

经　　销：全国新华书店

开　　本：720 × 1020　1/16

印　　张：19.5

字　　数：184 千字

版　　次：2021 年 4 月北京第 1 版

印　　次：2021 年 4 月第 1 次印刷

定　　价：58.00 元

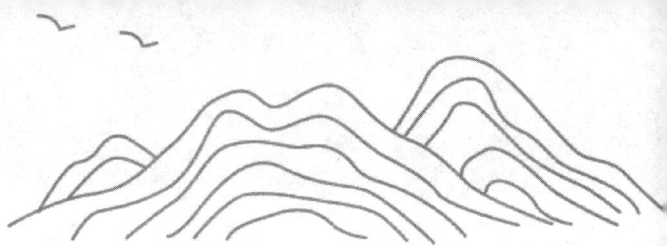

目录

栖霞山纪游   001

东北屐痕记   011

莫干山消夏记   139

京杭国道游观记   155

甪直罗汉观光记   197

南游十记   207

汉粤纪行   275

栖霞山纪游①

①　民国十七年作。

戊辰之秋，余有首都之行。先是余慕栖霞山名，拟专程往游，顾栖霞仅一丛林，初无旅舍，自沪前往，匪一日可还，无已，乃先作首都之游。盖首都距栖霞山甚迩，以为火车往，需时仅半句钟，而食宿较便，故游栖霞山者，以先至首都为佳。余年来萍梗江南，卒卒鲜暇，喧嚣城市，都无好坏。金陵虎踞龙盘，山川壮丽，国都初建，景象一新。兹获余时，清游三日，为计盖亦良得也。

　　余偕内子自沪以午车行，抵京正七时半，车行并未误点。出站后，遇本社招待，属雇一车，于呜呜声中，疾驰入城，先投西成旅舍，以客满见拒。继至安乐酒店、东方饭店等处，亦莫不嘉宾满驻，无室容留。余等此时徘徊道左，四顾茫茫，大有今夜不知何处宿之概。已而驾车者驰车至四象桥，得南洋旅馆，仅余室一间，为我等捷足得之。后此来客三五，均无容膝之地，怅怅他去。所幸此行行李不多，一镜箱一皮篚而外，并无他物，不则笨重累坠，为苦盖不堪言矣！室中陈设简陋，四壁萧然，亦有电炬，顾发光之微，仅如萤火，嗣念得此一室，颇非易事，草草进餐，亦栩栩入梦矣。据侍者言，旅馆来者，莫不夤缘奔竞，求是一官，终日舍缮写呈文请托函件而外，几无他事，故旅馆所居，此辈几占十之七而强，谋生非易，失业日多，余盖难言之矣。

翌晨，余等商略游踪，决先至莫愁湖。因雇一车，直向水西门外进发。途经花牌楼，至三元巷，此一段路程，已筑柏油马路，宽坦平整，无殊海上。惜路线甚短，扬鞭策马，不数分点，已匆匆驰过矣。途中经过朝天宫，传为吴王佩剑锻铸之所，未下车。已而出水西门，行一里许，至华严庵。庵北即莫愁湖，余初念际此清秋天气，莫愁湖畔，衰柳拂人，必有胜景流连者在，岂意胜棋楼上，四壁荒芜，莫愁湖中，湖水干涸，凄凉满眼，徒增人伤感耳！闻夏时荷花盛开，绿盖红裳，颇饶清趣，惜余未克见之。庵中楹联甚夥，佳句苦难尽忆。乌程杨兆鋆联曰："三月莺花，六朝金粉。半湖烟水，一局棋枰。"甚觉工整。湖以北为清凉山，环列若屏障，岭表晴云，殊多气爽秋高之致。华严庵中驻有军队，为数不多，有小贩无数，混迹其间，叫嚣跳踉，殊扰人清兴耳。出华严庵，便访粤军建国烈士墓，墓为民国元年光复南京，粤军死后埋骨之处。墓共二十，并列成行，松楸夹道，鸟声细碎，先烈有知，今日北伐成功，全国统一，当亦含笑九泉也。

莫愁湖之游既毕，驱车入城，折至汉西门，作清凉山之行。啼声嘚嘚，尘土扑面，亦告劳矣！余等贾勇登山，初不甚峻，亦无曲折，树木亦极稀少。余等直上山冈，至云巢庵，相传为地藏王肉身坐禅处，现庵中驻兵。出庵后，更贾勇至最高处，时天风甚劲，独立高冈，有飘飘欲仙之概！此处远望紫金山，了如指掌，孙中山先生之陵园，亦甚可辨，盖在紫金山半也。俯瞰长江，仅一衣带，风帆上下，历历可见，风物之美，如入书画。下山后，至清凉寺，寺后院内，有六朝古井，石栏已稍摧折，俯视井中，黝黑不可辨。寺南为善庆寺，内有扫叶楼，清初有龚半千氏隐居于此，龚托名扫叶僧，故名。外殿祀张睢阳像，殿旁即扫叶楼，楼上悬扫叶僧遗像。

膳后，余等另雇一车，往紫金山，盖专诚谒中山陵园也。首都市政府，现方筑迎榇大道，自鼓楼直达中山陵园。路线所经，凡民房有障碍者，一律拆除之。余等车轮所过，败壁颓垣，弥望皆是，不破坏盖无由建设，其顾此大路之早日告成也。过明故宫，下车瞻览，正南有门洞五，闻即明之午门，午门外正南有外五龙桥，门内正北有内五龙桥。是桥以北，即故宫遗址，亦即今日之古物保存所也。保存所有西式二层楼房一所，楼下一狭长之室，陈列寺碑井栏砖瓦之属甚夥。如报恩寺弥陀经塔、明隆庆井床、宋濂书鸡鸣寺甘露井、方忠文公血迹石、教坊司题名碑，以及各宫殿之黄砖。每一古物，均有极详书之说明，贴于一定制之木架上。游人读之，颇称便利。楼上分东西两部，陈列画像古器等历代古物，有明太祖像二，一则器宇轩昂，神采奕奕，一则鼻长嘴阔，造像奇突，或谓前者为盛年之像，后者似近晚年，余亦未遑妄揣矣。

去古物保存所后，自此道途崎岖，车行良苦，苟为程匪遥，余宁下路步行，盖车中劳顿，上下颠簸，有非笔墨所能言者，默念迎榇大道告成，汽车疾驰，当不致若是之艰苦矣。路行约一小时，中山陵园已在望，顾可望不可即，久久仍未至，仍前行久之，始达其地，车已弗能前进，余等遂下车步行。

中山陵园位于紫金山之中茅山南坡，东以灵谷寺为界，西以明孝陵为界，其南直达钟汤路。陵门辟三洞，门内有广场，闻可容五万余人。自此广场中瞻仰祭堂，仅见堂顶，自广场至祭堂，有石级无数。拾级而升，为一广袤之平台，高约四十五尺，祭堂即位于北平台之正中焉。自平台南望，诸山环峙，一水东流，气象万千，雄壮独绝。祭堂中作穹隆式，屋顶满布青天白日，正中者最大，仰首视之，似光芒四射也。地面铺红色炼砖，祭堂四壁，以花岗石为之，镌中山先生遗嘱及建国大纲，遗嘱即中山先生手书，建国大纲为胡汉民氏所书，中镀以金，至为悦目。祭堂后壁正中有铜门二，门内有圆形墓室，墓室中央，安置石椁，绕以石栏，中山先生之棺将置于是。

统观陵园工程，至为伟大，余等展谒时，尚未竣工，有工人数百，方于邪许声中，努力其工作也。陵园中有轻便铁道，有伟大之起重机，有连泥之驴匹无数。陵园驻有兵士，凡入祭堂展谒者，不得携杖，不得携武器，必须脱帽，唯携摄影器者弗禁，实则一入祭堂观其伟大气象，固已肃然起敬矣。守兵告余，每日中外人士，前来展谒者，相望于道，他日中山先生遗榇南归，葬典隆重，必在中国历史上，辟一新记录焉。

中山陵园之游既毕，归途过明孝陵，陵前有华表石兽翁仲，对立道旁，气象肃穆。余等下车，徘徊久之，时已黄昏，斜阳在山，颇不胜荒烟蔓草故宫禾黍之感！余为内子于石兽前摄一影，将以作此行之纪念也。前行过飞机场，及抵旅馆，已灯火万家矣。

此一日间，余等计游莫愁湖、清凉山、明故宫、中山陵园四处，奔走道途，未遑宁处。天下之乐，无过旅行，预计明日栖霞山之行，自谂犹可贾其余勇也。返旅馆稍憩，又雇车赴下关，八时许，车至花园饭店，满拟入浴更衣，得一静室，稍事将息，岂意花园饭店因股东有意见而停业，天下事之不可知，有如此者！江中灯火，耀江水作奇彩。回忆民国十一年，余北游燕鲁，亦曾于花园饭店小驻，时日匆匆，恍如一梦，抚今追昔，曷胜感慨！嗣至大新旅社投宿。

翌晨六时，侍者呼余等起，匆匆以车赴车站，晓风凄厉，为之战栗。余执业新闻记者，终夜搦管，非黎明不眠，非中午不起，计今年一年中，凌晨而兴，此尚为破题第一遭也。七时登车，不及半小时，已抵栖霞山车站。下车后，遂向栖霞山进发。

栖霞为一小镇,隶于首都,交通尚称便利,唯无人力车可以代步。自车站至栖霞寺,约三四里,有一新辟之砂泥路,沿途有木牌标语,似为勉励乡人者。余等沿标语而行,勿虞失道也。路旁衰柳拂秋,陇陌相望,为时尚早,行人绝稀。步行约二十五分钟,即抵栖霞寺。寺前甬道甚长,松柏苍翠,有池一,蓄水其中,水至澄澈,自此前进,即为弥勒殿。悬联云:"六朝胜地,千佛名蓝。"过弥勒殿,即为大殿,方鸠工庀材,大兴土木,此处万鸟争鸣,景况幽绝。过此即为方丈,小坐品茗,藉节行役。已而得一向导,盖寺中之役力者也。殿东为舍利塔,塔尽石制,上多石佛,相传梁武帝坟,即在是处。塔右为三圣殿,于山石击一巨穴,穹隆而深,中塑一巨佛,尊者告余,此活佛也。余戏呼活佛二字,即有"活佛"之回声,盖声入石穴,未能外输,乃复折而回也。其情景酷似西湖之空谷传音,后此游栖霞者,行过此处,曷弗一试呼之,必有如响斯应者矣!三圣殿之东北隅为地藏殿,小屋一椽,高仅逾肩,似乡间之土地庙然。

三圣殿后,即上山之要道,拾级而登,未以为苦。导者复者能撷拾野语,一一相告,旅中闻此,稍破岑寂。山中佳树葱茏,风景至美,峰回路转,遂至山腰,偶一驻足,则见我身已在万山之中;仅有白云,自绿树隙中冉冉而过,俯仰之间,疑非尘土矣!前行数百武,至千佛岭、纱帽峰。千佛岭在纱帽峰之右，系一巨石，上凿小穴无数，每穴供一佛，均以水泥为之。据云适得千数，因以为名。纱帽峰者形似纱帽，余详察之，果酷肖一僧帽也。此处风景佳绝，可望金陵诸山。大江一线，似一衣带水，导者云：清乾隆帝游江南时，以此地形势至佳，谓地有青龙，恐一旦飞去，故以千佛镇之，以存其胜，余闻言为之哑然失笑。自此前行得白鹿泉，泉仅一塘，自石罅中流出，终年不盈不竭，石上镌有白鹿泉三字，系明嘉靖四十年五月凤郡秀岩道人李定恭所立，余爱其字体遒劲，戏以白纸铅笔影得三字，归沪后用墨涂之，似未爽毫厘也。由白鹿泉前行，过清风剑，石上有一剑痕，唯已中断，闻有西人来此游览，拟凿之去，未果，然已因此受创，惜哉！左近有白乳泉，泉水已涸，闻乾隆曾取泉水制茗。

余等已行至山巅，以兴致甚高，未觉力竭，更努力前进，至三茅观，为栖霞山之绝顶，小屋数椽，中居一僧。自此四顾，可见虎山、龙山、象山、紫金山。大江更悠然在望，天风琅琅，大有化翼飞去之概。从三茅观折回，由南山下山，盖余等上山为北山也。过天开岩，二峭壁耸峙山中，自壁上窥，仅见天一线，与西湖飞来峰之一线天，盖二而一者也。乾隆南游时过此，有诗云："人自蒙茸得以深，豁然开处见天心。天心原在人心里，应向圣经章句寻。"下山后有珍珠泉，自此折入藏经楼，已下山矣。楼亦新建，前驻兵，故至今犹无所藏，楼下正塑佛，亦无所有，仅供中山先生遗像一，殿东有寮舍数楹，明窗净几，系供游客寄宿之需云。出寺后，余购得禹王碑拓本一。

栖霞寺为首都名胜之一，规模宏大，殊不亚于杭州之丛林，而住持之毅力，尤足可佩。盖凡兹新建筑，均数年募化而来，现住持僧犹在粤中化缘未归，目下处理一切者为寂然僧。

栖霞之游既毕，时已晌午，余等仍乘车返京，犹得赶乘午车返沪。

东北屐痕记①

① 民国十八年作。

黄海舟中琐记

　　余平生所嗜，莫过旅行。稍获余闲，辄谋他适；春秋佳日，必作清游，亦不自讳其痼癖之深也。顾以职务所羁，时日所限，风尘仆仆，数日即归。其最久者，亦未尝在旬日以上，而游踪所及，又尝止于苏杭，心甚憾之！乃者日报公会有东北观察团之组织，万里长征，为时匝月。余闻讯奋起，愿为执鞭，稍事部署，竟得同行。时日匆匆，舍我何速，兹者已倦游归沪矣。余既归，友人或询所见，愧无以应。缘撷拾此行细碎之事，略述一二于此，借以示我友人。信手拈来，无关宏旨，谬误之点，自谅万弗能免也。

　　余侪以五月十二日出发，至六月六日归沪，历时凡二十有六日。在青岛、大连、辽宁、长春、哈尔滨、天津、北平、南京各地均作勾留。最久者在北平，约十日。最少者在青岛、大连、长春、南京等处，仅数小时。此行以哈尔滨为终点。以轮船行者凡三日，为沪至青岛、青岛至大连。余均乘车，所经之铁路凡五。为南满铁路、东省铁路、北宁铁路、津浦铁路、沪宁铁路。团员最初为二十三人，中途先回者三人，留平者一人，分道者一人，至归沪时为十八人。此二十六日中，在佘山洋面时遇微雨，青岛至大连途中遇雾，至哈尔滨时遇微雨，余均晴朗，得以从容游览，殊幸事也。将发之初，朋侪聚语，或谓北国严寒，迥殊南土，此行虽不必备有重裘，然当携大氅一袭，午夜宵深，或拥此待旦也，余侪均深韪之。于是皮箧中，均置棉衣，隆起有如驼背。孰知登程而后，海洋气候，至为和煦，行抵辽宁，一切起居，无殊海上，且亢旱远过江南。顾视隆然者，渐有悔心，将赴哈尔滨之夜，余启箧出衣，以为今后或稍稍借重矣，庸知又有大谬不然者。哈埠近三年来，气候转变，已弗苦寒，日之苦寒，彼中士夫，多御白裕，气候之佳，与海上仿佛，至是同人多为懊丧，耳食之言，甚难凭信从可知矣。

在昔交通闭塞，长途如许，视为畏途，今则轮轨四通，初无险阻，千山万水，指日往还。此行自上海至大连，在青岛小作勾留，为程约五百英里，大连至辽宁，辽宁至长春，均乘南满车，行四三六英里，长春至哈尔滨之东省铁路，为百四十九英里；自哈折回长春，复以南满车返辽宁，为程约四百英里，辽宁至北平，以北宁车行，计五二三英里；自平至津，又若干英里；自津乘津浦车南归，计六五〇英里；由京返沪之沪宁路，计一九〇英里，综上所计，折为华里，其相去万里。自沪而青岛，而大连，均以日轮行，由大连而辽宁，而长春，则以日人夙夜经营之南满车行，余侪耳闻目击。有不胜其叹惋与奋发者。自长春至哈尔滨之东省铁路，大权仍在俄人掌握之中，景象虽殊，沉痛则一。及至一登津浦车，则面目又为之一变。此行二十余日，舟车所遇，每为触目惊心，吾侪细民，无干大计，揆诸经野体国之义，诚有不胜其激昂慷慨者在矣。

饭余扪腹，相与笑语，或有统计团员之年龄者，舍同行诸子未计外，日报公会之团员，凡十九人，以张继齐先生为最长，适得一甲子之年，周因心先生最幼，其春秋盖二十有四也，合计之为七百一十岁，每人平均之年龄为三十七，此外团员年龄，以在三十至四十间者为最多，此诚一极有趣味之统计也。

此外更有一统计，为此中之最隽永者，即团员之总重量是已。在辽宁时，参观迫击炮厂，见一巨大之秤，特建小屋以储之，其承重之板，则在屋外，物置板上，内机即知为若干磅，并有极准确之字码印出，丝毫不爽，参观至是，群立板上，计三十三人。李厂长入屋检视，知同人之总重量为二千二百四十磅，平均每人为九十七磅，实则余之体重，年有增加，最近为一百三十磅，今平均只得九十七磅，则其余之三十三磅，不知付予何人矣，一笑！

吾侪蒿目时艰，每膺悲愤，强邻环伺，四伏危机，此次北行，甫登海舶，在在都非，大有身适异国之感！首至青岛，以大连会社之榊丸行，榊丸舱位，虽不尽华贵，然一切设备，可稍清洁，较之江轮喧阗，机气逼人，直有天壤之别。沪青为程匪遥，国人并一完美之海船而无之，宁弗可叹！吾知抱此感者，非余一人也。

大连会社现有三轮，最稍完美，一为奉天丸，三九七五吨；一为大连丸，三八〇〇吨，一即榊丸，三四〇二吨，往来上海、青岛、大连间，每三日出驶一轮，例于晨间九时，自沪出发，翌日正午，即抵青岛。停数小时，薄暮启碇，次日近午，大连在望矣。次次订购舱位，运送行李，均由中国旅行社为之，吾侪单身登轮，了无顾虑，该社最嘉惠于行旅者也。

出发之晨，蒙蒙微雨，同行二十三人，先后莅止，九时在甲板上合摄一影，与送者语别，船离埠头，扬巾示意，盖不胜依依小别之思矣。船出三夹水，天风琅琅，海水泱泱，片叶轻帆，心目都旷。浮面作黄色，水似混浊，黄海之名，其以此欤？

余生平不惯海行，少须风浪稍巨，船身微有颠簸，渐觉不支，遂于甲板上疾走，或谓徘徊甲板，可无晕船之苦，初行之，似有微效。薄暮舟行佘山旁，风浪益高，余益弗能自持，自念与大海抗争，终属非计，唯有屈服耳，废然返舱，颓然就卧，船役语余，过此风浪即平。无风时经此处，亦稍不宁，矧在此际。入晚风更厉，浪愈激，案头茶器，相触有声，强自镇定，久亦安之。或笑谓余曰：八时后风浪必尤盛于此时，心知其伪，谈虎色变，中心不能无惴惴。所幸入夜而后，风浪渐宁，余亦栩栩入梦。翌晨沐浴更衣，海天一碧，浅屟徘徊，弥觉海行可乐矣。

神丸设备，虽弗及航行欧美巨舶之壮丽，然铺位安适供应周至，餐室中鲜花照眼，殊令人无海国之感也。轮中内容，有可为读者告者，有吸烟室，占地较广，沙发之属，布置楚楚，孑身寂寞者，多于此小憩，其有同伴三四者，可作叶子战，输赢不巨，亦聊以遣兴而已。座右有留声机，藏片不富，华尔兹尤足引人入胜。客有舞癖者，聆此一曲，无殊置身舞场，魂销午夜也。又有东西洋棋，对坐沉思，可益智慧，偶或枯坐，则室中备有中西报纸，若伦敦纽约之泰晤士，大阪之朝日；上海之申报；虽隔日稍久，然披阅一过，亦可消此永昼。

酒吧即在室隅，冷饮之品，呼取立至，仆欧敬恭将事，无稍忤客意者。吸烟室之左，不及十余武，有交际室，甚狭小，地衣尤美，室中置钢琴一事，坐具可敷十数人之用，案头陈列书报，日文最富，西文次之，华文最少，唯见东方杂志数卷耳，且非今年出版者。日文杂志有名 The Screen & Stage 者，印刷绝精美，不亚于欧美出版之杂志，余及恽子荫棠皆深喜之。交际室禁吸烟，入室者妇女为多，隐几一编，怡然为乐，故此室空气，视吸烟室为不同矣。使善抚琴者，叮咚其间，为境尤适，惜同船者无一为之，滋可惜也。

此外有隙地，辟为旅客写信之所，两端各置一桌，案头有信纸信封之属，笔墨兼备，旅客可于此作家书，窥窗一望，万象苍茫，斟酌于柔情蜜意之中，更包裹海天景物以俱去矣。舱中有以五榻位为一室者，有以三榻位为一室者，更有以二榻位为一室者，床毡洁白，不染纤尘，管理之佳，于斯可见。

舟中运动器具，甚复寥寥，仅甲板上有藤圈十余，用以掷远，为供儿童取乐，非所语于吾辈也。其他亦绝无仅有，即或有之，亦限于地位无足回旋。饮馔，三餐而外，早点午茶，与其他海轮，初无二致，不惮辞费，请一一言之；凌晨七八时，睡兴方浓，侍者叩门，以咖啡一瓯，面包两片进，客多于榻中食之，我华人风习，非漱口不进餐，西人则片刻尽之，且复请益，此殆习惯之不同，中西之异嗜欤。九时晨餐，食品数事，与普通所备者相似。十二时午膳，清汤数匙，尚称精洁，鱼类别具风味，甚可口，午茶亦于餐室中进之。晚餐视日间略丰。

余侪屡进西餐，深为厌苦，乃易日本饭菜，唯咄嗟间不能立办，必先嘱侍者准备。日菜亦人各一份，一汤一鱼，最为上品，饭亦可食，岛国风光，别饶情趣，舟中得此，聊以自娱。进餐由侍者击琴为号，一如置身先施公司，闻此琴声，见职员拥入电梯，登楼进膳也。犹有一事，余兹愿述之于此。某夕，赵君叔雍遗纸币四金，觅取弗获，淡然置之。翌日，吾侪在吸烟室闲话，一侍者以四元进。谓昨夜君等所遗，不知谁为失主，愿为还之。赵君以其诚实可嘉也，悉以畀之。侍者归此，固应尔尔，然丁兹叔世，风俗浇漓，史册所传，焉可望于今日，顾乃有是，不亦异欤？

离沪翌日，船抵胶州，海水澄澄，可以烛影，榜人谓再一二小时者，抵青岛矣，为之欣慰无既，其情状或稍似哥伦布之发现新大陆也。入胶州湾，苍翠峰峦，扑人眉宇，风物之美，如入画图，出舱摄取海景，遥睇青岛房舍，都作红色，鳞栉弥望，兼之绿水青山相映成趣，晚霞堆锦，仿佛似之。是晨十时，东北海军副司令沈鸿烈氏用无线电达神丸，表示欢迎之意，兼邀作崂山之游，吾侪以预定行程，仅留三小时，即复电婉谢，崂山之胜，系人梦思，匆匆舍去，滋怅惘也。旋复获接收青岛专员陈中孚氏之电，邀往午餐，船已傍岸，来迎者为数甚众。张剑初君代表沈司令致辞欢迎，张君前自巴黎归，海上相逢，乐数晨夕，兹者握手海滨，良用忭慰。余侪与欢迎诸君合摄一影后，即分乘汽车，向接收专员公署而去。车中四瞩，耳目清新，道路依山起伏，平坦宽阔，道旁树木葱茏，如驱车入园囿间。青岛汽车，去右而来左，与沪上相反，询之他人，始知前者德人规定如此，今沿而未改。移时车止，盖即昔之胶澳商埠督办公署也，壮丽高华，得未曾有门前广袤之地，杂莳花木尤饶佳趣。

余侪公署中小憩片时，即驱车至德总督署旧址，俗称为提督楼，居高临下，岸然雄峻，四周绿荫缤纷，处境清旷。室内布置，尤极堂皇，客厅之左，有一玻璃室，屋顶作穹隆式，室中有喷水池，弄珠溅玉，令人翛然。池畔更满置鲜花，备极绚烂。是屋适面海，地势尤高，余侪一造其巅，绿水青山，都来眼底，片帆远去，极目送之，吾知午夜潮生，浪花起伏，凭临呼啸，必大有可观者矣。青岛大学亦依山建筑，在提督楼之左，遥望见之。提督楼房舍甚多，现均空无人居，然于窗棂之构造，电火之装置，犹稍稍仿佛德人之宏规，于刚建之中，寓以婀娜之意。青岛迭经变故，此楼数阅沧桑，登览之余，良多感喟！闻昔者德人仓促去青时，累累者未及携取，及日人交我，则一切荡然，非复旧观矣。楼后尚有园林，日人强欲付诸公有，别立机关以管理之，设置亦稍异于往日。张宗昌、毕庶澄在青时辄寄寓于此，醇酒妇人，颇多秽史。某君谓余：此楼近益阴森，似有鬼气，夜半时号泣声，闻者毛戴，余亦笑而颔之。去楼，即应海军方面之茶会，海军驻青办公处，滨海。屋宇亦极阁伟，海中孤屿，厥名为青岛，上峙灯塔，一火莹然，海舶黑夜往还，以此为的，余侪因时间关系，稍进茶点后，驱车游览市街，辄复别去，顾念沈氏招致之殷，不能无耿耿耳！

青岛市街，以山东路为最繁盛，日人商店特多，高揭市招，各色俱备，经行至是，恍如置身三岛，道旁木屐声声，入吾心坎，不禁感慨系之！余侪到青，为五月十三日，其时济案虽已解决，而日兵尚未尽撤，在青日人，于埠头扎松柏之碑，缀以"惜别"二字，我国人见之，不知作若何感想也。闻德人旧制炮台依然存在，距公园不远，虽成陈迹，犹可观摩，乃以限于时间，亦未能往视。榊丸以余侪故，特在青多停一小时，忽忽归船。迎者复远送。埠头有售纸条者，各购一卷，纷掷船上，与余侪相与牵引，千条万缕，五色纷呈，薄暮海风，凉生襟袖，扬巾挥手，遂赋骊歌，盖不胜其别离之感矣。

陈专员中孚，赠同人胶澳志各一部，为袁君所编纂，都十二卷，一沿革志，二方舆志，三民社志，四政治志，五食货志，六交通志，七教育志，八建置志，九财赋志，十人物志，十一艺文志，十二大事记，于主权之变迁，政事之得失，典章文物，利弊情伪，莫不毕具，叙言尤见精湛。其首数语曰："胶澳，一商埠也，辖境幅员，不及一县，疆域公析，仅三十年，言其地不为广也，考其历史不为远也；然而德人租之于先，日本占之于后，合全国人民之呼号奔走，与二三友邦之协助援应，仅乃光复故土，迄于今兹，举世之人，鲜有不知胶澳者以弹丸一隅之地，而重逾千里之方州，以三十年之一瞬，而经过亘古未有之变迁，是亦特殊之史局矣。我国鉴复车之前失，顾来轸之方道，市政订有专章，全区辟为商埠，通贸迁于世界，保东亚之和平；诚以收复领土，此为前驱，世论纷纭，方以斯埠之盛衰，卜中国之治乱，关系之艰且巨如是！"不意此书告成之日，又有济南之变，胶澳首当其冲，吾人披诵斯文，其感艰为何如也耶！

大连印象

　　自青岛以至大连，海水皆作蔚蓝色，舟行亦极平稳，余侪以再隔一夜者，当抵大连，海行即告一段落。自大连以次，均车行，欣慰无限，有作叶子戏者，有剧谈者，竟夕尽欢，几忘晷刻。夜半，海中大雾，船行极缓，每隔一分钟，必拉回声一次，余已酣眠，竟为此声所扰，不复思睡。晨雾益浓，海天相失，侍役谓携烟卷者，请聚置一处，当加盖印鉴，否则登岸必纳税，同人乃尽出所有，积如小丘，每人携烟不多，唯以人众，乃成此状。往日自青至连，中午必达，兹以大雾，至午后二时，始于迷蒙中隐约见大连之埠头。时检验医生，已乘小轮来，而东北文化社代表沈能毅及四洮路局长周荃孙两君亦同乘登船，来相引导，每人各致文化社银质社徽一枚，招待程序一纸，拳拳之意，至可感也。又大连泰东日报社李仲刚君，先期赴青招待，与余侪同船至大连，厚谊尤可感谢。

　　午后三时，船止大连，而大连壮丽之埠头，乃入于吾人之眼帘。下船后，行经一广袤之候船室，其雄伟之大门，令人惊叹，石级三十余，作半圆形，读者识之，此号称东亚第一之大连埠头，乃日人侵略满蒙所予吾人之第一印象也。登陆即驱车作星个浦之游，车外四瞩，见道途之整洁，建筑之巍峨，知日人之所以经营大连者，无微不至。闻之某君，日人于其国内，其经营之苦心，不若大连远甚，大连而外，更扩其势力于南满线一带，观其设施，意存久远，一切建筑，坚固壮丽，绝非岛国之斫木为屋者所可比拟。余侪走马看花，所得如此，苟加以深切之研究，则必更有深切之发明，愿国人稍移目光，注意满蒙问题，斯则余所馨香默祷者也。

星个浦面海背山，风景佳绝，为大连唯一胜地。有临海浴场，有水族馆，有优美之旅舍，有幽倩之公园，盛夏避暑最宜。自连至浦，有郊外电车可直达，街道整洁，多为柏油路，途在山麓，初荦确也，以日人积年之经营，辟莽戒途，坦荡如砥，夹道植树，苍翠扑人；而山峦起伏，云木蓊翳，尤令人有世外之感。山为台子山，日人多称为大连之富士，以其姿态绝美，虽不终年积雪，其状颇似日本之富士也。山尘麓多华人别业，拓地数弓，杂莳花木，以幽曲胜。年来失意政客，捕逃军阀，均聚居于此，岁月悠悠，百年一瞬，缅怀往事，不知若辈之感想如何也。余侪之车，为一日人驾驶，余偶询以星个浦之地价，彼曰：二年前亦不甚昂，今乃奇涨。诘其故？则曰：中国之大人物，多来此寄居，故地价顿高，数年而后，或视今为尤巨，余闻言太息！继而思之，日人侵略满蒙，日益进展，固日人之处心积虑，无所不用其极，而吾国军阀政客之行动，亦未始不有以促成之也。

车行约半小时，止于水族馆，馆临大海，颇擅园林之胜。园多楼，残英遍地，时已四月，而大连气候如春暮，馆人言：早来三日，犹可见樱花盛开也。水族馆初无所见，仅为一游人休憩之地，余侪在此稍进茗点。座中可见大海，唯以浓雾，景物未可悉睹，良用惆怅！有顷，与同游诸子步近海滩，海水击礁，浪花起伏，远者蔚蓝，近者乳白，此处可作海水浴，风日清佳时，若叔雍、独鹤、际安诸子，必将跃跃欲试矣。海滩前有一小肆，售贝壳之属，制作精巧，以贝壳制为戒指耳环水盂之属，光怪陆离，备极美妙。有日女子二人司交易，唯索价奇昂，吾侪又无日币，故购者甚鲜。馆赠同人星个浦小册各一本，其上有七言诗一律，为岷源王永江氏作，题为晚游星浦，其诗曰："廿年乍得游星浦，四面山峦抱海溟，山窟云如仙出岫，音声潮似佛宣经；月光隐见随波白，树色高低夹道青；对岸遥看名胜处，中流拳石若浮星。"

出水族馆，作龙王塘之游，全市饮料之水源地也。仍环山行，风光旖旎；笑语风生，过温泉，至黑石礁，峰回路转，一水盈盈，山色波光，车驰一瞬，恨未能小作勾留也。车行未几，一峰当前，穿之而过，工程至巨。倏至龙王塘，下车，向守者说明来意，得入观。塘在两山之间，山泉均汇于斯，至澄洁，日人利用天然水源，筑巨堤以障之，复引至大连全市，用之不竭。堤以粗石混凝土筑成，作灰白色，堤身极高，计百二十五尺，底部亦大，建筑最美。自平地登堤，有一欹斜之路，以碎石细沙为之，滑不受趾，不宜疾走，缓步而上，宛然一长桥也。塘中波光潋滟，澄清见底，两山夹峙，水绕峰回，风景不殊，仿佛富春江上。清诗人徐阮邻咏富春江云：江回滩绕百千湾，几日离肠九曲环；一棹画眉声声过，客愁多似富春山。龙王塘虽不逮富春，然山明水媚，浓翠照人，偶诵此诗，令人远忆江南不置。

日人于堤上立碑，纪述堤工，余曾约略录之，兹记于次：碑镌（概说）堰堤八重力式粗石混凝土造十八石堤及土堤，总延长一百七十九间七分，集水面积二方里二余，贮水池容量一千六百三万二千二百吨，满水面积四十七万一千八百坪，水深最大七十五尺也。（堰堤本体）表面混凝土块，内部粗石混凝土积，长五百二十八尺，高（最大）百二十五尺，幅（顶部）十四尺，幅（底部最大）九十八尺四寸。（溢水部）表面花岗石积，内部粗石混凝土，长三百五十二尺，高八十一尺，底幅七十二尺六分。（土堰堤）长百九十八尺，上幅十七尺，参割勾配粗石张法张芝。（工费）金百九十万五百余圆。（着手）大正九年八月十九日。（竣工）大正十三年三月三十一日。

以上所录，系于最促之时间为之，余知必有谬误。统观此项工程费时三年有余，而工费又如是之巨，则其规模之大，设施之周，不烦言说。又碑上有"龙王呼雨"四字，山县伊三郎书，不知何所取义，殆亦欲附庸风雅者流耳。自堤下望，作一鸟瞰云树苍茫，暝色四合，天盖垂垂欲暮矣。到连未及半日，仆仆道途，不遑宁处，然所见俱使人兴奋发皇，惜以游程规定，即晚赴辽，未及一往旅顺，考察日俄战迹。至可憾也。

余侪既至大连，登岸之顷，空气闷浥，兼以浓雾不退，一望迷茫，呼吸间似有异样感觉，恽子荫棠曰：此盖港口气候也，沪人乍游吴淞，亦如此。伦敦终日在迷雾中，空气潮湿，尤甚于此。然在风日好时，海洋气候，于身体殊有益也。余侪龙王塘之游既毕，即驱车至大和旅馆（Yamato Hotel）稍憩。大和旅馆为满铁所经营，一切都从西式，辽宁、长春皆有之。房舍铺陈，可称舒适。大连之大和旅馆凡二，一在市内，一在郊外，吾侪于此，稍节行役，为时甚暂，馆舍内容，亦未细察，唯于客室中伏案作书，海程安堵，归报家人耳。其时最感不便者，即购取物品，必须日币，吾侪在沪，所携款项，泰半易成天津之钞币，唯不适用于大连，必先折合日金，于是进出之间，稍有亏损，实则于沪上易老头票（即朝鲜银行所发行之金币），预计用途若干，换数十元，至连购物，无所亏耗矣。大连风景书册，计十余种，若老虎滩，若星个浦，若旅顺，均别有专册，摄制印刷，都称精美，余一一购取之，用作斯游纪念。

余侪在大和旅馆约一小时，即赴泰华楼，应东北文化社暨大连报界之约，席次见泰东报赠夕刊一纸，吾抵埠之摄影及记事，均露报端，办事敏捷，殊可佩也。大连民众，于南中情状，殊多隔阂，同席诸子，都为大连各界领袖，于杯酒言欢之余，殷殷以国事相问，多以舆论为人把持，苦不得正确消息为恨。某君谓生平渴慕总理三民主义，唯苦不能一读，或诘其故，则以此间书局禁止发售对，即有邮递，亦必没收，故大连人士之欲求新知识者，殆不可能，余闻言太息！日人处心积虑，于斯可见。梅屋庄吉、头山满等，于总理学说，素所服膺，即在日人，亦多景慕，而大连当局反禁止华人研究，不几司马昭之心，路人皆知者欤？

南满车中谈片

南满铁路起自大连，迄于长春，干路四三五英里八。支路凡四：一安奉线，自安东至奉天，长一七英里八；二旅顺线，自大连至旅顺，长三七英里一；三营口线，自大石桥至营口间，长十三英里九；四抚顺线，自运河至抚顺，长二九英里九。干路支路合计之得六九五英里。南满铁路为日人侵略满蒙唯一之利器，一切问题，胥由此而起，征诸既往，以觇未来，南满铁路者，诚我国附骨之疽也。余侪乘南满车先后凡三次，自大连至辽宁，自辽宁至长春，复自长春返辽宁。其间以夜车行者，为大连辽宁一段，而辽宁、长春间之往还，则胥在日间，耳闻目击，有难已于言者。满铁全路，似为单轨，而一考其实际，则俱属双轨，盖车轨之短距离间，即敷设双轨，而双轨之长距离间，又有较短之单轨，车辙所经，凭窗下视，历历可睹，一旦有事，日人不难于一日间，尽化单轨为双轨。

吾当闻之，南满路之设备，举日本国内之车，未能望其项背，而日本举国之所瞩目者，亦无日不在此肥沃之南满，日人一登南满车，举目旷观，心慰无限。有失声而呼者曰，美哉斯土，此吾人之家也。其有更进一步者，益复强词夺理，杜撰若干证据，谓南满本非我有，一俟时机成熟，将以此意告之世界友邦。凡兹所述，俱为此行所得，使国人再不加之意者，若干年后，我人尚有置喙之余地耶？近顷南满铁道于东京开股东大会，通过本年度之决算报告书，计收入总额为二亿四千零四十二万七千七百五十二圆，支出总额为一亿九千七百八十七万四千八百万九十一圆，其利益金之处分，计政府之红利，年利五分三厘，共一千一百五十万九千二百六十八圆；政府外之股东红利，其一等者年利六分，计八百四十九万零四百一十圆；二等者红利亦得五分，计七百零七万五千三百四十二圆。为呼！如斯巨额，何莫非我之漏卮，又股东大会议决将社长副社长名义改称总裁副总裁，又通过发行社债七千万圆，其用途如何，吾侪拭目俟之矣。

南满车设备，一仿美国之普尔门（Pullman Car）式，坐垫以青灰色之丝绒为之。一旁座位较宽，可容三人，另一旁则仅有一座，均相向而坐，座旁各置烟具，车中清洁，无稍紊乱。余侪于大连未久留，赴辽之念转切，即晚乘南满睡车行，铺位虽有上下床之分，而地位无稍歧异，于是年长者居于下，余侪少年，乃不得不趋登上床矣。每一铺位，均障以帏幔，枕畔张有电炬，车声辘辘，弗眠者可取书读之。唯余侪以累日劳顿，黄粱一枕，魂梦俱驰矣。晨七时起身，朝曦上窗，微风拂面，心神为畅，群趋盥洗所整容，所中各物咸备，面盆尤精洁，殊无旅途之苦。吾于此更不得不一述车中之厕所，以为未乘南满车者告。车之两端，各有一厕，一作西式，即吾人平素所习惯用者；其一则为日本式，所谓日本式者，亦无他异，不过以两足登诸厕盆上，即吾国北方人士所谓之登坑是也。厕所门外各书厕字，并无男女之分，实则如厕者自键其门，后至者何以得入，男女分厕，望门却步，徒苦便急者耳。

吾侪所乘为普通快车，饭车设备，弗若急行车之完美，座仅十余，唯有分班果腹，车中早餐，西餐而外，复有日饭，如车布尼（即日本蛋炒饭）等，亦可一饱，草草不遑细嚼，后至者已相望于门次。回忆榊丸晨餐，一汤一鱼，兼具他味，并坐而食，相与笑语，直不可以道里计矣。然而此犹未足为病也，吾侪在南满车中且有枵腹半日之虞者，吾侪自辽赴长春已于先一日向满铁订车，乃届成行之际，竟无专车可得，顾以行程早定，势难更改，午餐未进，相率登车，而是车又无饭车，天复苦热，同人以一饮一啄，莫非前定，旅行之中，苦乐宁可预料。所幸沿途犹有"便当"，聊以充饥，所谓劳其筋骨，饿其体肤者，天意犹以为未足欤，一笑。"便当"者，以木纸片为盒，中储鱼肉海菜之属，另一盒满盛白饭，复有一箸，售四十钱，为价非昂，鱼肉均有腥味，吾侪强而后可，勉为其难，邻座日人则持盒大嚼，甘之如饴矣。

车中仆欧，多为日人，英语固所弗晓，而华语亦仅略识之无。偶有呼取，必声述再三，始得如命，间或语言不济，不得不助以手势，诵哑旅行故事，未当不失笑也。同人中能日语者，仅二三人，以人数众，呼取繁，在势未可一一传译，余侪遂深苦之。唯钱芥尘先生殊无此苦。钱先生虽在中年，但富于朝气，于英语日语，靡不研求，尤喜与我辈少年，谈笑为乐，钱先生尝自为谦，谓不善日语，然于车中，偶作日语，则指挥靡不如意。所谓香槟沙达，东布尼者，皆彼所指授，余侪曾亲食其赐，久而不忘者也。

余前曾言之，旅行之中，苦乐相济，始是真趣，吾侪自辽赴长，以"便当"果腹，腥秽触鼻，然于长春返辽之归途中，情况又大有不同。余侪在哈四日，以东省铁路之夜车返长春，抵长时尚在凌晨，南满车已准备在站，乘客尚寥寥无几，吾侪同行二十余人，悉得座位，其车后之瞭望车（Observation Car）中，亦占得数席。兼以辽方招待诸公，与吾侪相处数日，彼此渐稔，谈笑尽欢。瞭望车中置沙发六事，可容十余人，较头等车似尤舒适，车外景色，一望无际，远山近水，飞驰而过。此外车中又有一贵宾室，坐具精美，为一日人所居，方车离长时，胁肩谄笑而送之者百辈，均足恭相向，屡施敬礼，问之车掌，此君盖满铁会社之重要分子云。

吾侪于游观之余，饫聆当地人士之言论，亦多涉及南满，吐鲠为快，请再言之：今之人既莫不知有南满矣，实则满洲二字，为吾国二百余年前之古董，废置已久，乃有日人大唱南满问题，举世之人，因日人之名为南满者而亦南满之。吾人披阅地图，在中国版图以内，几何而有南满之二字耶？时至今日，最低限度，吾人应力辟南满二字，勿复再用，否则积习相沿，无可更革，若干年而后，此"南满"二字，必且高唱入云也。日本之侵略南满，以韩人为其先锋，资以实力，助以金钱，务使其深入腹地，而彼日人者，乃逐逐于后，韩人于其国内，既不遑宁处，一至此膏腴之土，得片刻之苟安，又何乐而不为。从爵渊鱼，为日人计，亦殊得也。犹有进者，国人近顷亦渐知注意东北问题，顾深知东北之真相者，尚属少数，至国人之组织团体，前往考察者，绝无仅有。唯日人注意东北，百倍于国人，考察团体，相望于道，以去年一年计之，日人以团体名义赴东北考察者，计二百五十余起，人数在一万零六百余人以上，其他以私人名义前往者，尚不在内。噫嘻！吾人闻此统计，不亦大可惊耶？其次，满铁方面每年所印之书报，汗牛充栋，不可胜计，其调查所得，视国人尤为精细，兹以一极微末之事言之，南满车中制有火柴，其上亦印有南满铁道经过之地图，异常精美，即此一端，可见日人无时无地，不注意此一片膏腴之土也。兹者俄人力图一逞，东北风云，日益紧迫，忧时之士，宁弗加之意乎！

辽宁杂记

辽宁初旅

余侪自大连乘睡车赴辽，翌晨八时到，下车晤朱秀峰、蔡彬抢诸君，出站后，由沈君能毅指挥摄影师为吾侪制活动电影，同人初本木，经沈君之导演，各有笑容，一行二十余人，至是尽为明星矣。站前备有汽车，风驰电掣而去。摄影师与余同车，俄人而善英语，余未悉其名，及后知之，反难记忆，同人中以其名颇肖番茄沙司，遂以番茄沙司呼之，番君未以为忤也。后此余侪游踪所及，番君辄挟摄影机相随，且曾同作哈尔滨之游。番君在车中语余，孰者为日本附属地，孰者为商埠地，及至商埠地交界之处，番君郑重语余曰：车行至此，即为商埠地矣。商埠地之马路，平坦宽阔，殊未亚于日人所经营者。道旁现亦植树，假以时日，则道路之美，必更有可观。

东北文化社为吾侪所预备之馆舍凡二，一为凌格饭店，一为中央饭店，两处相距咫尺，均在商埠地之三经路。余侪先至凌格，合摄一影，次即分配住房。凌格规模，颇似沪上之一品香旅社，陈设悉仿西式，每房均附浴室，现由俄人管理，故一切制度，雅有俄风。吾侪由沪出发，凡历三日，至第四日之晨抵辽，此日盖五月十五日也。此数日间，舟车上下，虽不患劳顿，然耳目所接，景象一新，经历之多，宛同旬日。一抵辽宁，即纷作函电，归告行踪，在凌格稍憩片时，应东北文化社之午宴，地址在光明俱乐部，相去未远，席次由朱秀峰君致辞，意简言赅，为状诚挚，其所以期望于同人者至切。

光明俱乐部为东北文化社附属事业之一，附有照相馆，由俄人周瑟夫主之，所摄诸影，颇富美术意味。餐室间置有电动留声机一座，佳片极夥，尤多跳舞之乐，吾侪进餐，仿佛置身沪上之郑脱摩盖一切设备，音乐而外，颇复相似，地板亦甚光滑，闻辽宁交际明星，辄于余暇，莅此一舞，而其舞场之狭长，与夫灯光之幽碧，又复具体而微，酷肖沪上之黑猫饭店也。席次晤旧雨吴敬安君，吴君于七年前在沪，时相过从，后此北游，音书久隔，乍见之未敢遽认，接谈而后，辄复失笑，吴君在法研究航空，盖一有为之青年也。

光明俱乐部之宴既毕，参观飞机场，途过兵工厂，广袤二十余里，车经围墙，非半小时不可，其规模之宏大，于斯可见。东北飞机，素驰盛誉，同人于飞机一道，非所素习，然观其设备之完美，办事精神之饱满，深为羡佩。至场，由飞机大队长殷勤招待，略述厂中设施与经过概况，即至各处参观，有一照相机尤极美妙，机之形式，宛似机关枪，可携至飞机上，在空中摄取照片，而此机之作用，又纯系练习瞄准开枪之用。盖空中战争，较陆地艰苦百倍，射击敌机，不易中的，必须习练有素者为之，庶几弹无虚发。此摄影机携至飞机上，自镜头窥瞰各处，凡窥瞰所见之处，即为摄影所及之处，亦即子弹所到达之处，故能以此摄影机在空中摄取照片而得优美之结果者，则此人亦必善于射击也。吾侪忽忽一观，并得用此机所摄之照片数帧。

转至机棚，陈列飞机至夥，有一极巨之机，其中备有厕所，闻可作为载客及运递邮件之用。棚外为广阔无垠之飞机场，时方有兵士数十人从事操练。场之东隅，停有飞机六架，吾侪至时，即分别试飞，盘旋云表，或上或下，或远或近，或振翮冲天，或张翼徐降，数机同飞时，又列作雁行，或以一机先导，两机在后，其距离甚为平均，诚神乎其技矣。番茄沙司君亦曾随行，摄制影片不少，将来银幕布之上，飞机翱翔，必大有可观矣。余侪本欲登机，于辽宁作一鸟瞰，唯以时间所限，未克如愿。出飞机场后，即驱车至东北边防司令长官公署访问张汉卿氏，车止，闻机声轧轧，仰首一观，盖顷间飞机，方翱翔未已也。

余侪既至长官公署，即由张汉卿氏延见，张氏貌甚清腴，奕奕有神采，即席致欢迎词，略谓：诸君子不辞劳瘁，来辽观察，欢迎快慰之余，尤深敬佩。此间招待未周，殊用歉仄！东北情状，各方殊多隔阂，今借诸君之力，使国内人士，稍稍注意东北，同时更希诸君子于视察之余，诇其不逮，使东北各种事业，得所更革，无任感幸！东北开化较属迟，一切交通，未臻便利，虽有丰美出品，亦局于一隅，东北之大豆，为唯一产品，世人当共知之矣，顾以交通闭塞，未能尽量输出。某次鄙人赴黑省视察，途经某县（按：张氏言其县名，唯记者已忘之矣），其地大豆产量，至为丰富，年有盈余，徒以交通梗阻，未由运输，乡民积豆盈仓，无可堆置，佐餐之余，用作爨料，虽暴殄天物，咎弗能辞，然供过于求，悬殊至此，亦未如何也。其次者即为木材，深山大泽，千里绵延，采伐无人，运输艰苦，综其原因，皆由于交通未便，凡百事业，俱因之而停滞。鄙人守土是方，弗胜艰巨，切希举国人士，群策群力，凡有可以助我东北者，东北之人，无不拜祷。诸君以观察所得，告之国人，其嘉惠于东北者，非浅鲜也。

张氏词毕，余侪亦即言辞，在庭前合摄电影，以留纪念。旋赴省府访问，屋宇恢宏，厅事壮丽，闻系唐少川氏在辽所建，二十年来未改旧观。投刺后，由高委员纪毅等延见，谈东北之特殊情形，至为详尽，当局应付，具见苦心。高君身御军服，谭次，于委曲求全之中，寓慷慨激昂之意，盖一血性男儿也。出署返寓稍憩，辽宁气候，视沪尤热，奔波竟日，汗出如浆，稍获片闲，相与喘息，吾侪少年，不济如此，唯继斋、蕴和两先生则精力甚健，谈笑自若，对之殊有愧色也。

张汉卿氏之宴会

十五日晚，张汉卿氏设筵长官公署，为同人洗尘，八时赴宴，先于客厅中小坐。厅陈猛虎二，经化学制炼，历久未变，黄色斑斓，猛挚如生，余侪之未见虎者，至是咸一抚摩之。移时入座，有朱秀峰、杨正之、王家桢、赵雨时、沈能毅诸君作陪，宾主凡二十九人，肴馔精美，主客尽欢。与余同席者为朱秀峰、张继齐、蔡行素诸君，席次交换对于新闻之意见，朱蔡两君所谈，言极中肯，于国际宣传，为人把持，尤慨乎言之。张汉卿氏款待殷勤，席次互有问答。

余以今夕何无演说为诧，正迟疑间，席将散矣，乃张氏起立，致其演词，其言曰："鄙人生平，有最反对者一事，其事维何，即于餐时演讲是已，一人演讲，多人停箸，于心殊有未安。兹者略有陈词，故于餐后为之。"张氏言至是，余侪为之辗然。少顷，张氏复续曰："此次承诸君不弃，注念东北，长征千里，远道来辽，钦佩已久。鄙人素极虚心，如个人有失德之处，或对于东北任何设施，有未尽妥善之点，至愿各抒高见，予以纠正。处世之患，病在虚伪，甚望相见以诚，期无隔膜。诸君为国内名记者，言论力量，足以转移风气，今者天下嚣嚣，思想庞杂，鄙人极盼于诚字外，再抱一稳字，庶可纠正一般青年之盲从心理。盖现在之青年，即他年国家之中坚分子，关系国家兴衰，至深且巨。诸君登高一呼，万山皆应，纠正之责，舍诸君莫属也。鄙人忝膺疆寄，任职倏尔一年，几无日不在痛苦之中，此一年中，殆无若何建树之可言。幸承诸君关注，惠然肯来，唯有将东北实况，请诸君一一观之，予以切实之指正，鄙人所企盼者也。"张氏词毕，由严君独鹤作答，旋即离座，分赴客厅稍憩。是夕张氏分赠同人东北大阅画册一卷，均亲笔签名，以为纪念。书册印刷精美，军容之整肃，典礼之隆重，可于书册中一一见之。

已而开映电影，番茄沙司君为同人所摄之电影，至是洗晒剪接告竣，亦同时开映，其手段之敏捷，与夫文化社办事之精神，可以窥见一般矣。电影开映时，先演映张氏阅兵影片，颇见精彩。次映东省易帜片，青天白日之国徽，飘扬空际，飞机数架，出入云表，盘旋于国徽之上，反复不已，足使观者兴奋，同人均为之鼓掌，此片摄制，颇富艺术意味，较之舶来影片，不多让焉。易帜之夜，张氏曾于北陵别墅举行跳舞会；中外人士鼓舞欢欣，鬓影钗光，一时称盛，影片中亦可约略见之。次复演映国际联盟副秘书长爱文诺氏在辽之影片，至是乃开映日间为同人所摄制诸景，以继斋、芥尘、竹平、蕴和诸先生特写，最为佳妙。独鹤、际安、叔雍、公振诸子，亦各美妙，须眉毕现，将来似可于好莱坞争一席地也，映毕，夜色已阑，辞谢而归，车中笑语，于顷间银幕情状，犹饶有余味也。

兵工厂与迫击炮厂

兵工厂之规模，余于"辽宁初旅"一文中，已略记其梗概矣。实则吾人于制造军械之事，全属茫然，一入兵工厂，正所谓一部二十四史，不知从何处说起。十六日晨赴兵工厂参观，穷半日之光阴，往还于各厂之间，犹未尽其十之一二，走马看花，殊无所得，矧余侪犹未能尽走马看花之能事耶？

兵工厂中，余今所能状述者，至为肤浅。入厂，先止于俱乐部，俱乐部为全厂员司燕息之所，其中高尚娱乐，无不俱备。余侪所经各厂，马达声震耳鼓，工人各有专职，方勤于所事，丝毫不苟。机器纤洁无尘，无极犀利，若重炮，若机关枪，均有专家主持其事，不特与西洋所制者无复稍异，且更就其弱点而加以更革，战争之际，颇著成效，此东北兵工厂之所以驰名于当世也。唯近年以来，东北兵工厂之产量，大逊于前，且更以一部分机器，改作制造工艺之用。厂中当局，以年来各处装置水汀，漏卮甚巨，乃仿为之，余侪观其水汀成绩，较舶来品殊无多让，盖东北冬季酷寒，装置水汀取暖，而水汀之需要，乃年有增加，是诚切要之图也。闻更将竭其全力，制造汽车，果能长此进行，则若干年而后，兵工厂不难变为极大之工艺厂，化无用为有用，化消费为生产，以原有之规模，做进一步之扩充，则今日之兵工厂，诚东北他日之富源也。

张汉卿氏素反对战争，而尤反对内战。后此余赴北平，据张子恨水语余云：张氏生平，最反对战争，而尤以内战最为痛心。张氏曾语西报记者，谓本人系一武人，主张非战，在不知者必以为怪，实则本人之反对战争，有极大之刺激，凡二：其一郭松龄倒戈之役，亲冒锋镝，效命沙场，炮火之下，死者尽属袍泽，以朝夕相处，亲如弟昆者，而相残至是，事后思量，辄为心痛！其二为郑州之役，民鲜盖藏，十室九空，举目凄凉，俨如鬼国，谁无父母，谁无子女，谁为为之，孰令致之，此皆战争之阶厉也。本人受此极大刺激，故深主非战，而尤反对内战云云，余闻恨水之言，于记参观兵工厂之余，因并述之于此。

出兵工厂转赴迫击炮厂，由厂长李宜春君殷勤款接，李君精明干练，于迫击炮多所改革，故有徽号曰"炮李"，与"市李"（市长李法权）并称，有辽宁二李之目。李厂长又有李兄弟之名，盖以其春秋未逾三十也。迫击炮厂创于民国十一年一月，先由英人沙敦主持其事，至十五年六月，李君奉命为厂长，重新组织，分五科三厂二所及卫队一队，其时沙敦去旧厂而入新厂，专任建筑事宜。至十六年李君又奉命将新旧厂合并，综理一切，沙敦亦即去职。李君以旧厂房舍简陋，乃将大部分迁入新厂，其特殊性质之装药厂及兵器科，则仍留旧厂，名为分厂，吾侪之所参观者，即新厂也。

新厂在工业区域，占地七十余亩，厂中设备与管理，均用最新制度，办事有条不紊，而工人工作游息，亦各得其所。工人一律蓝色制服，余侪参观时，已及中午，工人方下工厂，行动有序，绝无凌乱叫嚣之状。至其制品种类，为八生的装轮式迫击炮，八生的迫击炮弹，十五生的装轮式迫击炮，十五生的迫击炮弹，其八生的迫击炮，经李厂长三次之改良，虽大体形式，与老式无殊，然关于制造计划，选用材料，加大威力，及操作灵敏各点言之，实有推翻旧式之势。为便于行军起见，其炮车随时可拆可装，余侪旁立，未及一分钟，数人分司工作，便尔毕事。而其所用之驮鞍，不仅行之于陆地，兼可用以渡河。至十五生的迫击炮，亦经两次之改良，最新者每炮一门，可带炮车一辆，弹药车两辆。该厂经费，十六年度为二百六十余万元，近顷因全国统一，军备缩减，乃减至一百余万元。

李厂长舍富于机械之学外，行政方面，又复善于设施，惧工人之无以锻炼体魄也，设有工人体育部，一切球类，无不具备。防工人之疾病苦痛也，设有具体而微之医院，病室数间，备极精洁。其他又购图书以增工人之智识，设高尚娱乐以慰工人之疲乏。凡此种种，均合现代工厂制度。

李氏之言曰：本厂现以制造军实为唯一之目的，则行政上虽受军事机关之支配，其性质，则纯为工厂，故一切设施，俱依工厂原则，各种作业，皆按科学原理，对于制品，严格检查，以期精益求精。而职工待遇问题，尤深注意，盖自产业革命以还，世界情势，为之一变，劳资两方利害之冲突，遂成为今日最难解决之社会问题。本厂有鉴及此，常思谋其缓冲，以期弥患于未然，乃详考各国工厂情势，及职工待遇方法，按国际劳动法规，自动提高工人劳金，减少作业时间，其他之设备，亦复应有尽有，凡关于工人福利事项，力所能及，无不黾勉为之，余侪闻言，至为倾服。于其俱乐部中，各举香槟，为李厂长祝无穷之光明焉。

北陵之游

去厂至新车站，乘专车作北陵之游。北宁路以北陵距城较远，蜡屐者时感困苦，特辟支线，自新车站至北陵，历时约三十分钟，中途经南满站及皇姑屯站，每日往返各四次，车资有单程与往返两种，其单程者头等六角，二等四角，三等三角，其往返票则头等为一元一角五分，二等七角五分，三等五角五分。此外又有回数票，则自二十张始，百张止，票价更廉。时适支线告成，通车未久，途中引以为乐。岂意到沪，未及匝月，日人以是路营业发达，妒羡交并，乃有拆轨之举，交涉今犹未了，执笔至此，深用慨叹，不图日人之行为，竟野蛮至于斯极也。

余侪既至新站，车已备齐，局长韩寅阶君殷勤款接，韩君为名将韩麟春君介弟，英国格拉司哥大学毕业，学识经验，两均丰富，为国内有数人才，于车中述北陵支线建筑经过，至为详尽。更各赠北陵旅行指南一册，拳拳之意，弥可感也。

午后二时，至北陵，先至北陵别墅，别墅为张汉卿氏所建，苍松翠柏，精屋数楹，风物之佳，宛然图画。北陵现已由市府辟为公园，左近植松，凡数千株，张氏爱松，建别墅为公余游憩之所，唯近顷复以别墅捐赠市府，作为公园之一部分，独乐不如众乐，张氏有焉。别墅中陈设精美，书室尤幽绝，浓翠洒然，几席皆碧，室中藏书数百卷，若市政、工业、经济、宪法等无不具备，英日书籍，数亦不少，其楼上则卧室数间，余侪在墅午餐，餐后出游。

北陵即昭陵，清太宗文皇帝葬焉。太宗以天命十一年丙寅九月，即位于辽宁，改元天聪，后十年，改元崇德，定有天下之号曰大清，始造红衣大炮，用于军中，屡率师入关，并七致书明廷议和，内修政事，外动讨伐，神武天纵，用兵如神。以崇德八年八月庚午崩，年五十有二，十七年九月壬子，即民国纪元前二百六十八年葬于昭陵。在位时，即已命筑陵寝。昭陵之历史，迄于今兹，盖已二百八十六年矣。

北陵建筑崇宏，于首都明陵、北平东西陵，并垂不朽。出墅后，行数十武，即望见北陵正门。正门石级，雕镂精工，门前石坊巍然，雄视于前后左右者，有石狮凡十。圣德碑前，有石象石马，雄壮而生动，马象承以石座，座上雕刻，有组织之图案，花纹至雅，吾侪俯身视之，深致赞美，窃以为古之人，聪明才力，过今远矣。其右又有华表，以八角之石栏围之，华表之上，雕镂花纹，成波浪之云形，又复深浅有致，石栏上有小狮，数之得八，神态活跃。自碑前进数十武，于古松掩映中，入隆恩门，黄瓦朱垣，气象肃穆，自门拾级而登，北陵全景，都到眼底，苍苍郁郁，气势万千。墙隅各有角楼，似为守卫所居者。

下隆恩门，前进至隆恩殿，殿前石阶，或谓为玉阶，盖其石洁白而有青绿之痕，朱子秀峰言，此石乃玉根也。上雕盘龙，制作尤工，已毁一角，惜哉！隆恩殿之建筑，其美妙处在殿角之崔巍，与朱红之木柱，而承尘之间，绘画尤称精细。

辽宁当局，保护古迹，无微不至，于殿之承尘处，均以铁丝网张之，盖惧鸟巢占据，或损绘事也。陵内古松，约五千株，枝干屈曲，覆地者如张翠盖，秀拔者气势凌云，徘徊瞻眺，共话兴亡，思古幽情，会心不远，白山黑水之间，盖不胜其白云苍狗之感矣！来辽游观之乐，以此为最。李市长法权，更赠同人北陵画片，归后披阅，弥深感荷，赵子叔雍，以同人结伴来游，当留纪念，缘于题名册上为同人题名而去，其书法逼肖苏戡从之游者，见赵子之书，必联想余侪游北陵之乐也。

东北大学

方余侪车抵北陵车站，即遥见建筑物数座，巍然在望，屋顶均作碧绿色，或语余曰，此东北最高之学府也。余侪既别北陵，更驱车访问之。大学校舍，建筑甚新，故其结构，咸参照欧美最新计划，校址面积计二千余亩，隔绝尘嚣，复以地近北陵，景物清新，遂完全成为一大学区。

校长柳凤竹氏以大学状况见告：略谓本校创办，仅五年余，言其历史，不为久也，论其设施，有足为诸君告者。大学之下，现有文、法、工、理、教育诸院，院置院长一人，而以校长总其成，设备最完美者为理工两院，前者分五系，为物理、数学、天文、生物、化学，后者分六系，为机械、土木、建筑、电机、纺织、采冶。当大学成立之初也，于理工两院，即加意建设，唯以国内工科大学，寥若晨星，本校无所借镜，故开办稍感困难。然同人兢兢从事，数年以来，规模稍具，理工两院设备，前后所费，约值三十八万金。以言文法两院，则搜集中外图书，共五万余卷，约值十八万金，其中且有为世界所仅见之书籍，本校亦以重金罗致之。此外有工厂一所，各种设备，亦值七十余万金，工厂基金，为三百万。张汉卿氏最近复斥其私财百五十万，捐赠本校，用以建筑图书馆及礼堂之需。本校每年经常费约七十余万，现有学生一千六百余人，其中女生七十余人，此本校之大概情形也。

其次请一述本校之精神，本校因处境特殊，有特点三，为国人所不可不知者。本校与政治绝缘，数年以来，未尝因政治变化而有所牵累，张汉卿氏竭其全力以助本校，然本校之用人行政，张氏绝不干预，未尝荐一教授，送一学生。而教授方面，亦各尽其职守，未尝涉及政治，即兼授课程，亦未尝在三小时以上者，此其一也。本校教授，凡百二十余人，和衷共济，谋学术之发展，无党派之分，各人认清目标，明其职守，以发扬学术为前提，以指导青年为职志，且又未尝利用学生，以遂私图，此其二也。东省因环境关系，学生触目惊心，深知空言救国，于国无补，必也研究实学，储存实力，养成爱国精神，他日致用，庶几有效，故本校风纪诚朴，弦诵而外，未尝有大言炎炎，以呼号之声救国者，此其三也。总上三端，本校自认为特有之点，不揣简陋，敢告诸君，倘承指教，所欣幸也。

刘校长致辞既毕，即导同人参观各教室，若画图室、化学室、无线电室等，不下数十余间，余亦不暇记忆。其化学用具，最为丰富，另设化学用品室，学生试验所需材料，可赴此室领取，其教室中所用黑板，均就壁间为之，闻系某教授所发明，其中亦含有科学作用也。该校对于教授之待遇，较为隆崇，有教授住宅三十余所，每若干年可得休息一年，又尝与国内各大学交换教授，以求新知。又与欧美大学相约，于学术方面，时有相互研究之事。该校以经济关系，实习工厂未能遍设，但因东省方面工厂较形发达，假期之中，学生多往各厂实习，由教授率领，苟有所得，即笔之于书，用作参考。余侪于参观途次，值该校教授数人，均悃愊无华，未暇修饰，布袜青鞋，科头阔步，于此一端，可知东北大学之校风矣。

余侪参观甚久，天已向晚，该校学生，方在广场上作蹴球之战，其勇敢活泼之精神，尤足钦佩。归途值张汉卿氏，方于夫人作高尔夫球战，芳草斜阳，晚霞堆锦，伫立久之，由周因心君为张氏夫妇合摄一影。及抵凌格，已暮色苍茫矣。

余参观东北大学既竟，窃有感焉！东北大学开办未及五年，而已具若斯之成绩，揆其原因，不外数端，一曰经济充裕也。东省富庶，甲于全国，经费来源既裕，自无竭蹶之虞，建置房舍，采购书籍机器，苟有的款，莫不立办，东北大学之经济，即以工厂一项而论，其基金已三百万，则其他事件之易于举办，自不待言矣，此其一；二曰政治稳定也。东北一隅，历次参加关内战争，关外均无重大影响，而其政局，亦无若何变化，办学人员，均能安心治事，不存五日京兆之心，故能日起有功，蔚为盛业，此其二；三曰学风淳厚也。东北民风诚朴，莘莘学子，多能致力于学，学校管理，亦易于实施，刘校长谓该校学生颇知空言救国为无补，于是发愤求学，力储技能，于此一端，东北大学之进展甚速，此亦不为无因也，此其三。反观南中各大学，以言经济，则时虞不给，以言政局，则迭有变迁，以言学风，则嚣然尘上，呜呼，教育为国家命脉，处斯环境，纵有贤者，又奚能为？弗求有功，宁先引退，吾侪不能为办学者咎也。

凌格舞会

余执笔至是，回想歌舞团之小人，舍利朋，舍利朋，似犹洋洋盈耳也。吾侪团员，苟读吾文，或且失笑，在不知者，必将诧怪，实则身临其境，殊无足异，过后思量，乃饶余味，舍利朋盖小人之歌声也。吾侪抵辽之夕，即见一二小人，徘徊席下，身长二尺，眇乎其小也，然察其容貌，则均在中年，举动之间，又非幼稚，余曾私叩仆欧，查询小人来历，仆欧言小人有六，三男三女，为欧洲驰名之歌舞团，来此演艺，行有日矣。以观察团来辽，挽留数日，明夕舞会，当可见小人献艺也，余默识之。

次夕，文化社假凌格饭店举行盛大之跳舞会，辽宁之交际仕女，舞不莅止，兼有领团及外侨加入，仕女如云，中外毕集，舞场虽不尽华贵，然经沈子能毅之指挥点缀，亦颇楚楚可观。夕八时，偕入舞场，台上正演歌剧，余一视之，果昨日所见之小人也。小人演拿破仑与约瑟芬故事，神态毕肖，其饰拿翁者，胸佩宝星，倨傲之状，令人捧腹，而为约瑟芬者，亦复应付裕如，俯仰中节。演时相互歌唱，舍利朋，舍利朋，彼此相和，至为悦耳，台下之人，无不哗笑。剧毕，更携手作舞蹈，若却尔斯登，若华兹，均能与音乐符合。最可异者，此六小人身材仿佛，无分轩轾，真天造地设之小人歌舞团也。方演剧中，即有跳舞，吾侪治报业者素鲜交际，黄昏到馆，午夜归家，白日光阴，率多消磨于黑甜乡里，以是娱乐之事，无福消受，跳舞一道，尤未研求，对兹翩跹舞影，唯有坐而欣赏耳。场中空气浓厚，兴致淋漓；烟雾酒香，音波轻快，令人欣欣不倦，乐而忘返。夜阑就舞厅中合摄一影，始散。余侪摄影时，小人亦立台上，影里依稀，仿佛犹闻舍利朋也。

其后余侪赴平，车过天津，购阅津地报纸，于广告上赫然见小人之照片，盖小人团已先我辈而至津沽矣，又小人之年龄身长，余曾详纪之，兹录于此，以博一粲！计梅女士年二十二岁，身长二尺半，齐女士年三十岁，身长二尺一寸，贺女士年四十五岁，身长二尺二寸，衣君年三十五岁，身长二尺零三分，瓦君年四十五岁，身长二尺一寸，露君年十六岁，身长二尺零七分。又闻小人遍游世界，英皇日皇，均曾传旨嘉奖，佳其小欤？抑赏其技欤？亦异闻也。

无线电台

中国之有无线电讯，实东北开其先河，而东北之经营无线电讯者，金钱人力，两均可观，迄于今兹，盖已规模大备，臻于极盛时代矣。余侪以无线电事业，近顷日即发皇，建委会所属电台，已遍全国，言其时日，不为久也，言其效率，莫与京也。东北无线电台，开办较早，当有可为吾人一新眼界者，乃约期前往参观。团员之中，恽子荫棠又为无线电专家，吾侪对无线电略有所知，乐观之兴味亦不弱。东北无线电台管理处在故宫博物院之对面，故宫黄瓦朱垣，备极典丽，无线电管理处既逼近故宫，倘建西式巨厦，必微嫌其不类。当时主其事者有鉴及此，乃建议当局，将所有房舍，其外表一律建作宫殿式，内部布置，一仍西式，吾侪一抵其地，见管理处之外表，于三百年前之故宫，竟尔相似，色彩调和，盎然古趣，深以为美。

至处由李监督德言殷勤款接，延入客室中小坐，述东北无线电事业之经过极详，其言曰：民国十一年，大战甫启，山海关至九门口间，距离二十余里，消息隔断，行军深感不便，乃利用无线电以通消息，成效大著，是为无线电在东北发创之始。其后由工务处设通信一科，管理无线电讯，费轻效巨，于军事上固有莫大之便利也。迨战事平，稍稍扩充，规模粗具，旋根据华府会议条约，于哈尔滨将俄人经营之无线电台收回，俄台属旧式，其四副真空管者仅有一副，彼时遂易名为东三省无线电台，未几长春齐齐哈尔营口以及辽宁各地之无线电台，先从计划成立，于是在辽宁成立无线电监督处，以辽宁为总台，其他均冠以地名，如哈尔滨电台等是，此东北无线电台成立之大概经过也。

以言效率，自以辽宁总台为最大，其长波者为十二瓦特，可于新疆云南通电，唯于吾人努力经营长波电台期内，科学万能，竟不我待，而欧美又以竞用短波电台闻矣。而当局锐意经营，又挪巨资采购短波电机，短波发明未久，西人犹在试验中，而我方稍迟疑，即予采购，盖其时因我国与外人所订水线条约，至一九三〇年满期，期满而后，此无线电当为唯一之代替品矣。民国十七年间，又将十二瓦特者扩充至二十瓦特，其中有两台用作国际通报，可以直达俄日。至现今之所经营者，又有对美国直接通报之大电台一座，年底可以竣工。又南洋群岛及小吕宋之通报，亦日在努力进行之中，成功之期，会当不远。截至本年年底，当成立电台四座，计二十瓦特者三，五瓦特者一，至目下之长波，只有一台。而近距离之短波，约有二台，此电台方面之大概情形也。

无线电而外，兼营长途电话，自平而津而辽，无不通达，远至哈尔滨满洲里，亦均通话，苟有呼取，无不立应。又可转接至大连，凡平津方面欲与大连通话者，可先通话至辽，由辽转达大连，片刻可成，初无扞格。总计东北方面所经营之长途电话，迄于今日，凡一万八千里，此可为诸君告者。

李君言至是，导观各处，后此余侪赴哈尔滨，以《上海之报界》一书，未及携取，而又需此甚殷，急切之间，非由专足送哈不可。竹平先生曰：今可以利用长途电话矣；余乃于马迭尔旅馆中用长途电话，达辽宁，盖芥尘先生因足疾未能赴哈，仍寓凌格饭店，余至是乞其通话，果尔俄顷之间，所事均达，而《上海之报界》亦于翌日专人送哈，千里传音，晤言一室，科学万能，诚盛事也。总台营业股，布置楚楚，有条不紊。总台报房中，电员每人各得打字机一架，耳听手打，各尽其用。又有快机，分收信发信两种。且该台又自制短波发信机一座，除少数原料为舶来外，均用国产。此机余亲见之。监督处各室参观既毕，即赴一新建之屋，参观自动电话机，装置不久，规模亦宏。

至是监督处参观竟，吾侪利用时间，即赴故宫博物院及文溯阁一游，李君同行，勾留一小时，即赴短波无线电台，其桅杆巍然在望，闻高度计二百尺，短波电台中之设备，若配电板、短波变流机、短波发报机、发报真空管、短波 Water Cooled 真空管、抽水电动机、蓄电池等，均由屠总台长伯起一一指视，并略加解释，余侪均为了然。屠君和蔼可亲，盖三折肱于斯道者也。荫棠与叙乡谊，两专家握手一堂，共谋今后无线电之发展，言笑晏晏，余侪诚不胜其企慰矣。后又至长波无线电台，若充电机、长波配电机、长波大小发信机，余侪均得一一观之。在长波电台中，又晤旧同学庄君君达。告我无线电事甚详，兹可感谢。无线电台中又以京辽方面通电事务日繁，现专设一台，与首都通消息，将来拟再事扩充，余侪之所参观者，悉属辽宁总台，其他若长春、哈尔滨、营口之无线电台，闻亦大有可观，惜未能一一遍睹之也。

故宫博物院

故宫博物院者，清朝入关前之小朝廷也，其建筑规模，不逮北平远甚，唯其入主中夏，实以此为发祥地，于中国历史上，殊有深长意味。近人著作，罕见纪述，或有为世人所欲知者。余侪匆促观览，姑述所见于此，盖亦慰情聊胜于无也。

院由金息侯氏主持，由入口循线前进，浏览一切。初入凤凰楼下，陈黑熊皮二张，为乾隆十九年阿将军所献，熊均产自吉林。旋入殿，殿中亦有宝座，顾殿之面积殊小，几弗及中上人家之厅事。座前张屏，屏以沉香木为之，香气中人，近代罕见之物也。其东为永福宫，相传顺治帝即诞生于此。宫中现陈列各种乐器，庭前有祭天之杆，高不及檐。其他各殿，多悬历代帝王画像，系杨令茀女士所临摹。杨女士时亦在辽，其绘事之美，蜚声海外。宫中所陈画像，闻费时数载，始告成功，诚巨作也。其所列乐器，若编磬、簨虡、编钟、簨虡、方响、琴瑟之属，均为吾侪所不经见者，又有拍板一副，长逾一尺，与现代所用者相较，几大二倍，或谓于此一物，可知古之人身甚高大，不有巨掌，焉用此为，亦隽闻也。

宫中有旧春联数副，俱无足观，余犹意其一联云：云缦日华，治谋承燕翼；竹苞松茂，肯构焕翚飞；此项春联，盖与皇恩春浩荡、文治日光华同一意义。唯在当时，则歌舞升平，视为无上之得体文字也。

清宁宫中有斫肉板一块，大逾一小圆桌，此外又有铜五供，为三陵享殿内神牌前供器，而香炉烛台之巨，又绝非今代产品可及。宫中有子孙索，系以五彩之丝绳为之，相传每产一子，即于绳上缚一结，吾侪戏一计之，绳上之结，无虑数百，不知生女生男，若何区别，而夭殇之儿，又若何处置。

又陈列各种武器，最可异者为锁子甲，系以铁索连锁而成。沙场之上，一御此甲，则所向披靡，无畏枪矢。然估其重量，约数十磅，御此甲者，非勇猛过人，有力如虎，莫能堪是。他若纯正神枪，红衣大炮，均列置殿隅，时至今日，科学昌明，杀人利器，出神入化，视此神枪大炮，殊无足异。然在彼时，挟之长驱入关，固足震惊一世也。他如钺箭，为皇帝行围之用，亦有存者。

协平斋中有慈禧后手书心经一卷，前后绘二像，前者为慈禧后，作观音大士装，从者为李莲英像，作韦驮侍立状，余见而笑之。李君语余，宫中建筑，他无所异，唯有一事，大堪研究，即宫中各室，均备土炕，冬日生火，而宫中只有一总突出烟，聚百数十室之烟灰而纳入一管，此项工程，殊非易事，亦可见古人之匠心矣。

文溯阁

出院赴文溯阁，四库全书藏焉。文溯阁三字匾额，满汉并列，内悬一联云："古今并入含茹，万象沧溟称大本；礼乐仰承基绪，三江天汉导洪澜"。四库浩如烟海，每卷均恭楷誊录，书末书臣某某恭录，纸张墨迹，焕然如新，余侪抽阅数卷，未暇细览，余尤慨叹，不知几许积学之士，耗其毕生精力于此，然而不朽矣。书分若干类，每类均盛以木盒，庋藏满室，四壁琳琅，余侪居此积岁，恐亦难窥见其什一。

张汉卿氏前发大愿，拟重印四库全书，事垂举矣，卒不果行。张氏于席间详言其事，谓初意仿照原本，重为影印，工事之繁，期日之久，都所不识，唯估计成本，每部售价，当在万金以上，舍极少数之团体及私人外，谁复力能致此。即在寻常之学校于图书馆，恐亦难措巨资，购置一部，总计重印之费，非千百万金不可，用是踌躇，未遑印办。或有主张缩印者，将全书缩小几分之几，如是费用稍减，易于为力，唯此说殊为一般人士所弗取，以为庐山之面弗窥，毋宁搁置已耳。或又有主张选印一部分者，即择其珍秘之籍，照原本影印，其流传稍广者，则暂置之，此说亦有反对者，盖选印一部，类似断章取义，岂能取舍尽当，基上原因，重印之议遂辍。张氏所言如此，吾侪终望其筹具的款，成此鸿业，为吾国学术界增一异彩也。

四库全书告成于乾隆四十七年九月，总纂官为纪昀、陆锡熊、孙士侠，总校官为陆费墀。

辽宁省府宴会琐记

余侪到辽而后，游观之余，日有酬酢，尊前聚语，感喟良多，叹外侮之频来，悲国势之凌替，耳闻目击，罄竹难书。余于辽宁省地宴会之所闻，有不得不促国人加以注意者。是夕，宾主百余人，高委员纪毅曾有演词，在座诸公，亦多高论。高委员之言，尤极沉挚，其演词余曾约略纪之，略谓：

诸君远道来辽，从事观察，今日欢聚一堂，兹为荣幸，鄙人代表东北各方面敬致欢迎之忱，倘承随时指示，匡其不逮，尤为欣感。东北地处边陆，开化较晚，智识能力，两均幼稚，无庸词言，然而向上之心，进取之志，同属国民，初无二致。关内人士，于此间情状，因山川阻隔，未明真相，虽时有内地劳工，来此就食，但又限于智识，不能以其所得，告之他人。昔者梁任公先生有言：东三省逼近夷疆，形同化外，视为无足重轻，夫以任公学识，震惊一世，观念如此，矧在他人。诸君报界领袖,与论师导,于此实地观察,必能以一切真况告之国人,东省地大博物,开发之区,所在多是,必待全国人士,群策群力,共图发展,前途希望,方克有期。非然者同人力量薄弱,心余力绌,虽有富饶之地,亦无开发之方。至东省之亟须举办者,若葫芦岛之开辟,吉林镜泊湖瀑布,可利用水力,置发电厂,其力量足供东三省全部之需。其他若森林开垦以及松花江与辽河沟通,非合全国之力以为之,于事无济。海外华侨,每苦国内散漫,无处投资,实则来此与办事业,必有无穷之希望。诸君若此播之报章,引起群众注意,共谋启发富源,其嘉惠于东省者,宁有涯涘。

东省因环境关系,外交应付,良感困难,至愿国人移其眼光,注意于此。至国人组织团体,来此考察者,贵团而外,未之前闻。日人方面,则团体个人,考察者相望于道,以去年计之,日人考察团体,凡二百五十余起,人数在一万零六百余人以上,返视国人,又将何说?总理遗嘱有云:必须唤起民众,今者国人注意东北,唤起之责,舍诸君其谁?诸君此行,定能造福于东北也。

高委员之演词,语重心长,在座诸人,均为感动。余又与刘风竹氏略谈近事,知日人之所以侵略东省者,以韩人为其先锋,与以金钱,助以实力,而彼韩人者亦以地位关系,不得不为虎作伥,日人又复借端挑衅,遇事掣肘,唯东省民众,洞烛其奸,凡事均加隐忍,不复与较。东省出产,以大豆为大宗,农人辛勤卒岁，获利极微，而日人垄断其间，规定价格，大宗收买，农民苟不就范，则彼必操纵市场，使其折阅。日人既获巨量大豆，由大连运至西方，获利之厚，无可比拟。总计每年交易，日人获利，都在千万以上，至其经济侵略，则以朝鲜银行之货币为主，俗称金票，但金币一至日本，则又须为日钞，盖朝鲜银行之设立，纯为侵略东省经济之唯一工具也。

学生队

东北之学生队，即初级之军官学校也。其队址在老讲武堂，余侪由朱秀峰君之导，前往参观，总队长汲绍网君出而款接。学生现分八队，每队九十人，别为高初两级，年龄自十五岁以上，二十岁以下者为合格。其初级学生，年约十五至十八之间，而高级则在十七至二十岁也。程度则以高级中学为止，出路则海陆空均可，将视其程度与旨趣而分别造就之。所授科目，一如普通中学，更严密施以军事教育，军育完成之期，科学程度，殆亦完备矣。每周授课钟点，泰半与普通中学相同，独多运动。

学生队之组织，自总队部监督以下，有总队长，其次分训育、教授、军医、军糈、庶务诸部，所谓训育者，专致力于军事方面，而教授者乃致力于普通科学也。创办迄今，已及数载，其第一期毕业者多送入讲武堂，尚有成绩优异之学生，资遣出洋，法英美日均曾派遣，而所学科目，则航空海军陆军均备，盖以其性之所近，与夫学之所长，予以更深之造就也。

汲君复分别导观队部，地址殊辽阔，房舍铺陈，极形简陋。盖军事训练，重在刻苦，高堂大厦，非所以语于军旅也。余侪曾视察其寝室，每室之中，可容学生数十，两边置广大之榻，学生即并肩横卧其上，虽无长枕大被之风，而有风雨联床之雅。卧具则军毡以外，余无长物，床下庋置物品，人各一格，水瓶皮鞋之属，凡在学生，同属一律，其排列方法，亦复一致，绝无凌乱抛散之状。其教室中列有木橱，学生课业用品藏其中，排列书本，亦至有秩序，盖学生队一切行动，莫不富于纪律化也。时方午后，学生队适值饭罢，余侪行经广袤之膳厅，视其所食，皆属粗粮，教官队士，甘苦共尝，是亦难能可贵者已。此外复有医院浴室，设备完善，有条不紊。

至操场，适有学生六人，练习枪刺之法。盖一遇巷战，短兵相接，相距咫尺，不有敏捷之手法，何以杀敌。枪刺云者，由教官某君令两学生相对立，两人服装，一如棒球场上之健儿。面覆铁罩，胸盖厚甲，两手复御极厚之手衣，各持木棒，一若童子军之所使用者。教官下令，两人即持棒相逐，至剧烈时，复大声呼叱，以助威势，被击者即为败北。上下左右或前或后，均各有攻避之法，嗣由两教官击剑，颇有可观，莫分胜负，真一时瑜亮也。出队部至门外大操场，则学生数百人，方在上操，各有步枪。作纵横阵势，英气勃勃，军容整肃，余曾自念，国家有事，效命沙场，则此数百健儿者，不皆国之干城欤。

辽宁报界之宴

辽宁报界，于余侪之来也，屡致宠词，奖饰之言，类多逾量，实则余侪此行，志在观览，初无贡献，同业期许之殷，属望之切，唯有铭诸肺腑耳。将去哈尔滨之前一夕，辽宁报界诸君，宴余侪于光明俱乐部，谊切同舟，一堂晤对，尊前笑语，无限欢欣，而交谈之下，咸以新闻为的，仿佛毛锥在握，目送手挥，非复千里迢迢，置身塞外矣。

是夕宾主凡四十人，报界各宿王希哲、赵雨时、穆六田、陈博生等均列席。酒半酣，王希哲君致迎词，备述辽宁报界所处之地位，某方制造消息，淆惑听闻，国人不察，每为所欺，言之不胜慨叹。嗣由严独鹤君答词，于致谢而外，复多互相策勉之意。王君报界先进，辽宁三才子之一，工书，得者视若瑰宝。赵雨时君主撰新民晚报，以消息敏捷，议论正大，有声于时。赵君后与余偕赴北平，朝夕过从，几及旬日，性亢爽而正直，论事每求真是非，其有行为卑鄙者，赵君大声斥之曰，是诚狗彘之不若也。然而事过淡忘，接人和易。故余侪咸乐与之游，尊为长者。

报界之宴，未终席，与安区屯垦公署某君携与安区屯垦影片来，邀同人于膳后观之，某君亦于席次致辞，略述于安区之历史，盖于安区在辽热北境，东连吉黑，北邻西伯利亚，西接外蒙暨察哈尔，八达四冲，国防至为重要。且地处兴安岭南麓，沃饶之地，所在多是，山深菁密之间，宝藏兴焉。顷由邻作华氏督办屯垦事宜，邻氏为东北炮兵军军长，于郭松龄反戈之役，卓著勋劳，自主持屯垦事务后，亲率士兵，冒雪冲寒，于荒漠之中，躬执锄耒，复以进行之道，首在清匪，以安垦户，筑路以利交通，数月之间，斩荆辟莱，成效大著。计在与安数月，随时摄制影片，成四大本，深山大泽，雪地冰天，广漠无垠，从事其间者，若蚁屯蜂聚，勇猛无畏，望之肃然。又有蒙古居民生活情状，演来亦饶有情趣，传曰："十年生聚，十年教训。"二十年吴其为沼乎？敬请拭目以俟之矣。

讲武堂

讲武堂在东陵附近，占地辽阔，为东北军事人才之策源地，余侪既参观学生队，参观讲武堂之设施，更感必要。是日预定日程，除参观讲武堂外，当便道一游东陵，唯以午后须赴长春转东省铁路而至哈尔滨，行色忽忽，时间又极仓促，同人整饬行装为状至迫。故赴讲武堂参观者，仅张蕴和先生与余，约共七八人耳。而东陵之游，亦以时促而止，兹可惜也。自商埠地至讲武堂为程甚遥，在汽车中可半小时，天又酷热，余侪与致，初未稍减，既至其处，则讲武堂之规模，又远胜于学生队矣。下车后由监督鲍文樾、书记处长吴隆复、教官吴彤恩等招待至客室小憩。

鲍氏首述讲武堂之历史，其言曰：光绪末叶，东三省创士兵补习科，学生都属下级军官，授以军事学识，是为讲武堂最初之雏形。其后继续开办，略事扩充，至宣统初年，规模稍具。民国六年，因故停顿，七年始正式立讲武堂，司令长官张汉卿氏，亦讲武堂之第一期毕业生也。总计先后开办八期，今为第九期，九期之中，八期均在辽宁，唯第七期则在北平，当时讲武堂设备，移至关内，其地盖在皇城根也。八期毕业人数，约三千七百余人，迭次战争，已淘汰不少，本期学生，为数最多，约四千二百人。

在未明真相者，必且骇怪，讲武堂容此巨额学生，果欲何为乎？实则第九期开办之初，即退兵出关之际，当时因财力有限，饷糈难窘，不得不缩编军旅，以谋善后，唯是军队转战千里，相从有年，为长官者，谊同袍泽，未忍置诸不问，于是分别查核，其愿归家者，则给资遣散。其无家可归者，则暂加收容，授以高深学识，储为国用。其时又因官事机关，相继裁撤，均并入讲武堂内，于是收容人数，顿增如许，此亦不得已之办法。

本堂教材，多采自欧美，学员亦皆出身行伍，入堂须官事机关保送，然后收纳。毕业年限，当视其程度为准，成绩优异者，年半即可卒业，稍次者再加半载，务使程度相等，不得参差过甚。本堂办理有年，愧无若何成绩，山西之北方军官学校，有学员二千余人，规模宏大，教材新颖，方诸本堂之设施，盖远胜矣。

鲍氏词毕，导至各处参观，一切与学生队无殊，唯地面益广，设备更周耳。余侪以时已午，恐误乘车时刻，未克遍览，辞出。

辽宁结语

余侪观览辽宁，为时至暂，团体旅行，又缺乏行动自由之便，掠影浮光，乌足以言精密。虽然，有数语不能不于此补述者：

南满车站之附属地，纯属日人政治经营之结果，僧衣木屐，踯躅街头，满洲我土也，而视此反客为主之状于我辈目前，言之心痛，思之颜汗！街衢之名曰某某通某某通者，要为日本人所惯弄之手段，亦彼所必施之手段也。入商埠区，建筑殊恢宏，徒以巨商不至，犹未臻商业繁盛时期，入城则纯我老式商店矣。经营业务于是邦者，直鲁人居十八九，温厚敦朴，要为十八世纪时代人物，间有趋时之商店，而大多数固仍旧式者也。商店之于顾客，招待殊殷勤，绝无沪上商人之傲慢态，无论交易成否，入必肃立以迎，出必肃立以送，和气生财之商业格言，吾于北方之商界见之。

当地钱法，有大洋票小洋票铜圆票，其值胥低于硬货，故现大洋之值奇昂，各官署预决算以大洋票为标准，而商业上则以小洋票为标准，然金融界之所左右而操纵者为日币，俗称金票。日本在东三省推行其纸币方法，以朝鲜银行发生之金币为主。凡欲入日本国内者，须将朝鲜银行之纸币，易兑日本银行之纸币，盖日本国境内，固以日本银行之纸币为主，用意深远，亦可见其实力之如何矣。

辽宁不独为东三省政治中心，即交通上亦一枢纽，北宁铁路而外，南有安奉铁道，而南满铁道横亘其前，所谓四洮、吉长、中东、吉敦，胥循此轨以北进，日人网罗满蒙之野心，非一朝夕矣。

长春一夕记

自辽宁至长春，为程约六小时，南满车中之情状，前已纪述之矣。余侪抵长后，即赴各界之宴会，席中所闻，备极沉痛，际此中俄风云，日趋紧急，读吾书者，其亦有所感动乎。入席后，由长春大东报社社长霍战一君致辞，霍君之言曰：

于鄙人未发言以前，敢进一言，以质诸君，诸君此行，自沪而青，而大连，自大连而至沈阳，由沈阳而来长春，此行果有特别感想乎？鄙人敢言其必有也。兹请以此间情况言之，鄙人于本年一月，至京沪浙各地参观，于宴会席次，以本人所身受者，告之南中同胞。盖东北民众之爱国运动，未尝后于他人，如五七国耻、五卅惨案等，无役不与，唯以环境关系，备受压迫，言之兹可痛心！司令长官张汉卿氏，为一爱国青年，应付设施，均富于革命精神，与现代潮流，不稍相左，日人恐吓诱胁，无所不用其极。尝有某日人往见张氏，谓君方在青年，处目今之地位，当感若干困苦，日人愿竭其全力，以为君助，张氏闻言，殊为不怿，某日人方欲更有所言，则张氏已拂袖而起，日人处心积虑，于斯可见。

东北之最感困难者，即新兴事业，每受多方阻挠。即以铁路言，若于关内，舍筹款与筑外，他无所谓困难也。若在东北，则情势迥异，款告成矣，一切可以举办矣，而极大之阻挠，必横梗于前，使无进行之可能。以过去之事言之，日人举动，至堪发指，或谓东北为全国最富饶之区，斯语也。自表面观察，似尚可信，唯一究其内容，则东北经济，都为日人操纵，可谓为最穷困之区。朝鲜银行金票，流通市面，固无论矣，南满各站，无一不有日人之信托公司，随时可以左右金融，东北出产，尽在其支配之下。大豆利源，亦入日人之手，农人终岁辛劳，尽为他人作嫁，东北言论，亦在外人掌握中。

华人经营之报纸，不敌日人，盖日人所办之报，资本充实力足，每有事故，不惜张大其词，肆意挑拨。又复利用好奇心理，故作惊人之笔，是非颠倒，黑白混淆，扑朔迷离，真伪难辨，而日人之计售矣。日人又在南满沿线，设立学校。华人子弟之受其教育者，据最近调查，已送三万余人，言之下殊可骇叹。国人再不加之意者，若干年而后，将成何景象耶？吉林全省人口，韩人占十分之七，华人仅居其三，租地置产，鹊巢鸠占，长此推演，国亡无日矣。或谓中国统一，即可解除痛苦，其实统一而后，不为根本之谋，痛苦解除，期于何日？日本蚕食问题，吾人切肤之痛也。凡我民众，其如何淬砺奋发而解除之，不得不仰望诸君之鼓吹，以唤起国人之注意矣。

霍战一君之言既毕，继起演说者复有数人，均甚精警而透彻，惜余健忘，未能悉载，兹就记忆所及，约略述之。长春自强校长杨世桢之言曰：满洲名词，在二百余年前用之，日人复高唱于今日，吾人应力加纠正，不复再用。吉林二师校长谢雨天之演词曰：太平洋会议委员某日人，来东北考察，满铁会社请其讲演，某日人谓日本殚精竭虑，于此一片土努力经营，亦既有年矣。就事实言，东三省之公安、政治、经济、文化莫不在日本之掌握中，虽然日本竟以何策而取得之，日人亦无容词费，即就目下经营东北之事实，公诸世界，彼英美人亦未能否认也。日人之言，兹已露骨，余侪几不能忍受，其尤悖谬者，满铁会社某科长更唱荒唐无稽之言，杜撰若干证据，谓东省土地本非我有。此种言论，类似疯癫，本不值识者一笑。虽然余侪又安能默尔而息，应力加申辩，告诸友邦，非然者，太平洋会开幕，日人鼓其如簧之舌，淆惑世界之听闻，纵未能取得各国之同情，然于吾国已有若干之损害矣。吉林二中校长陆涵之言曰：东北地域辽阔，全面积约有五六省之巨，人口二千数百万，居民则汉人占十之八九，满人仅居其二三。汉人之来也，以困于生活，来此就食，昔之贫乏来者，未及数载，必成小康，积日既久，或且富裕，良以东北土地沃饶，出产丰富，日人之垂涎者以此。种种设施，皆图永久，试观其高大建筑，可历百年而不坏，存心在于久占，几视若第二故乡，观其行动，察其言论，固不难洞烛其奸也。以言南满铁道，固号称为单轨者，但一察其内幕，则数设双轨之处，反视单轨为多，一旦有事，则立时可化为双轨。南满沿线，有军对二十余万，换防士兵，相望于道，若辈一至中国，必先学习方言，熟察社会情状，盖不如是，不足以遂其阴谋也。外此应告诸君者，山东之张宗昌，几为举世之人所不齿，然而彼有一事，颇具殊动，其事维何？即鲁省移民东北是已。鲁省频年饥馑，重以苛政，民不聊生，其无衣食者，于万不得已之中，就食东北。以去年一年计之，鲁民至东北者，数在百万人以上，此百万鲁人，既至东北，有田可耕，不复思去，实予东北以极大之助力。盖东北地旷人稀，韩人长驱而来，乘隙而入，为害之大，不可胜言，鲁民来此，可遏乱萌，故张宗昌之为人，综其一生，无一是处，然彼能驱人来此，无意之中，获此效果，谓为具有殊动，不亦宜乎？张伯苓氏于东北情形，较为熟悉，彼之主张，以为欲救东北，舍移民外，别无良药，移民愈众，则收效愈宏。诸君舆论导师，社会先觉，幸以移民之事，宣告国人，行见东北之大，尽属同胞，实力既充，声威斯振，彼阴谋者，又安从而狡焉思逞欤？

哈尔滨见闻录

自长春至哈尔滨

余侪于长春小驻，为时至暂，市街情状，未暇游观，兼以时在昏夜，驰车一瞬，印象殊微，故于长春之事，无可纪者。既至车站，即登车东省铁路车，长春报界诸君，复殷勤走送，作片刻周旋，拳拳之意，弗能忘矣。

东省路车之格局布置，与南满迥殊。余侪所乘，为头等卧车两节，余前尝述南满车之车辆构造一仿美国普尔门式，客座铺位，设计精巧。而东省车则与欧洲火车甚相似，余侪所乘者，与国际列车无二致。每室有固定之铺位，有容一人者，有容二人者，有一室而容三四人者，至容一人者在余侪之车仅有一室。东省路车身极丽，其规模远过南满，唯清洁则似稍逊，卧室之外，有行道甚阔，旁置短椅，可以张合，凭窗坐此，远瞩车外，景物如飞。至卧室之中，陈一短几，几上置电炬，覆以红纱灯罩，灯下阅书，不费目力，至卧于上榻者，则枕畔别有一灯，随时可供启闭。榻位之上，一毡而外复有软枕。其清洁虽不若南满，然远过他路矣。窗帏多制以丝绒，唯强半污旧，此车初告成功，必极绚烂，兹虽稍有污损，但犹未减其壮观，余初意此行愈北，气候愈寒，登车而后，强半处自键其门，以为午夜宵深，或且寒气侵入，岂知辘辘车声，梦魂都适，一觉醒来，了无寒意。既抵哈埠，则风日之美，宛若江南，而气候之佳，且无殊海上也。车中仆欧，皆俄产，茶水供给，恪恭将事，唯以语言不通，未能呼取如意，告以英语，则瞠目不知所对，所幸此辈犹能略谙华语，尚无扞格之苦。

自长春至哈尔滨，约十九站。余侪所见者，为宽城子一站，其他较大之站，若窑门双城堡等等，都于梦中过去。翌晨七时，抵哈，欢迎诸君，已相候于站，相携而出，止于莫迭儿旅馆。

哈尔滨之认识

际兹中俄风云，日趋紧急，哈尔滨为东省路局枢纽又为此次事件之产生地，世界各国，万目睽睽，莫不注视于哈尔滨，而哈尔滨所传来之消息，尤足左右人之视听，哈尔滨之情势何如，国人痛切发肤，是不得不有相当之认识矣。余侪在哈，时仅三日，偶有见闻，亦复浅陋，兹姑就所知，约略叙述，或亦读者所乐闻欤？

哈埠开辟仅三十余年，最初有二三渔村，其地处吉林之极北，东南与阿城相接，西南与双城为邻，均县治也。论其面积，为吉林各省县中之最渺小者，初设县，由阿双两县各划地若干亩而成，居松花江南岸，渡江北指，即为黑龙江省矣。言其历史，亦不过数十年间。当前清光绪二十八年，乌苏里支干各路告成，俄人于哈埠肆意经营，不遗余力，哈尔滨之名，始微闻于世，彼时清廷梦梦，固不审主权丧失与哈埠之重要也。迨至光绪三十一年，中日订满洲善后协约，辟哈为商埠，始设滨江厅，处理民政，而中外商贾，复云集于是，市面愈兴，其名愈著。

泊夫民国三年，欧战爆发，苏俄革命，哈埠商业，一落千丈，我国于是逐渐收回中东路界政权，并设东省特别区，处理一切。吾友翟绍伊先生，供职哈埠甚久，曾与于接收市董事会之役。市董事会云者，俄人最后残留而侵我政权者也，及今言之，于俄人次第还我政权之事，犹复津津有味。大战终了，苏俄告成，中俄订立协约，东省铁路，中俄人员，各任要职，俄人于应得权利外，不得作主义之宣传，载在约章，凿凿有据。讵意俄人险狠，早蓄阴谋。我国于无可如何之中，开始作正当之防卫，世界果犹有公道，俄人复何说之辞。

哈埠地面，可分为道里道外与南岗（亦名秦家岗或称上岗）三大区，所谓道里道外者，系以东省铁路为界。东铁横贯哈埠，凡在铁道以西者，谓之道里，铁道以东者谓之道外。道里即昔日之俄国占用地，市廛栉比，大厦崇楼，为商业最繁盛之地，亦即哈埠精华所在。余侪步行道途，耳闻目击，都属俄化，街上行人，亦多俄产，其情状与海上迥异，小立移时，俨然置身异域也。至道外现属滨江县，多为华人住宅，南岗地面辽阔，风景优美，中外人士，多卜居于是。而特别区长官公署东省路局与车站，亦均在此。近数年来，该埠发展，有一日千里之势，兼以地处特殊环境之下，虎视鹰瞵，大有人在，前途隐患，非一俄人已也。

哈埠地处边疆，形势扼要，水陆交通，无不便利。其所以成为世界名埠，群加注视者，亦自有故。哈埠居松花江南岸，其商业区域，即为昔日江岸，货物连输，极臻便利。松花江发源于小白山，至吉林同江县而入黑龙江，长凡二千七百余里，哈埠适居其中，故上下游之货运，莫不集中于此。以松花江之上游言，则自哈沿江上溯，可航汽船，达扶余、吉林等地，入支流嫩江，以达黑龙江之内地。自牡丹江南行，又可及吉林之腹部。至其下游，则吃水更深，航轮益便，可至依兰、富锦、同江、伯利、瑷珲，入黑龙江而出太平洋。若由伯利南行入乌苏里江，则又可达中俄交界各埠。

以上所述，仅就水通而言，其交通之便利，既已如是。至其陆路之往还重要，更不待言。东省铁路横贯哈埠，西上直达欧洲。自巴黎至哈，为时仅十有二日，自莫斯科至哈，则仅七日，欧亚交通，此为孔道。由哈南行，经长春辽宁而至大连，遂入黄海。更由辽宁而至平津，亦甚便捷。至海参崴又在太平洋之滨，为东省路起点，由此观之，哈埠水陆交通，错杂纵横，四通八达，莫不以此为集中之点，则其形势之扼要，前途大有发展，岂烦言说。不特此也，凡北满蒙古之出口货物，亦先汇集于此然后运往海参崴及大连，故哈埠在北方之重要实远过于南方之上海。而每年出口货物之价值，必超过入口，近年更突飞猛进，有加无已。

且哈工商业，无不发达，最大之工厂，若榨油厂、毛织厂、面粉厂、胶板厂等，均有极伟大之厂基，极新之机器，与夫优美之出品，且此类工厂，什九为国人所经营者。哈埠因出产丰饶，生活优裕中下之家，其物质所享受者，较之南方，极形超越。故工人之工资，亦甚优厚，至商业亦因交通便利之故，欧美货品，无不应有尽有，其货物之新奇，或且过于上海。道里一带，商店林立，多由西人主持，其舶来品大率来自大连。最大之百货商店，若秋林洋行等，虽不及先施永安，然亦电梯上下，百货骈陈，极尽仕女如云，陆离光怪之致矣。哈埠近数年来，各项企业，一日千里，其未开辟之地，有三分之二。哈埠货款，息金最高者，可得七分，最低亦得三四分，且有人愿作担保，余曾研究其故，则借款者借得巨资，从事于工商业，其胸中已有若干把握，盖哈埠不营商业则已，如其为之，稍尽心力，无不获利。某君语余，哈埠进步，昔者可谓为与年俱进，今则发展益速，可谓为与日俱进矣。

文物研究所

余侪于参观文物研究所后，深致叹异，何俄人蓄意之险，而谋我之亟也。文物研究所为东铁附属事业之一，曩由俄人主持，其中所有，舍书报外，多属秘密文件，于北满蒙古之山川形势，人情风俗，出产物品，莫不一一调查，至为精密，其中所言，泰半为我华人所未及知者，而俄人竟一一调查之，制为标本，总成圆说，一室之中，了如指掌。在表面观之，似为文化机关，但考其实际，俄人用心，果何在耶？自东北当局收回东铁侵占之主权后，文物研究所亦同时接管，其初未重视之，嗣后稍加考察，发现上述文件，始知俄人之阴谋，固无往而不用其极也。特区教育厅长张国忱氏洞察其害，力主改归华人管理，将其文件一一收藏，其他陈列，仍存其旧，每日开放若干时，准许民众入内观览，使成为一完全之文化机关，将来即改为东北文化社之分社，意至善也。

余侪到哈后，由张厅长导往参观，其规模不甚宏伟，然陈列之品，类多精细，其楼下一室为书报室，均属俄文，先于客室中稍憩，由某君演说，述明接收文物研究之经过，次即导吾等登楼观之。其中约分四五室，有一室陈列瓜果标本，异常美观，有数种多为南人所未习见者，而每一种类之上，又签注说明，阅之一目了然。塞外皮革，素驰盛誉，所中又罗列灰鼠狐欸之属，陈诸玻璃橱中，其物殊属名贵，价亦不资也。另有一室，陈列大豆标本，盖大豆一物，东省所产，最为富饶，余侪观其标本，则东省所产者，其结果至为茁壮。室中又有一极巨之地图模型，隆起者为山脉，低洼者为河流，浓密者为森林，坦荡者为平原，俄人均实地考察，匠心制之，大好河山，任人测绘。吾人于观之余，感喟久之！而俄人侵略北满之初心，亦昭然若揭，苟非欧战爆发，帝俄覆亡，凡此种种，均俄人制我死命之工具也。

此外又有一蒙古人之模型，形态逼肖，与兴安屯垦区影片中所见，足资印证，初无二致。蒙人张幕为家，模型制蒙人之家庭，老幼男女，围炉而坐，其老者方吸烟，座旁炉火熊熊，为状若在冬日，吾人初见模型，疑在荒漠，继而观之，辄为失笑俄人技艺，亦殊可惊也。

特区哈尔滨电话局

东北之长途电话，计长一万八千里，其通话之敏捷灵妥，余已纪述之矣。到哈日之午后，赴特区哈尔滨电话局（即道里电话局）参观，由东北电政监督蒋斌，局长沈家桢主任，工程师黄君可诸君招待，屋宇至精美，新式自动电话机与海上近顷所装置者相似。最近约有三千余号，将来拟扩充至五千号，其以三年，可告成功，目下方在进行之中也。

余侪于各室参观既竟，即入厅事稍憩，厅事至轩敞，光线尤极明朗，其中满布国旗，相继入座，由蒋监督起立致欢迎词，并述哈局之沿革，番茄沙司君既随余侪到哈，至是即在此厅事中摄取电影，于是同人之一举一动，又上银幕矣。

按哈尔滨电话局原为中东路局越权经营之市内电话房，开办于民国七八年间，创办之初，仅装手摇机，民国十一年，营业发展，改装自动机，彼时电话局之业务，一切由俄人把持，华人固无过问之权也。迨至一九一九年七月二十五日，苏俄政府外交部发表宣言，谓东省铁路及前俄侵占中国之主权，一律无条件交还中国，我方乃根据宣言，于十七年十二月二十二日，经蒋监督奉东三省政府命令，以迅雷不及掩耳之手段，来哈接管，收为国有，遂改组为哈尔滨电话局，俄人虽欲反抗，然以我方布置周密，亦无可施其狡展矣。

该局就行政系统言，现隶属于东省特别区。此外滨江区域（即道外）亦有商办电话公司，与道里电话局（即特区之哈尔滨电话局）初本各自通话，不相联络，道里电话局既为中国接收，遂谋联络，借便交通。乃于本年二月，商订联络合同，自三月一日起，道里道外两区域，开始联络通话，又以哈尔滨长途电话局归并特区电话局，同时又与哈尔滨满绥长途电话局联络通话，自兹而后，特区县境市内长途以及中俄国际间，举凡电话所达之处，俱可由特区电话局之电话通话矣。该局又以从前所订章则，利益偏重于俄人，收回后次第修改，借杜漏卮，而重主权。

又以哈埠商业，日益进展，此后电话业务，必远过今日，故蒋监督、沈局长、黄工程师正力谋扩充之道，冀与津电话事业媲美。蒋氏等从事电政甚久，富于毅力，数年而后，吾侪再来哈埠，则今日之理想，必一一实现矣。该局之通信网：东至绥芬河及海参崴，西至齐齐哈尔、满洲里，东北至巴彦，北至海伦、拜泉、吉岗，南至陶赖昭、长春、辽宁，可谓无远弗届，余侪参观之余，深叹为南中所弗可及，时至今日，沪宁虽已通话，而沪杭一线，犹未告成，至愿当局速起努力，庶与东北电话事业并驾齐驱也。

东省铁路管理局

于未述东省铁路管理局之先，应先略述东省铁路之历史，世人于东铁沿革，容有未知，不惮烦琐约，约略言之。在十九世纪之末叶，欧俄经济实业，日趋发皇，而西伯利亚与远东，各处极端，地角天涯，宛同隔世，于是俄人发其雄心，与筑西伯利亚大铁道。自一八九一年开工修筑，至一八九五年，复提将路终点，达于远东，拟由赤塔经过司列青斯克、顺石勒基河至彼克罗夫斯喀牙站，再行循阿穆尔江沿至伯利，以与乌苏里铁路衔接，将全线成一弓形。唯以路线过长，工银费巨，于是更有主张在此线修筑后贝加尔铁路至彼克罗夫斯喀牙站，而阿穆尔亦然。但此间又层峦叠嶂，气候不良，施工非易，最后俄政府始主张假道中国北满，修筑支线，以西伯利亚大铁道衔接，东连于太平洋之滨。盖假道中国可省一千一百十一华里之路线，行程运输，两均便利，兼以气候温润，出产丰饶，非若阿穆尔之荒漠无垠，尽属不毛之地也。

议既定，适一八九六年（光绪二十二年）俄皇尼古拉二世行加冕礼，清廷派李文忠公为祝贺专使，俄政府因假此机会，向李开始谈判，李主不可。彼时名儒张正恭亦著论辟之，谓远东民族，均惧俄人，其事遂寝。同年五月十八日，中俄缔结中俄银行董事会协定，至五月二十二日订定中俄莫斯科条约，按一八九五年，中政府向俄借款，遂成立中俄银行，协助中国经济财政商务实业之发展，法国银行家亦代销股票，至是中俄银行董事会协定既成，华俄道胜银行遂据此协定，获得东省铁路建筑权。该银行对于俄政府，负有修筑东省铁路之责任，组织特别股份公司董其事，文忠亦遂同意，唯声明修筑之路，不得名为满洲铁路，应名为东清铁路，俄人允焉。及至民国成立，改称中东铁路，民国八年易称东省铁路，然俄文则始终未易，译其意盖为东省铁路也。

按照合同，该公司管理东清路之期限为八十年，但自开车之日起，至卅六年之后，中国得给价赎回，至中国政府与华俄道胜银行最后所订立之合同中，其时盖为一八九六年八月二十七日也。一八九七年四月，开始建筑，中经义和团运动，困难孔多，直至一九〇三年（光绪二十九年）七月，全线虽未完全告成，即移交于东省铁路管理局。于是钱路营业，正式开幕，运输载客，日益进展，收入之佳，莫可比拟。

迄至日俄战役告终，于一九○五年（光绪三十一年）八月二十三日，订朴次茅斯和约，将东铁路南线自宽城子达大连一段及其支线，计长一千三百二四里，并大连港埠之设备与权利，悉行割让于日，而东铁自丧失大连港口后，运输货载，无路可出，乃改运于海参崴。及该埠于一八九七年建设之西南崴子，适斯时乌苏里铁路租归东省铁路管用，因是北满货运，无庸倒载，而得经达海口，军事告终，营业亦臻臻日上焉。

民国三年，欧战爆发，东铁营业，一仍其旧，未受若何影响。及至民六孟秋，俄国革命勃兴，卢布大跌，财政情状，甚感困难，尤以民国九年为最甚。盖俄国政变以后，外国军队，转运如麻，纸币则日见低落，东铁用去材料，均须补充，而铁路现状，又须力加维持，纸币既日趋低落，几于不名一钱，乃改用金卢布为本位。是年秋，外国军队撤退，货运增加，一切稍后旧观。迨苏俄政府成立，先后订立中俄、奉俄协定，将东铁职权，重加划分。不图俄人居心叵测，最近竟借职权为护符，阴谋作种种之设施，当场戈获，证据确凿，我方理直气壮，是非所在，国际间果有公理，不难立判也。

以言东铁管理之系统，则以理监联席会议为最高机关，理事会主席，即为督办，理事会之下为路局长，局长一，俄人任之，副局长二，华俄各一。俄副局长之所管辖者，为地亩处、材料处、车务处、机务处、工务处、中央图书馆、东铁路立各学校、医务处、兽医处、房产处、天文台等。华副局之所管辖者，为进款处、电务处、恤金处、华俄秘书处、印刷处等。权衡轻重，俄人所处之地位，实优越于华人，而俄人犹复不知自敛，图谋不轨，诚所谓别有肺肠者也。余侪至局参观时，由俄局长率领员司，一一款接，聆其言论，未尝不冠冕堂皇也，孰知余侪南归，未及匝月，竟有此次之变，可知彼辈蓄谋甚久，随时随地可言亲善，亦随时随地可以谋我也。

管理局屋宇宏大，内部分处办事，颇具规模，在事人员，无论中俄，亦均朝斯夕斯，异常栗六，盖吾侪观察东铁，不能仅以一单纯之铁路机关视之。盖其内部组织复杂，所办之事业亦甚广，在在与政治经济商业民生有关，而各个人所办之事亦弗限于铁路方面也。在职人员，待遇优厚，为国内各铁路冠。某君告余东铁附设医院，在路人员及家属，如因疾病而入院，一切免费治疗，固无论矣；即在邻人，亦可同被其泽，免费入院，此其宽大，远非他路所可企及。

管理局中，另有一室，专储卢布，即俄国革命时所积存者，论其价值，约在数千万以上，今则成为废纸，与德国之纸马克，盖可等量齐观也。东铁机车，据最近调查，为五百十三辆，客车共有七百十四辆，货车共有九千九百十一辆。至往来旅客，以民国十六年之全年计之，为四百四十五万七千六百零四人，所有附属事业，若商务事务所、学校、医院、林场、旅馆等，均著成绩，余侪均不及一一观览，唯工科大学曾抽暇一游。

工业大学校

余侪参观东铁管理局既竟，即作工业大学校之游。大学校长刘哲，未在校中，留书同人，借示欢欣，既至校，由副校长俄人乌斯特鲁国夫招待。乌君即席致辞，略谓君光临敝校，忭慰万状，世界愈文明，科学愈发达，吾侪生存兹世，欲求不后于人，非努力先鞭不可。本校之设，盖即以此，嗣后尤愿华生逐渐增多，培植人才，用储国用云云。吾侪亦推团员致答，由蔡彬抡君用法语传译，蔡君声音洪亮，态度从容，同人均深佩之，抑且深感其代为译述，否则吾侪之意，无由达于俄人也。

该校为吾侪印有参观次序单一纸，计华生预科、附属铁路工业中学、测量试验室、图书部、铁工厂、木工厂、食堂、物理试验室、电话电报试验室、电机试验室、化学试验室、暖气机试验室、物质抗力试验室、校医室、图书室、陈列室等凡十余处，吾侪循序参观，于该校情状，得知一二，下此所纪，皆余当时谈问，承蔡君代为译答者也。

按该校初名哈尔滨中俄实业学校，于民国九年开办预科，十七年十一月，我国与东铁苏联代表之协定，组织新校董会，以张汉卿氏为董事长，中俄要人，各为董事，为该校最高之行政机关。校长亦经董事会产生，该校设立初意，原在培养人才，以供东铁之用。最初入学者都属俄人，自东铁主权收回一部分后，一切权利，华俄均得其平，该校遂亦准许华人入学。

最初开办，仅有预备科，嗣以办理有方，颇著声誉，乃改为工业大学，学校面积甚广，计有九千五百俄尺，目下犹在扩充之中。

校中有正教授十七人，讲师在六十八人至七十一人之间，除中文延聘华人外，余悉俄人。全年经常费，约计二十万至二十五万金卢布，其建筑房屋及采购机器之费尚不在内。平均每年十万金卢布，至其经常费之来源，则学费可得其半，其余不足之半数，则由铁路任之。现有学生一千二百人，计工科八百人，预科三百余人，而工科之中，华人仅得八十五人，其预科则分普通班、特别班。普通班华俄学生分别教授，所授科目，纯系一致。至特别班共有四年，前二年华俄人分班教授，盖以俄文程度参差不齐，听者授者，咸感困苦。至后二年则华俄学生，可受同等教育，并班教授矣。凡毕业于预科者，如无力再入正科，从事深造，则所学已得门径，亦可出外谋生，至毕业学生之出路，除由东铁延用外，多受聘于工厂。学生学费，预科每年百元，正科每年三百元，其为路员子弟者，每年减收百元。唯以哈埠米珠薪桂，生活程度，继长增高，总计预科学生，年需金卢布五百，而正科学生，则需金卢布九百，若以南中银洋计之，每一学生在此校读书，盖非千金不可也。

余参观全校各种设备，均极完美，其马力发动机室中，有机器一部，至为名贵，盖此机各部构造，均显露于外，而以玻璃罩之，凡各部分之如何结构，如何动作，均一览无余，非若普通机器，欲求明了，非逐条拆卸不可。此机全世界仅有六部，二部在牛津大学，二部在德国，一部在美国，一部则在该校，于此可知该机之名贵矣。又有一储藏室，陈列各种不易了解之件，置有模型，供全校员生研究之需，余侪观览既竟，深致佩仰，而全校学生，均衣校服，彬彬有礼，余侪过其膳堂，适已亭午，百余学生，方在进膳，秩序井然，初无凌乱。纪律若此，可以风矣。

东省林业公司

东北森林，苍苍郁郁，不知其为若干万里也。货弃于地，采伐无人，吾侪当引为慨叹者，然自参观东省林业公司后，观其出品之成绩，设施之完美，以为东北林业之一线曙光，其在此乎。林业公司之事业，范围綦广，该公司顷间所经营者为胶板厂，胶板厂之出品，现盛销于欧美各国，论其功绩，当归之邹希古君。胶板厂最初为一芬兰人所创办，极著成效，邹君以芬兰人夺我利权，苟不稍加限制，必为东北林业前途危，于是扩巨资，加入股份，今者营业日益发达，此芬兰人所有之股份，殆已仅占极小部分矣。吾侪前往参观时，由邹君为向导，而创办胶板厂之芬人，亦复在座，盖已皤然老矣。

以言胶板厂之内容，至有可观。林业公司门首，有隙地一巨方，堆积木段甚富，宛如小丘，而木段之粗细长短，均属一律，盖此项木料，已经一度整理，可供机器上之应用矣。入厂后，则见一巨大之机器，以木段置其中，先褪其树皮，使成光滑，然后机器一经动作，则此木段者，即成为极薄之木片，蜿蜒不断，自机器中吐出。吐出之木片，引入刀床上，切成一定之尺寸，此种木片，可厚可薄，其厚者可及数分，其法以极薄之木片，涂以胶水，然后以机器压平，此为两重之胶板，再厚可成为三重四重，亦以原法制之。胶板制成以后，极为平薄，绝无凹凸裂痕之虞，盖木段早经水蒸发，初无水分掺杂其中也。此为最通用之木板，其较优美者，则于木板上嵌图案或花纹，至为雅洁。盖一切木板，经数度之琢磨，不加髹漆，已极美观，若以之铺设四壁，尤觉绚烂。该公司之客厅中，若窗棂，若地板，若四壁，均以斯项胶板为之。闻每年销行海外，数极可观。

厂中规模甚巨，有轻便铁道，以供运输；有广大之堆栈，以备存货；而每月出品，往往供不应求。木板运输，包扎极坚，无虞损坏，余侪见其堆积如山，方待输出，其沪上之代理机关，为东铁商务处。该公司又以其剩余原料，制为玩具，若七巧板等等，吾侪曾各得一副。余又获其书板一事，至堪珍玩也。

松花江上

凡知哈尔滨者，莫不知有松花江，又莫不知有松花江上之铁桥。吾侪在哈，曾泛舟松花江上，又当饱啖松花江之白鱼，故于松花江之印象独深。松花江之航自民国十三年以还，已完全收回我有，言其经过，有足述者。

当前清咸丰二十年，俄政府以清廷于英法构衅，彼以调解有功索酬，遂重订瑷珲条约，俄遂将尼布楚条约已丧之权利一一收回，且将黑龙江、松花江左岸之地及松花江海口，攫为属地，嗣后俄人又从强附会将横贯吉黑两地之另一松花江，认为条约上所称之松花江，复将条约上所称之一段江流，认为黑龙江，自是不但黑龙江乌苏里江之航权，完全归之俄人，而我国内地之松花江，亦渐为俄人所侵略矣。嗣后俄人逐渐深入，定制轮舶入松花江，航行无阻。至光绪中叶，复于江中树立标识，修理江道，订立航行章程，于是东北航权悉在其掌握中，我国对航业未兴，朝野均置之不问，松花江上，无一华船，后至光绪三十二年，我国亦购船行江中，俄人反提抗议，谓华船入江，应领船牌执照，反复交涉，终无结果。

延至宣统元年，俄使提出中俄交界黑龙江暨各支河行船条款大纲，是年七月，我国分布税开新章，俄使援引瑷珲条约，力争横贯吉黑两省之松花江航权，我方一再抗议，无可挽回，兼以俄之国势方振，清廷委曲求全，乃与订立松花江行船章程，于是俄轮于东省路水陆贯通，联成一气。民国三年，黑龙江将军朱庆澜氏购置轮舶，航行松花江，不意一出江口，即为俄人阻回，谓江中标杆灯塔，均俄所建，中国未认费用，不能坐享其成，苟欲通航，非照认半数不可，当时亦有意与之迁延，未果。

及至苏俄革命，俄船恐被没收，相率停驶。其时商人王荃士等，发起收买俄轮组织戊通航业公司，以示戊年通航之意。从兹以降，我国船只始得自由通航于其间，顾亦良非易事也。戊通成立以后，天灾人事，相逼而来，营业不振，迨至民国八年，不能维持，从事改组，由董事谢汝霖任总经理，扩充营业，始转衰为盛，十年春，股东会议决，公司难以维持，乞东三省政府收归官有，官方以经济艰窘，无可为力，同时俄轮竞争甚烈，匪患潜滋，营业又渐趋不振。民国十四年，当局取缔俄船，派兵保护戊通船只，原期予以助力，便之稍复旧观。但卒以积年亏耗，终至破产，溯自民国八年至十三年间，戊通船只通航三江，俄船仍时有出没，并未绝迹，且时为华船之扰，复经滨江交涉员将俄轮一律禁止通行，始将航权完全收回。戊通虽遭失败，然在最初创办之时，与夫奋斗经过，其于东北收回航权，亦未始不稍有其相当之成绩。今信者戊通公司已改为东北航务局，营业蒸蒸日上，松花江里，已无外籍船只，诚幸事也。

哈埠以开辟未久，名胜古迹，几无可观，邦人君子，引以为赏心乐事者，其唯泛舟松花江上乎。泛舟之乐，唯有夏季，吾侪到哈，方在春时，驾艇一游，片刻即返。是日先至东北航务局，由该局董事局长诸君款接，厅事适临江畔，凭窗眺见，独见轻帆，水色天光，扑人襟袖，小坐移时，浑忘尘俗矣。席次王董事长理堂，述该局沿革，及今后愿望，于东北收回航权事，言之綦详。

已而下汽船，船不巨，而吃水甚深，顷达中流，远见东铁横江之大铁桥，时适有北来火车，行经桥上，远望有如长蛇，同人携摄影机者，争相摄取，上驻防兵，虽有行人便道，非许可不得通过。桥之两端，且筑堡垒，上架重炮如临大敌，闻均昔者帝俄所为，初未谙其用意何在也。

船行二十分钟，抵北岸，至东北造船所，该所初隶航务局，为修船课，至十七年春，施行改组，所长为邢契莘、王文庆两君，余侪相继登岸，由邢君引导，至船坞参观，坞三面环水，东部似三角，北港可卧船六十六艘，西部临东省铁路，另有支路，可直送造船所，以供运输材料之用。东部为造船厂，南北两岸，同时可制造六百吨以上拖船，或二三百吨以上轮船七艘。余侪至时，所中方造巨船，已成十之七八，不日可行下水礼矣。参观竟，就庭前合摄一影，复至其南部，参观东北商船学校，校之形状，与吴淞之商船学校颇相似。学生虽不甚众，然其籍贯，则有十余省。造船所之设备已臻完美，若医院，若宿舍，若职员住宅，应有尽有。该所又以天时关系，组织封江时修船委员会，盖塞北苦寒，八月飞雪，松花江每年阳历十月，即已结冰，至次年四月，方可通航。在封江期内，谓之为修船时期，将停驶船悉加修缮，以为次年开江航行之用。修船期内，将航运赋闲人员，与该所职员，合组委员会，以修局部之船只，互为利用，不另开支，亦调剂工作之一法也。

文朝与极乐寺

哈埠财力充盈，近数年来，社会事业，日趋发展，而民众领袖，复能竭其全力，以与官厅合作，故哈埠现状，突飞猛进，远非他埠所可望其项背。最近集资六十万，建一文庙，即此事以例其余，概可知矣。

余侪参观之日，分甲乙二组，余隶乙组，所参观者为文庙与极乐寺及工厂二处。早晨由商会长张君来导，先至文庙，文庙占地颇广，鸠工庀材，方在建筑之中，其正殿与配殿均已落成，殿前石阶，雕镂精工，铺砌尚未就绪，然其庙貌巍峨，规模宏大，已可具见。庙中隙地颇多，建筑材料，堆积如阜，闻木材多就地采伐，大可合抱，工程至本年年终可竣。孔子曰：言忠信，行笃敬，虽蛮貊之邦行矣。哈埠虽非蛮貊之邦，然在孔子时代，草芥荆榛，尚不知何景象，不图数千年后，竟有斯庙，度亦为孔子未及料也，一笑！

余侪参观一周，至极乐寺，寺建于民国十四年，为朱庆澜氏所主持，朱氏彼时服官东省。鉴于哈埠开辟未久，地方设施，群趋俄化，而哈埠民众，又喜供奉山神，往往凿石为神，便而焚香膜拜，拟之南中庙宇，文野判然。朱氏之意，设寺供佛，最足维系人心，募款拓地，期年落成，更于南中延聘高僧，入寺主持，今者香火盛，俨然名刹矣。门首有金字匾额，曰"极乐世界"，入寺门后，大殿巍然在望，庭前石狮，雄伟无比，两旁多为寮舍，寺中现有僧人二十余，方奉经礼佛。余侪于殿前稍憩，未晤住持，时已亭午，诸僧鱼贯入膳堂，排班缓行，气象肃穆，所谓三代雍容盛者近是。是日天气晴朗，街柳摇青，虽在初夏，风物俨然春暮。余侪一行十余人，顾而乐之。又极乐寺旁，设有公墓，凡居哈客民，死后无力扶回籍者，可聚葬于此，此亦朱氏在哈之德政也。

尊前杂记

余侪在哈三日，迭承各方招待，厚谊隆情，至深感篆。到哈之中午，由东省特区长官张景惠氏招待，张氏于席间言哈埠人情风俗，备极周详，应付设施，尤多开发。余侪闻其言论，至佩贤明，是虽不作正式演说，娓娓清谈，颇多情趣，席系中菜，松花江白鱼，既极鲜美，烹调复佳。客言松江之鲈，味亦如是。是夕东铁督办吕荣寰氏设筵铁路俱乐部，宾客百余人，席作 U 字形，鲜花照人，电火如雪，嘉肴旨酒，纷然杂陈。此夕宴会，纯仿俄式，侍者亦为俄人，各衣礼服，执役甚恭。

席后别有隙地，音乐一队，不时奏乐以娱客，所奏诸曲，或激昂慷慨，令人兴奋，或顿挫幽扬，令人怡悦；余侪聆兹妙奏，每答以掌声，而乐队兴致，亦极浓厚，最妙者奏一火车入站之音，先闻尺尺之声，则火车缓行，方将入站；继而又作呜呜之音，则车方鸣汽笛也；稍顷，银角一鸣，火车戛然而止；继之以汽笛之尾音，声声逼肖，使人意远。其后奏中国音乐一阕，盖所以娱华人者，曲毕掌声雷动。是夕，在座朋侪，均甚愉乐。

吕氏即席致辞，于中国新闻之起源，言之甚详，夜阑方散。次日中午，警务处长米春霖氏、教育厅长张国忱氏宴同人于马迭尔饭店，即余侪所寓之旅舍中也。米处长与张厅长亦有演词，均甚恳切，席散复在影戏院演映哈教育影片，光线清晰，用意甚深，其运动会一幕，尤见精彩。即晚何市长于华俄饭店招饮，席次张会长谈哈埠情状，何市长复述市政设施，深堪敬佩。是夜电政监督蒋斌与东北航务局亦在华俄饭店招待，兼同俄人演剧，复演映东北航务影片，时至深夜，余侪方兴尽而归。

翌日余侪离哈，报界同业，于新世界饭店招待，哈埠同业几无不列席者。哈尔滨公报编长吴如瑗，记者吴士元，晨光报总编辑张树屏，滨江午报赵郁乡诸君均有极诚恳演词，希望彼此努力。余又晤到华东通讯社长陈纪扬君，陈君为瞿君绍伊之挚友，余因瞿君之介畅谈久之。余侪于是夜去哈，将发之先，总商会张会长于会中治筵为饯，盛意不可辞，余侪忽遽赴席。总商会建筑崇闳，惜以昏夜，未克参观，至今稍怅怅也。

哈埠两工厂

吾侪自沪启行，群谓赴哈而后，必购毛毡，盖在沪俄人，穷途落魄，负毡求售，彳亍道途，值虽不昂，品或稍劣，以为哈埠产毡，当优于此也。余初意其花纹之雅，色泽之佳，当非华人所能为，庸知竟有大谬不然者，自参观裕庆德毛织厂后，方知其出品，殊足以媲美俄人，有过之而无不及。裕庆德厂创设有年，规模宏大，各种机器，南中未可多见，该厂工作，其先后可分为选毛、洗毛、纺线、染色、织造、矸光六种。盖羊毛之长短粗细不一，织毡之先，必加选择，毡既织成，尤重光泽，故矸光之手续，亦至烦琐也。该厂爱惜物力，复以织余之毛绒，留聚一处，纺为毛线，其坚韧与棉线无异。余侪参观各室，由总商会张会长为导，复由该厂织员，详加解说，故于各部工作情形，至感兴趣。最后观其金字毛毡，爱不忍释，遂各斥资，购其一事，计哈洋五十元，折合沪币，当为三十五元，该厂主人，复以同人此行遥远，携取不便，且天已初夏，旅途之中，无复需此，允为免费寄沪，殊可感也。

余侪又曾参观同记工厂，该厂为武百祥君所始创，言其历史，亦甚久远，盖成立于前清光绪三十三年，彼时应地方人士之需要，制造鼠绒皮帽，风行一时。自后业务发展，一日千里，皮帽而外，兼制毡帽，复以余力，从事衣履，嗣以竞争者多，饱经困苦，民国十一年，又遭火厄，幸厂员持以毅力，重建新屋，力事整顿，今已美轮美奂，规模大备矣。该厂组织，自全厂总监以下，分为两大部，一为厂务部，一为训育部，厂务部之下，为工作厂、会计处、统计处、庶务处、收发处。各处经管事务，不暇枚举，唯其最重要之工作厂，则以一厂长统率之。厂以下分为靴鞋、细皮、针线、皮箱、衣包、缝纫、工程、时帽、女工各科。至训育部则可别为风化、卫生、德育、智育、体育诸科。

余侪参观该厂，以为有最大之特点二：该厂办公室之四壁，满张表格，多为各项统计，工厂业务之进展，工人工作之数量，一览无余，觇过去，策未来，即知所努力，此其一；该厂又极主张工友自治，设有职工青年会，凡工友宿舍、膳堂、浴所、病院、运动、游戏、书报、工业、演讲等，莫不由工人自为之，厂中仅处于指导之地位，可养成工友自治之风，此其二。该厂有此两特点，宜其业务之发展，日进无疆也。该厂又赠同人珠手纹一副，纪念片一个，糖果一盒，旅中得此，足次应用，雅意殷拳，深可感谢也。

马迭尔者即 Modern 一字，译其义实为现代，唯俄人读之乃成马迭尔，余侪居此现代旅馆凡三日，一切闻见，与沪地旅舍稍殊，兹略述之，以告读者。此旅馆系俄人所设，为哈埠旅舍中之最著者，屋凡三层，陈设备极华贵，余侪所居之室，日须十二金，可居四人，人各一榻。室中满铺绒织地衣，别有书案，纸笔咸备，其他陈设，楚楚可观，令人有如归之感。卧室中另附浴室，亦稍精洁，唯其窗牖，均设两重，闭阖甚深，无从启辟；盖哈埠甚寒，不如此无以御寒也。

旅馆下层，有一广厅，陈设富丽，为旅客燕居会客之所，楼梯之口，障以极巨之玻璃，其内即为餐室，自外遥望，餐室之中，陈设井然，殊无障碍，初至旅馆者，偶不经心，必以为自此可直入餐室，往往头触玻璃，或且流血，时贻笑柄。大门以内，设有一椅，余初以为司阍者所居，继而见旅客多先后于此小坐，再一观之，方知有皮鞋匠于此整洁皮鞋，余见状，乃亦坐此椅上，令俄人为我刷鞋，不俄顷间，果然光洁。哈埠整洁皮鞋者，街头巷尾，所在多是，需资仅小洋一角，余意沪上大可仿行也。哈埠生活程度之高，余既前言之矣，旅馆一餐之费，在沪上闻之，必且诧怪，余侪进一汤瓯，鱼一盆，面包数片，其价已在二元以外。有某君初至旅馆，不知底蕴，于晨间大啖冷食，然其所食，亦不为多，而其结果，则需资八元。又或取开水一杯，橘子数只，亦非数角不办。至卧室之中，仅有冷水可以解渴，如有他求，亦非出重价不可矣。又哈埠所食之牛油，纯为白色，绝无咸味，食者可酌量加盐，味乃绝美。旅馆中附有影剧院，所演影片，泰半来自欧洲，唯其说明，均为俄文，虽为佳片，恐难明了，故未往观。旅馆之中，亦有舞场，唯无舞女，仅可自携舞伴，但此种舞会，亦复偶尔举行，非夜夜酣舞也。

哈尔滨采风录

哈埠风俗，有可一纪之价值者，即沿铁路一带为俄人所拓殖，故凡寓于吾人之目者，类有俄罗斯化之概，虽自民九以还，政权逐次收回，而生斯食斯聚族于斯之斯拉夫人种，依然触目皆是；故就耳闻目见，抽象纪之如次：道里之中国大街，为中俄商号，精华荟萃之区，夕阳西下，绿女红男，并肩携手，蹀躞街头者，俄人而外，华人亦不少，其欧风之甚，远过上海，即几商界华人见友，亦都脱帽握手也。跳舞场、咖啡店、电影院，所在皆有。其故由于俄人办事，都从上午九时起，下午三时止。三时以后，即为休息时间，故有职务者，公毕返家，稍稍整备，及暮出游，不啻为其第二工作。故一般社会之娱乐，哈居者视他埠为多，而跳舞场有在地窖内者，神秘之状，不可思议，盖哈埠地北天寒，地平线下，更建精美之房屋，冬暖夏凉，入此室者，其乐无极。靡靡之音，缭绕耳鼓，灿烂之色，掩映眼帘，如是我说，一若地狱中别有天堂也者。

以言车辆，有电车、汽车、马车、斗子车、人力车、骡车等。营业汽车，沿途其布，价亦廉贱。驾车者俄人为多，而马车则一马驾于辕之内，一马附其旁，此为俄国式者。斗子车即两轮马车，价较廉。骡车市中殊罕，人力车价贵于马车。

哈地市招，华俄文并列，华人商店亦时列俄文，立街道牌，所书汉字，稚劣不堪，以数十年前，俄人侵略时代，所佣舌人，大者不谙中国文字故也。各街人行道上，都置长木椅，以备休憩，椅背书商号名称，或并著营业目的，殆含有广告性。沿途刷皮鞋之工人极多，凡出游而靴鞋沾污尘土者，可就坐而令其擦刷，黄白黑各色任意，借此少为休息，可云两便，给资约一角或五分，若不谙俄文者欲游于中东路一带，殊为不便。以低级俄人不识英语，与谈普通华语，亦不能了了。东铁东站壁角，供有神像，此为白俄时代之遗物，今之白党人，对之犹肃然起敬，而赤俄则漠视之，或且禁止之矣。饭店中女招待员，不乏白俄贵胄名媛，温其如玉，举止端详，迥非沪地女招待可比。盖赤俄革命后，贵者失职，生活艰难，不得已而为此，良可慨已！

钱币向用卢布，近则日币与国币并用，但铜圆则不多见。大都以五分一角为最小币，此可见哈埠生活程度之高矣。总之哈埠路界内（现为东省特别区）为俄人所侵略而经营，故其欧化殊甚，说者谓苟游中东路，俄国之风俗，思过半矣。

哈埠之建筑最坚固，墙垣厚必二尺，以冬季冰冻。须冻达一尺有半，春暖化消，便须坍倒，故市董事会（现改为市政局）审核图样，极为严格。其房在道里及秦家岗者，西式为最。华式房屋，道外为夥。又黄色墙垣者为铁路局之房产，另自编号，一望而可以识别也。临街之门，大都于大门之一扇上，辟一小门，寻常出入，即在此小门中俯首伛偻而走，盖为北地多匪，借作万一防耳。居户门牌，亦蓝地白字之珐琅制，为董事会总管理处所钉者，从一方进至极点，复转而返，于他处之分左右而双单者不同。公园有三：一在道里，名董事会花园；一在秦家岗，名铁路局花园；一在道外，名滨江花园。此外十二道街等亦有花园。盖俄人之计划，在较阔之路中，划一长条，植树置椅，形成一小小花园者，所在皆是。饮料取自松花江，或自流井，无自来水，其公共自流井之出水，用电气汲取者，水源殊纯洁。

闻之哈埠寒冬，冰天雪窖，最为可观，玉宇琼楼，粉妆玉琢。松花江则冰厚二三尺，坦平大道，车辆疾走如飞，任何重量，载行其上，无破裂者。惜吾辈此行非时，未能目睹，一憾事也。至贫乏者，不跣足，街头小贩，大都长衣，要为环境使然。华式房内，有炕床，可燃烧取暖，西式房屋，均筑火炉，俗称"壁里气"，其建筑在两室之隔中，一入冬令，用木柴燃其中，使全室温暖，此炉燃烧一次，约须大木一根，故北地燃料，为生活费中一要件。我南中所谓衣食住，而哈埠须衣食住烧，凡住铁路局之房屋（俗称官房）者，例有燃烧之柴供给，故占得官房者，不独可以省房租，且可以省燃料，不然，哈尔滨之居，亦复大不易也。华人之居是者，直鲁籍为多，哈总商会会员，俱山东人，江浙人亦不少，而浦东之女西式成衣工人，可七八百，近因俄侨他徙，此业亦渐衰退矣。人行道，例归各户自制，故有木板者，有水泥者，形式不一，近则渐谋统一之矣。道里之电话为自动机，殊灵便，远胜沪上，而道外则旧式摇机也。要之哈埠风尚，西则俄化，中则直鲁化，其详更仆不能数，右举诸端，亦可得其崖略已。

故都游观记

自辽宁抵北平

余侪居哈，为时甚暂，于哈埠真况，所得至微，然于地方设施，事业发展，则印象殊佳，期望至切，忽忽言别，不胜三宿桑下之感矣，离哈之夕承各方盛意走送，翌晨六时，复至长春，改乘南满车南下，于中午重抵辽宁，累日劳顿，迄可小休。是夕复承电政监督李德言氏招宴，同座诸公，俱成稔友，殷勤劝酒，无不尽欢。赴市购得锦州石印章数方，作碧绿色，至堪葆爱。次日料理行装，备极栗六，午后沈能毅君复假光明俱乐部开一茶会送别。薄暮至站，与余侪同行者，钱芥尘先生外，复承赵雨时、蔡彬抡两先生伴送，高谊隆情，剧可感谢。北宁路仍得一专车，自成区域，谈笑一无拘束。

翌晨，抵山海关，停车在半小时以上，余侪兴致勃发，相率下车，一觇长城形势。自车站至城堞，乘人力车往，未十分钟即至其处。贾勇上登，蜿蜒在望，气势雄壮，天下第一关五字闻非真迹，原额仍保存，兹所见者，乃仿制，字殊弗佳，徒供点缀而已。按长城今人多知为秦始皇所筑，实则战国时，燕赵秦三国，各因北边山险，筑城备胡，始皇灭六国，始首尾缀之。起临洮，迄辽东，北魏北齐及唐，以迄于明，屡有修筑，稍稍变其位置，今之西起甘肃安西县布隆吉两城，东抵临渝县之山海关者，乃唐以来改定之形势，明代修之，以防鞑靼，长五千四百四十里，号万里长城，皆以砖石筑之。每三十六丈筑一寨，置烽火台于上，寇至燃柴，昼则见烟，夜则见火，借告远近而征兵。于要害之口，则置寨二三重。清时，蒙古内附，此城于国防无涉，唯置税关于各口，稽查商货出入而已。以言今日，则此城几同虚设。唯数千年前，成此伟物，工程浩大，殊可自豪。同人以此行不虚，纷纷摄影，游毕返车，午后二时抵津。

津地报界同业，纷纷来迓，唯余侪以预定行程，直抵北平，车中畅谈片时，便尔告别。时河北省府许君、北平市府金君，到津相候，至是登车，为言种种，薄暮车抵北平，则平中报界同业，已结队相迎，拳拳厚意，至今不忘，出车站后，驱车至华北饭店，余别北平，倏已八稔，重游旧地，尤觉有无限之深情也。

碧云寺谒灵记

总理中山先生六月一日奉移，余侪于五月二十九日抵平。

翌日清晨，驱车赴碧云寺谒灵，哀乐迭作，气象肃穆，鲜花一束，敬致灵前，此盖吾侪北游中最可纪念之一日也。

是晨，由许、金二君为导，分乘汽车，向西山道上驰去。天气燠热，挥汗如雨，拟之辽宁，似尤亢旱。西长安街至西直门一带，已行驶电车，较之八年以前之情形大异，道路亦甚整洁。西四牌楼，高扎彩牌，缀以标语，更前则素牌楼，相望于道，总理精诚所格，被及万民，凡兹所见，亦极尽哀荣矣。余侪之车，出西直门，过海淀，道途情状，与昔无殊，唯以总理奉移之故，北平市府，修理道途，至为坦荡，车行其上，乃无颠簸之苦。余与马群超、蔡行素两君合乘一车，车乃奇劣，兼以途修，中途停顿数四，及抵碧云寺前，同行已相候久矣。

碧云寺大理石塔，巍然在望，寺中石级，百数十层，拾级而上，颇费足力。首都中山陵园，自广场至祭堂，有石级凡三百三十九级，碧云寺石级，虽不逮中山陵园之多，然寺前仰望，备极巍峨。既至灵前，全体肃立，奏乐，张竹平先生献花。三鞠躬而退，并由摄制电影者为余侪摄影，旋即就寺中游览。塔下远览，可望西山诸峰，寺多古松，多石刻，雕琢精美，佛殿前有小池，水自石螭中出，喷薄入小渠，乃至澄洁。按碧云寺为元耶律楚材之裔阿利吉舍宅所建，明正德时，内监于经拓之，天启间魏忠贤重加修茸，清乾隆时又茸之，有高宗御制重修碑记，御制金刚宝塔碑记。内殿凡四重，南为罗汉堂，为藏经阁，北有涵碧斋，后为云容水态，为洗心亭，又后为试泉悦性山房，均清高宗临幸憩息之所，故所题匾额独多，余侪一一观览，争相摄影。时已亭午，以尚有宴会，乃驱车入城。

商起予氏之宴会

平市游观，允宜初夏，繁花未褪，浓翠照人，美景良辰，于斯为最。余侪漫游至此，适为四月，日中天气，犹苦骄阳，一至薄暮，则凉飒振衣，心神为爽。长安道上，车水马龙，公园之中，俊侣云集矣。抵平之次日，河北省府主席商起予氏，招宴同人，席设公园董事会，余侪二十余人，强半曾游燕市，至是旧地重临，弥多逸兴。是夕相率早先至公园，领略旧游韵味，余与蕴和先生相约同行，至则园中景况，视前无殊。唯新建长廊，直送门次，曲折回环，更觉幽邃。社稷坛芍药盛开，花大如斗，枝叶繁茂，余侪见花，多为快慰，不图此来北平，犹及见芍药盛开时也。柏斯馨前，游人如织，来今雨轩，亦多品敬茗者。盖公园之中，有市廛之盛，无叫嚣之习，盖以景物清幽，繁花似海，偷闲片刻，足畅襟怀，雅俗咸宜，男女杂沓，是亦特殊情况也。

余侪散步移时，天已入暮，乃相偕至董事会，坐而闲话，移时商氏莅止，即邀赴餐室进餐，酒至半酣，商氏起立演说，状至诚恳。其言曰：诸君观光东北，远道来平，今夕聚首一堂，至为欣幸。河北久处军阀铁蹄之下，民众痛苦，火热水深。鄙人来平后，经过工作，有可向诸君一言者。自革命势力到河北之初，地方紊乱，军队如麻，总额约在百余师以上，连年水旱，民鲜盖藏，饷糈供给，颇感困难，故三个月以内，几无政治可言。幸而国家统一，军事渐次就绪，杂色队伍，各有归宿，民众痛苦，亦稍稍苏矣。以言民政，则河北久受高压，积重难返，现为解除民生疾苦，不得不慎择县官。顷者设立训政学院，用考试制度，产生各县县长，县长稍受训练，为三民主义所化，庶可与民更始，然此亦过渡办法也。

以言财政，则紊乱已极，地方所入，与中央税收，混而为一，厘金所入，年仅六百万金，而地丁数亦如之。山西幅员不及河北，地丁尚收七百万，以彼例此，则其中显有弊窦，鄙人不善理财，然整理之方，则自划清中央与地方税收入手。刻以全省烟酒特税，归之中央，稍加整顿，即形旺裕。又河北教育经费，素极艰窘，鄙人指定卷烟吸户捐，专作教育经费，不作别用，计每年三百二十万元，从此可无竭蹶之虞矣。河北政治，初上轨道。鄙人又属军人，凡兹所言，难期一当，所望诸君子予以指教，殊为感幸云云。

余侪聆言，至深叹服，盖闻商氏原籍山阴，毕业保定军官学校，治军而外，笃好学问，喜作小诗，清新婉丽，以卓越之天才，建特殊之功绩，仓皇戎马，不废吟哦，河北长官，贤明如此，甚盛世也。

北平报界之言论

余侪抵平，报界同业，结队相迓，其盛况为各地所未有，余前已具述之矣，复承盛筵招宴，感谢无已。平中报界，奋斗连年，灿烂光华，不可逼视，久为吾人所倾服。是日之宴，假欧美同学会举行，同业十九莅止，尊前言论，尤多价值，是不可以不记也，首由每日通讯社社长赵之成君致欢迎词，略谓诸君观察北来，实开新闻界之创局，今日聚首一堂，至用欣幸。

继由世界日报社社长成舍我君演说，大致谓近代报纸，发展历史，仅六十年耳，其最发达者，南为上海，北为北平，今者南北同业，相聚一堂，可谓盛会。顾愚见所及，有不得不促报界注意，厥有两端。我国报界，向无团结，各自为政，分道扬镳，力量既苦未集中，舆论尤难期一致，卒之于国家社会，两无所裨。盖报纸不能合作，即以采访新闻论之，匪特力量薄弱，抑且徒费金钱。以言世界新闻最发达之美国，则有联合通信社，其于主张方面，则有同业公约，实力既充，发展斯速，此盖不易之理也。东临日本，去年亦有联合通信社之组织，最初加入者仅有八家，今年已激增于三十四家，进展甚速。诸君此次来平以电信误传，同人赴站欢迎者先后三度，初无倦容，此殆全国报界大联合之先声乎？全国报界，一致合作，时至今日，未可或缓，此其一；我国报纸，物资精神，较之东西洋先进诸国，两均落后，毋庸讳言。唯近数年来，亦有相当之进步。往岁在沪，沪上报纸，尚无所谓外勤记者，消息来源，都凭访事，此辈油印新闻，分送各报，是否真确，殊未可知，而报馆亦即据以揭载，今则各报都聘有外勤记者，政治社会，职有专司，刺探消息，务求翔实，重要城市，各派专员，新闻敏捷可靠，较之昔日，奚啻霄壤。诸君又复不辞劳瘁，长途观察，凡此诸端，不可谓中国报界之无进步也。余至愿北平报界，亦有东南观察团之组织，庶几南北沟通一无隔阂。再进一步言之，南北报界，苟能合作，则世界观察团之组织亦殊非难事也，此其二。今者国家甫告统一，百端待举，如何使纷乱入于安定，破坏入于建设，如斯责职，微新闻界，其谁与归。成君言论，至为透彻，在座诸人，均深美之。

继由张恨水君读欢迎词，恨水小说，素驰盛誉，杂志报章，披露不少，近顷《益世报》《新晨报》《世界日报》《世界晚报》《上海书报》《新民晚报》等，莫不有其著作，《新闻报》之快活林，不久亦将载其作品，余心仪其人久矣，接谈之顷蔼然可亲，读欢迎词之声调，抑扬顿挫，尤多韵味，余至今犹能回忆之也。北平报界公会又赠同人银盾一事，上镌"舆论明星"四字，今已保存日报公会中矣。

行营访问记

总司令行营，在铁狮子胡同，顾少川之旧宅也。余曾往访问，由何参军长雪竹接见，华秘书长觉明，亦殷勤款待，时西北问题，日益紧张，何氏夙夜从公，不遑宁处，余侪纷以时局为询，何氏力主和平，及至阎总司令电全国力泯战争，何氏于酷暑中，往返平晋间，力事斡旋，不辞劳怨，西北竟免战祸，何氏与有力焉。华君觉明赞襄何氏，颇多策划，复以余力，主持复旦通信社，盖亦热心于新闻事业者也。

何氏导观中山纪念堂，即民国十四年三月十二日总理易簀之室。室中陈设，一如总理生时，未稍移动，地张以席，中陈一西式铜床，旁有一橱，他物称是。吾侪参看至此，为之肃然。总理声音笑貌，其予吾人之印象者，至为深刻，今入此室，诵默总理遗教，与总理伟大人格，余侪之感动，为何如耶？行营各室，曩为顾少川夫妇起居宴客之所，铺陈各物，踵事增华，其起坐室中，现虽绝少陈设，然沙发之属，尚布置楚楚，承尘之下，张以纱灯，绘书精美，均为外间所不经见者。又有舞厅，何氏曾宴同人于此。按少川之宅，曾为陈圆圆所居，田畹之故宅也。陈圆圆者，为姑苏娼妓，明吴三桂妾，名沅，有殊色，善歌，初为田畹所得，后归从三桂，李自成破京师，圆圆被俘，三桂大恚，乞清师破之，复得圆圆。三桂入清，开府滇南，日益骄纵，渐有异谋，圆圆惧祸，乞为尼。自明迄清，不知兹宅之经过何若，乃归少川所有。而总理亦即易簀于此，庭园寂寂，花草无情，人世菀荣，百年一瞬，不佞俯仰兴叹，诚不胜望古遥集之感已。

三海纪游

三海者，初无所谓海，实则均池沼耳。三海最初仅北海开放，嗣青天白日笼罩北平后，三海始完全开放，与民众共乐。余侪初游南海，南海即瀛台，明为南台，清顺治时建宫室，为避暑之所，康熙朝复葺之，皆易黄瓦。余侪至瀛台，自新华门泛舟，未及十分钟即达。瀛台门内有殿五间，为香扆殿，清光绪帝即幽囚于此。殿旁偏屋数楹，黎前总统曾于其间度清闲岁月也，闻章太炎至瀛台访黎，亦曾于此小住，香扆殿后南飞阁环拱，楼前有亭临水，曰迎薰亭。东西奇石古木，森列如屏，余侪于此间爱其风物幽倩，徘徊久之，嗣由导游者引至一室小憩。是日天气酷热，各得汽水，如获甘露。后又参观怀仁堂与居仁堂。怀仁堂中均已封锁，仅可于窗外瞰视，则室中陈设，均为尘封，唯沙发几案之属，都甚富丽，犹可想见当日之宏规耳。居仁堂现改为北平图书馆，逐日开放，任人观览。余侪曾获阅四库全书，钞写之工，较之辽宁文溯阁所藏者，更胜一筹矣。

南海忽忽游毕，即折至中海，中海即蕉园，有明崇智殿旧址，南为万善门，内为万善殿，后为千圣殿，园盖穹窿，建筑之美，近代所未有也。东为延祥馆，西为集瑞馆。明时，崇智殿后芍药花园，有牡丹数十株。

中海风物，视南海稍逊，而三海之中，风景优美，自以北海为最。余侪自中海出，更驱车作北海之游，一入北海则白塔碧波，悠然意远，余最爱涟漪堂之长廊，小坐品茗，浑忘尘俗。白塔山辽时名昌瑶玙，相传白塔为辽姬梳妆处，未知可信否。白塔山之四面，各有景色，承光殿之北跨太液为桥，南北各有坊，南曰积翠，北曰堆云，过堆云坊后，即拾级登山，穿洞而上，适与拾级登山者平。洞之左右，各有亭翼然，曰云衣，曰意远，半山有亭，颜曰莲台挹胜，再登则为悦心殿，东侧书屋为静憩轩。转石屏入墙门，则为普安殿，自殿后登山，即至山顶，白塔即建于此。又天王门前建琉璃坊，正面题华藏界，反面为须弥春，再西为五龙亭，亭凡五，立水中，宛转相接，可通陆地。亭北有阐福寺，寺西北之后，有九龙碑，雕琢之美，鬼斧神工，非近人所可梦想也。余以累日劳顿，于北海未能穷探其胜，凡所游览，已书于斯，初拟抽得余闲，再游北海，乃后亦未果，至今犹怅惘也。

颐和园

出西直门，过海淀，西郊风物，渐得佳趣。里许至颐和园，园在瓮山之麓，相传明初有老人凿石于此获一瓮，瓮上刻文曰：石瓮徙，贫帝里。嘉靖时，瓮不知所在。齐东野语，殊不足凭，姑妄听之，亦姑妄言之耳。颐和园本亦废园，至西太后始修葺之，建筑悉仿宫阙，园中长廊最佳，作合抱形，时为松杉所蔽，藻绘青红，相映有致。沿廊至山麓，拾级而登，遂造峰极，以达于佛香阁，后有众香国，为藏经之所，四面雕刻佛像。两峰上下，通以石穴，谓之转轮藏，形箕曲折也。自此盘道下山，山色湖光，尽收眼底，沿长廊至石舫，亦复壮丽。

园中桥梁，不下十数，格局结构，无一同者。极南有玉带桥，腹部高耸，宛如骆驼之背，西人称为驼桥，盖状其形也。桥栏悉为大理石，雕镂精工，首作龙形，栩栩欲活，桥之左近，有精舍数楹，别具风致。园中亭台楼阁，各有特状，窗棂之花纹，绘事之色素，亦各有所长，固不仅驼桥之美妙已也。桥下碧波浅漪，树影参差，风物之美，如入画图，想当年书舫清歌，朝朝夜夜，此间天上，非复人间矣。湖畔铜牛俯伏，不解兴亡，漫游至此，辄生感喟！

早岁余读《清宫二年记》，于宫中景物，印象极深，掩卷辄为神往。兹者清游半日，园中风物，虽复可观，然泰半衰废，不加修缮，使再易春秋，颓败无影矣。西太后掷数百万海军之费，穷奢极侈，以建斯园，今日有知，当不胜凄婉矣。

雍和宫

雍和宫素以欢喜佛驰名，余侪到平，以为欢喜佛必极有可观，故于游雍和宫之前，均怀有极大之顾望，孰知既至其处，则前此所闻，未必可信。

雍和宫者，在安定门内北新桥东北，昔为雍正之邸第。其后雍正入主大位，此邸即归之喇嘛，俨然寺观矣，前后有殿三重，建筑均甚庄严。前为天王殿，后为永祐殿，再后为法轮殿。天王殿前，更有门二重，前为雍和门，再前为昭泰门，吾侪入雍和宫必由之道也。东西有二阁，东阁曰永康，西阁曰延宁，余侪既至雍和宫，由一喇嘛僧为导，至各殿观览，雍和宫中所陈之欢喜佛，初不甚巨，供诸案头，高仅尺许，上覆以布，平素游客来观，非纳相当代价不可，所谓春色暗藏，庶乎近之，余侪之所见者，为数不多，而状乃奇突，有一佛而有多手，拥抱一女子，女子之躯，殊无佛体之魁梧，相形之下，未免见绌矣。更有作杀人之状者，一人被逮，一人面目狞恶，持刀欲杀，状绝可怖。复有一佛，颈悬佛珠，其佛珠俱以骷髅为之，巨细有序，逼视之下，中心惨然。殿上更有骷髅一事，项部中空，闻为盛酒之需者。参观有顷，以为欢喜佛必更有藏诸别室者，因叩之喇嘛，喇嘛似不怿，答曰：所有欢喜佛，均尽书于是，苟有他佛，自当导观，决弗秘而不宣也！

余性好奇，尝求欢喜佛之作用，叩诸某君，曰：闻之故老，欢喜佛似为皇储而设，盖皇储深处宫阙，不辨粟麦，大婚之夕，或有未解人事者，其前一夕，遣其先诣此宫，详察欢喜佛之动作，如是则新婚之夜，不致茫无头绪矣。余闻此言，为之莞尔，因为记之如此。雍和宫每年举行舞蹈数次，用以敬神，唯北平人士，谓之跳鬼，盖舞蹈之时，喇嘛僧御有面罩，俱作鬼形，跳鬼之日，观者云集，积习相沿，由来旧矣。宫中又有西藏人所绘之巨佛，极精美，一望而知为数百年以外物也。

北平古物陈列所

北平古物陈列所者，以文华、武英、太和、中和、保和诸殿为区域，盖亦清故宫之一部分也。北平人士，以文华、武英、太和三殿，最为宏丽，故名为三大殿，而此三殿之中，尤以太和殿为最崇伟。古物陈列所盖集宫中珍奇物品，陈列十室，以供民众观摩，而故宫博物院者，则一仍宫中旧状，凡皇室起居服用，未尝易其旧观，故游古物陈列所者，可以知古代之文明，而游故宫博物院者，则可以觇最近之陈迹。余侪到平，名胜古迹强半游观，其中以古物陈列所与故宫博物院为最繁剧，而亦最饶兴味，唯以时间促迫，走马看花，凡此所述未能书其十一也。

古物陈列所现直辖于内政部，设所长一人。余侪驱车入东华门，夹道浓荫，景物幽美，所长张起凤君，温文有礼，为余等述陈列所近状，盖宫中各室陈列之件，以书画瓷器为最多。所中古物，共计二十四万二千五百件，其中舍清宫所搜罗者外，亦有采自奉天故宫与热河行宫者。其来自奉天者，计七百九十九件，来自热河者，为数在二千件以上。而此二十余万件中，尤以瓷器为最丰富，至近顷所陈列者为数只有五十分之一，陈列室中以件数过多，未能尽量展览，现于每季更换一次，庶几宫中宝物，得以公开欣赏，每件均附以号码，借便稽考，更贵重者，则摄为照片，由内政部存案，以免弊窦，陈列所中藏摄数千件者，都出名家手笔。每日中外游人，数以百计，平均收入，约得百金，即以之充作开支，有羡则呈解内部。现有职员二十九人，警士八十人，如许警士，分布各处，从事窥察，游人时或有毁损古物之举，不得不加以禁阻也。所中夫役，最初以地方辽阔，雇用有八十人，嗣后逐渐裁减，乃至二十人，最后竟减至二人。夫以如此广大之宫阙，即令吾侪环行一周，亦非一小时不办，今乃以夫役二人，专司洒扫，又乌乎可，吾深顾内政部为之稍增经费，添用数名，否则野草丛生，观瞻所系，贻笑外人，亦殊非爱惜古物之意也。

张所长又为余侪言：彼之计划，约分三步，近顷所藏名画古瓷，既如是其多，而可用之房屋，又若是其少，故第一步当从修缮余屋入手。唯修缮之款，估计约需十万元，此其一；所中现有陈列室十室，将来更拟扩充门类，增为二十室，或至三十室，此其二；又陈列所既以古物为名，搜罗古物，当无国界，而现在所有，仅皇室及奉天故宫与热河行宫数处所有而已。将来拟搜罗民间宝物，与世界稀有之珍，如是则古物陈列所庶几名实相符，此其三。上述三端，为张君之计划，唯以经费艰窘，维持现状，已属为难，再图扩充，恐非最短期间所可及也。

余侪首至文华殿，殿前为文华门，后为主敬殿，东西亦各有偏殿，东为体仁，西为集文，其东更有传心殿，文华殿中所展览者，泰半书画，琳琅满目，美不胜收，迄今思之，尤为神往。殿中有历代帝王画像，与辽宁故宫所见者，初无二致。辽宁所藏，乃令莭女士所临摹，兹见原本，如出一人。其他陈列各品，宋元明之名画，亦不少，清代作品，所在多是，余最爱郎世宁之绘书，郎氏本为意大利人，入官华夏，所作中国诸画，都称神妙，尤擅翎毛花卉与写景，盖郎氏之书，于深得国画之意趣外，仍参以西洋艺术之手腕，故其作品多合逻辑，无可訾议，即在西人，亦莫不赞赏。余犹忆其画马立轴，或俯或仰，或坐或卧，无不神骏。又有富贵长春图，极富丽，他若乾隆行围图，亦为郎氏所绘，图中状乾隆跨骏马，英俊之气，观于眉宇，手持铍箭，作弯弓状，其后随从数人，亦各持箭，跃跨欲试，而大谷之中，忽来猛虎，黄色斑斓，见诸人弓箭将下，畏缩不前，妙到毫巅，叹为观止矣，此外若余首牡丹双鸡图、冷枚东升图，皆亦名品，又有香妃照片，一作便服，一为戎装，戎装尤英俊。

自文华殿出，折入协和门入太和门，左右各有一门，左为昭德，右为贞度，自太和门遥望太和殿，则宫阙巍峨，丹墀青锁，升石级，登广陛，望眼所穷，琉璃壁瓦，足资欣赏。太和殿高十一丈，横十有一间，纵为五间，上覆重檐，屋脊下垂，广陛上列鼎十八，铜鹤铜龟各一，殿内尚列有文武百官爵位，范铜为山形，上镌品位，自正从一品九品，左右各二行，行凡十八，御座之前，结绳为界，人不得越绳一步，盖惧或有见猎心喜者，窃登大位也，笑笑。太和殿后为中和殿，中和殿后为保和殿。中和题额曰允执厥中，其西庑第二连房为铜器库，昔清帝亲耕藉田之农器，皆藏于此。余侪于太和、中和、保和三殿中所见实物，亦纪不胜纪，有镀金乌龙音钟，机栝稍作，则鸟鸣和谐，且能飞翔上下，诚绝作也，闻为乾隆四十八年英国伦敦考克司公司所进贡者。另有一法国制之洋人奏琴，亦精巧，琴声既作，机器人能用种种姿态，及至一曲既终，复能昂首示意。余侪见此，多为失笑。清乾隆时，法国进织绒壁画，广阔均数丈，所作人物，无不毕肖。殿中陈列柴窑、钧窑、郎窑、古月轩等瓷器极富，计瓷器中之最著者，雍正款料采古月轩碗，上有诗云：非烟非雾一林碧，似雨似晴三径凉。康熙宝石红郎窑瓷尊，乾隆款粉彩瓷镂空套瓶，宋钧窑凌斗，缅甸进贡嵌宝石金朝牌等，都为外间所弗经见者。

自太和殿复折至武英殿，崇阶九级，环绕御河，其后为敬思殿，东为凝道殿，西为焕章殿，武英殿北为浴德堂，为香妃沐浴之所，香妃为回部某酋长妻，高宗定回疆，纳之为妃，宠冠后宫，而妃复仇之念不稍释。太后伺高宗出，乃缢杀之，或谓香妃挟匕首入宫，藏诸足底于太后前自裁，未知孰是。然香妃貌美而勇，殆亦可人也。浴德堂乃为土耳其式之浴室，屋顶作穹隆式，四壁均铺以瓷砖，堂后凿井，通以水管，浴德堂前悬有木牌，上书说明，状述香妃沐浴情况，复有游观至此，悠然意还之语，殊堪发噱，不知谁氏之手也。

故宫博物院

余侪游故宫博物院，黄瓦朱垣，弥殷怀古，以为曩昔之天家禁地，竟肆意游观，引为幸事。实则世变日亟，兴废有时，今兹所见，尚属旧观，测之未来，为状奚若，是更难言之矣。故宫建筑，壮丽纤巧，兼而有之，计划至精。工程浩大，然而计划之建筑者之为何如人，诚大堪研究者也。四载前，余获北京历史风土丛书二卷，新会陈垣氏曾作序言，于皇宫建筑之人，多所考据，其言曰：清宫城之制沿于明，明沿于元，今人徒叹北平宫阙之宏丽，而不知其始建筑者，阿拉伯回教徒也黑迭儿也。

也黑迭儿也为建筑学专家，元至元三年，定都燕京，诏张柔、段天祐、也黑迭儿也同行工部，修筑宫城，元制工部尚书三员，张柔，武人，为镌功奇石张宏范之父，翌年即卒，未与其谋，段天祐亦武人，不谙工事，曾任大都留守，其职掌犹卫戍司令，而也黑迭儿也则兼领茶迭儿局，茶迭儿华言卢帐，犹土木工程局也。此事详载欧阳圭齐集马合马沙碑，而元史世祖纪书修筑宫城事，独遗也黑迭儿也之名，仅言其中统至元间，修琼花岛而已。陶宗仪《辍耕录》言元宫制度甚备，亦不言计划建筑者为谁，孙承译、朱彝尊诸书，更无论矣，此吾国士夫从来轻视异教徒及工程学者之过也。

以上所述，仅就元代言之，瞿子兑之于建筑北京之工师，

亦有考据，兹并录之如次："史称金朝北平，营制宫殿，其屏
扆窗牖皆破汴都辇致于此，汴中工匠有名燕用者，制作精巧，
凡所造下刻其名，及用之燕，而名已为先兆，此其一；又明人
《水东笔记》，称太监阮安，一名阿留，交趾人，清苦介洁，
善谋划，尤长于工作之事，其修营北京城池九门两宫三殿五部
五府诸司宫宇，及治塞场村驿，皆大著劳绩，工曹诸属，一受
成而已。详见《东里文集》，此其二"；然前此两人实为吾国
有名工师，建如此之伟绩，而不甚见称于缙绅之士，以致湮
没，真可为长叹者矣。据杨士奇《都城胜览纪》正统筑城之
役云："工部侍郎蔡信飏言于众曰：役大非微十八万不可，材
木诸费称是，阮安董其役，取京师聚操之卒万余，停操而用
之，有司不预，百姓不知，而岁中告成，是阮氏不但技艺之
长，才能尤可称也。"至俗传燕京规划出于姚广孝，似为俗
说，未可据为典要。盖吾国帝京，本有定式，前朝后市，液池
在西，御沟环绕，历代皆然，至景山则自元初已有之，见
《马可·波罗游记》，皆无俟于姚氏之发明也。又范石湖《揽
辔录》称金主亮始营此都，规模出于孔彦丹，此人亦不可甚
考矣。余既述故宫之建筑史如上，故宫之情状，当以次言之。

　　游览故宫，欲穷其胜，非累日不可，吾侪竭六小时光阴，
奔波各处，看花走马，所获盖亦仅矣。所幸故宫博物院印图
说，分作三路，为内中路、内西路、外东路，循是以观，大都
了了。

　　兹先以内中路言之，吾侪先入顺贞门，旧名坤宁门，明嘉靖十四年七月改顺贞门，内中为承光门，东为延和门，西为集福门，皆嘉靖时之原名也。承光门内为御花园，即明之宫后苑也。园内奇石布，佳木郁葱，有古柏藤萝，皆明代旧物，园内楼阁台榭，或系明朝旧物，或系清代改建，若堆秀山为观花殿旧址，明万历十一年闰二月拆去，垒石为山，山正中有洞，洞门额曰"堆秀"，山巅亭曰"御景"。自山左为摛藻堂，额曰"摛藻抒华"，向为庋藏秘籍之所。乾隆三十八年，命择《四库全书》之精要者，为《四库荟要》储于此，现尚存，实海内孤本也，堂之西，有古柏院壁刻，清高宗御制《古柏行》，据寺人相传，乾隆南巡时柏忽枯死，而乾隆则时时觉有树影前导。迨回銮以后，树亦复活，乾隆异之，故加封号焉。堂之东为凝香亭，明时金香亭旧址也。堂前为池，池上有亭曰浮碧亭，过万春亭、绛雪轩，轩前植太平花，为仅见之品，余侪以其花叶繁茂，多于此摄影。

　　自此入坤宁门，旧名广运门，明嘉靖十四年七月改坤宁门为顺贞门，遂改广运门为坤宁门，坤宁门之东庑，旧为值宿太监居住之所，俗名九间房，现改为第一陈列室，陈列名画，颇多古趣，有天平山十八景，为乾隆幸天平时所作。复至坤宁宫东庑，亦为太监值房，现为第二陈列室，内藏铜器，有散盘。余购得拓本一纸，赵子叔雍，为加考据，至堪葆爱也。坤宁宫东暖殿，现改为第三陈列室，内列历代玉玺，五色斑斓，光彩照人，洵稀世之珍也。

自此南行，至昭仁殿东庑。北端为乾隆清宫库房，稍南为太监值房，再南则储存香烛处也。现改为第四陈列室，罗列象牙雕刻无数。过昭仁殿，原名弘德殿，明万历十四年改为昭仁殿，明怀宗殉国前，曾手刃其女昭仁公主于此。清康熙时为寝兴温室，至乾隆时，敕检内府善本书，列架藏此，颜曰天禄琳琅。殿后偏西为五经崒室，藏宋岳珂校刊五经，今架上所庋者，多现时坊间通行刊本，原书散失不少。岳刻五经，亦不存，闻半已赏给溥仪矣。登乾清宫东庑，旧为乾清宫茶房，内悬康熙御笔匾曰御茶房，匾已不存，现将炉灶拆去改为第五陈列室。

过御茶房，即端凝殿，贮历朝御用冠袍带履之所，明嘉靖十四年改今名。殿内所存储者，为官帽、朝珠、指甲、藏香、书籍等物，溥仪之发，亦藏诸此，盖亦成历史上之陈迹矣。自此经自鸣钟、御药房，而至上书房，明清两朝皇子、皇孙多肄业于此。载沣摄政时，亦在此办公。西二间为存书之处。转北一间，内祀孔子，现在中三间改为第六陈列室，现藏古书，若马远之萧山古寺，黄山谷、蒋南沙之册页，均极可观。过乾清门、敬事房、南书房，全内奏处事，昔者清廷每日内外臣工所进奏章，俱由奏事处进呈后，仍由其交出。南间为明太监魏忠贤及王安值房，现改为第七陈列室。由月华门而北，至批本处，清内阁批票及本章，俱由此处进呈，然后票写满文，交阁储存，历代奏档，已移置图书馆，现改为第八陈列室，内多闽之漆器与景泰蓝器。北为懋勤殿，嘉靖十四年七月改，天启帝创造地炕于此，恒临御之。帝好武戏，常在此殿观岳飞秦桧等戏。地震时，乾清宫东暖阁震坏窗户，帝移居此十日，清时为康熙帝幼时读书处，后为内廷翰林兼值之所，凡诏书盖用御宝，恒在此殿。

下殿至乾清宫，宫九楹，西暖阁为明万历天启二帝居处，东暖阁为泰昌崇祯二帝居处，崇祯元年八月初四日，悬太监时明书敬天法祖匾于殿内。每岁腊月二十四日至正月十七日，于丹墀内昼夜放花炮及焰火，上元节则安设七层牌坊灯于丹陛，魏忠贤弄权时，曾在内阁看文书，至清代则引见外国使臣，召封百官，批阅章本，皆在此殿。康熙六十一年及乾隆五十年，两开千叟宴于此，正殿中为宝座，上悬正大光明匾。两旁置玉牒及图书集成及星球仪等。

自此过弘德殿，至交泰殿东庑，原为交泰殿厨房，现改为第九陈列室，交泰殿在乾清坤宁两宫之间，明嘉靖四十年七月改渗金圆顶，制如中和殿，金殿内悬乾隆摹康熙御笔匾，曰无为。并集御用宝玺二十五颗于此，最近皇后之册宝，亦置此殿。东侧有乾隆年置之铜壶滴漏。西侧有大自鸣钟。

入坤宁宫，宫广九楹，在明为皇后寝室，所谓中宫是也。清室东暖阁改为大婚时洞房，满俗凡祭必于正寝。东边有长桌一，以宰牲。后有锅三以煮祭肉。西边有布偶人及画像，盖即所祭之神也。壁上悬布袋，俗名子孙袋，内储幼年男女更换之旧锁。此外有铜铃拍板等，均祭时女巫歌舞所用。元旦皇帝行礼后，在南炕升座进胙肉，并赐王公大臣同食。皇后则于东暖阁率贵妃以下公同受胙分尝。东一间内有神亭，为供给天神时所用。西一间空，自是所经，若坤宁宫、西暖殿、寿药房、坤宁宫西庑、天一门，至钦安殿，殿奉玄武神，相传殿东北角，有二足迹，嘉靖时两宫灾，玄神曾立此救火云。更至四神祠、养性斋。养性斋明为乐志斋，斋前有曲流馆，万历十九年闰三月改建，今曲流馆遗址，不可考，清改今名，英人庄士敦曾住此，故楼上下皆设西式器具，溥仪出宫，此室亦日就颓废矣。

内西路之起点，为西花园，民国十二年六月二十六夜，宫内敬胜斋失慎，延烧东西南三面。历代古物之存于此者，均付一炬，火后，就其原址，夷为球场，场东盖玻璃屋一，内有鞋二，帽一，硕大无朋，不知何用，殊可笑也。惠风亭北，为静怡轩，轩后为慧曜楼，楼西为吉云楼，再西为敬斋，斋额曰德日新，即起火处也。另有石洞，今者石洞而外，其他各物，荡然无存。石洞南中正殿原址，其东有惠风亭。

次至建福宫，宫凡三楹，乾隆五年改建，屋瓦用蓝色，原为守制时所居，建福门内为抚辰殿，殿三楹，额曰钦福宜民，联曰"生机对物观其妙，义府因心获所宁"。殿前有铜炉二，明嘉靖二十一年制，殿内祀普天众仙，暨春夏秋冬四官神位。自此过延庆殿而至宝华殿，殿内供欢喜佛多尊，此地明时供奉道教，为研究引导吐纳之所，至清始改奉佛教，欢喜佛多为幔覆，余侪多未之见，不知较雍和宫如何也。

太极殿即启祥宫，在启祥门内，原为未央宫，清乾隆时，西壁悬姜后脱簪图，及张照书赞，近亦改旧观，宣统未出宫时，为同治瑜太妃所居。中为宝座，前后廊有慈禧书斋匾，殿内陈设，悉仍原式。过体元殿而至长春宫，宣统时，淑妃亦居此。四周走廊，绘红楼梦图，宫五楹，中宝座，西一间为卧室，西二间为书房，案上陈小说等书，复有亲笔小楷。宫中亦有浴室，唯不甚精洁耳。西为承禧殿，东为绥寿殿。由此入翊坤门，至翊坤宫。为西宫妃嫔所居，慈禧为贵妃时亦曾居此。相传同治生于宫之西间，额曰履禄绥厚。廊间有鞦韆二。翊坤宫东厢为延洪殿，后为体和殿，凡五楹，旧为储秀门址，翊坤储秀二宫合并后，即址改建此殿。东为大成右门，西为长泰门，中三间靠窗为炕，多瓷玉陈设，复有西洋乐器，队凡乐中所有者，无不具备，机恬一动，则音乐大作矣。西间为宣统后书室，书案上复有美人风雅大观小说等书，均已楮叶狼藉矣。体和殿后为储秀宫，宣统未出宫时，其后居此，中设宝座，东为卧室，西为浴室，现一切布置，均仍原状，储秀宫东厢为养和殿，其后为丽景轩，为宫中之西式食堂，中三间有长桌二，器具都精洁。东间有铜床，织金为帐，颇极华丽，殆午饭既毕，就此小憩者欤。西间壁绘有北海琼岛风景，自此入西二长街百子门，北为重华宫，东为宫戏台，台前为淑芳斋。

重华宫在清乾隆为皇子所居，后升为宫，每年新正，在此侍宴太后及赐宴廷臣，联句倡和，以为常例。今床帐及各种陈设，一仍其旧。东室有乾隆匾曰芝兰室，及雍正诗联等，重华宫东庑为葆中殿，西为浴德殿，又重华宫前为崇敬殿，凡五楹，在重华门内，匾曰乐善堂，乾隆为皇子时所书，中为宝座，后有玉饰屏风，旁有红雕漆盒，内存乾隆诗文稿，窗前有古编钟及浑天仪，均稀世之珍也。

　　外东路之最可观者。厥为宁寿宫。吾侪先至皇极殿，在皇极门内，前有甬道，规模一如乾清宫，东设铜壶滴漏，西设自鸣钟，高约丈许，中有宝座，座后置围屏，东西各有暖阁。殿庑东出者为凝祺门，西出者为昌泽门，殿内原存三海移来之陈设品，兹存两庑，改为第一陈列室。皇极门外，有九龙琉璃壁，华丽过于北海。皇极殿后，为宁寿宫，西楹有煮肉祭神大锅，吃肉木坑，及满洲跳神法器等等。东楹为东暖阁，有乾隆御笔宁寿宫铭。满洲旧制，凡祭必于正寝，此宫之制，恰同中路之坤宁，辽宁之清宁，现在殿内改为第二陈列室。

　　过宪政筹备处，即前清抵制革命用以愚民之机关也。偏屋三楹，备极卑陋，清廷用心，昭然若揭矣。宫后为养性门，入门登养性殿，殿陛西盈而东朒，西陛南下，东陛东下，一如养心殿，盖满制也。殿正中为宝座，东暖阁匾曰明窗，后曰隋安室。西楹之北间有塔院，为奉佛之所，东西各有复室，曲折回环，西屋并结石为岩，中有坐禅处，乾隆御笔题养性殿诗，有

"允宜归大政，余日享清福。是用构养性，一仿养心屋"之句，可见其全仿养心殿也。现在殿内改为第三陈列室。

养性殿后为乐寿堂，两庑嵌乾隆御书敬胜斋石刻，本为宁寿宫书堂，乾隆四十一年，题乐寿堂诗注有云："向以万寿山背山临水，因名其堂为乐寿，屡有诗，后得董其昌论书帖，知宋高宗内禅后，有乐寿老人之称，喜其不约而同，因以名宁寿宫书堂，以为倦勤之所。"按《清宫史续编》五十九卷，言西楹北间为寝宫，今未能详指其所，此堂构造亦极复杂，现堂内改为第四陈列室。

堂后有愿和轩、景祺阁，过阁即至贞顺门，可谓为宁寿宫全院之后门，与乾清宫全院之后门名顺贞门者，倒置一字。庚子之役，慈禧仓皇出走，即出此门。门内穿堂三楹，楹前有井，慈禧出门时，曾推光绪宠眷之珍妃坠井，即此井也。井今封禁，穿堂东间犹供珍妃牌位，此门名贞顺，好事者遂附会为"珍殉"之预兆。自是更折至寻沿书屋，有垂花门可通阅是楼。院内东有石山，题曰小有洞天。寻沿书屋后为庆寿堂、景福宫。有门西向者曰景福门，入门南向者为景福宫，昔为康熙奉孝惠皇太后之所。宫内悬乾隆御笔，额曰五福五代堂，考乾隆五福颂，知斯宫系仿西路建福宫，静怡轩之制。又考五福堂，系康熙书赐雍正匾额。乾隆四十九年，喜见五代玄孙，因增二字，书匾于康熙定名之景福宫，景福宫后为梵华楼，楼西为佛日楼，均奉佛之所。

自佛日楼折西至古华轩，西为楔赏亭。据《日下旧闻考》，亭中刊有乾隆临董其昌兰亭记，轩东为抑斋，斋外山上有撷芳亭，亭西为矩亭，古华轩后为隧初堂、萃赏楼，楼后有石洞，洞上有圆亭，额曰碧螺。其北相对者，为符望阁，阁西为玉粹轩，东向，轩北有竹香馆，馆内结构，悉以竹为之。符望阁后为倦勤斋，游观至此，三路之游程已毕，余侪综观清宫结构，泰半相同，前后左右，莫不有门，宫殿之中，其所陈设，类多相似，壮丽而外，他无所长，余常悬想，苟游法京，法之故宫与清宫相较，其情状果何若也。

故宫宝物，光怪陆离，莫可究诘，其令人徘徊观览而不忍遽去者，厥为各种瓷器。数载以前，瑞典皇储，爱慕东方文化，来游北平，于缀玉轩主人之艺术，固所倾倒，而故宫瓷器，尤所酷嗜。尝于宫中盘桓数日，朝至夕归，均坐于储藏瓷器之一室中，把玩注视，爱不忍释，盖瑞皇储，于各种窑瓷，精于鉴别，而思古幽情，亦会心不远也。宫中古瓷，其最美者，厥为色素。所绘花卉与山水，极精工，如出名家手笔。余尝自念，国人时以发扬东方文化于世界为己任，应以中国固有之宝物，精印成册，以供之世，若故宫之瓷器，选其最精美者，以五彩精印成书，与原物彩色，无或稍殊，各国美术之士，若瑞典皇储其人者，得之必且狂喜，因不仅发扬中国之美术，其影响于世界各国之艺术前途，固甚巨也。余游故宫半日，当时所见，极感无穷之兴趣，数日以后，逐渐遗忘，苟无故宫所赠之图说，则此游之宫殿，泰半已忘其名，遑论考其历史耶？唯故宫图说，似嫌简陋，余意应即精印画册，招专门技师前往摄取影片，务期富于美术意味，然后于图之下端，详注说明。如是则游者固觉便利，而未游者亦可购作纪念，如以财力不继，不妨招人为之，此书果极精美，购者必多，则每年之中，或可数万金之收入也。

商起予氏之报纸观

平汉铁路车站有食堂一所，治馔素极精美，平人多称为西车站食堂，八年以前，余游燕市，尝于此饮宴，今者旧地重临，则一切如昔，唯时日忽忽，八年一瞬，言之兹可痛也。总部行营河北省府及北平市府等曾于此招宴同人，并约平津各报记者为陪。席次由商主席起予演说，何参军长以有要公，未克列席，由秘书长华觉明氏代表，市府沈秘书长亦在座。酒至半酣，商氏起立致辞。

商氏态度至为诚恳，其希望于新闻界者，计有三端：一曰求真是非也，举世滔滔，是非莫辨，报纸为民众领导，一切言论，所关非浅，故希望报界本其天职，求一真是非，庶几社会人士，群知是非之所在，一切纳诸正轨，则国家前途，庶乎有望。二曰勿迎合社会病态心理也，近顷报纸有一特殊趋向，即于社会新闻，记载不厌求详，而奸宄之事，尤绘影绘声，曲书其妙。在报纸本有闻必录之义，叙述自宜详尽，唯其结果，适足助长社会之罪恶，唯此种新闻，又多为社会所喜，实则此乃社会之病态心理也。故希望报界勿迎合社会之心理，其影响于社会之安宁者因甚巨也。三曰注意民生问题也，近数年来，战乱频仍，民生疾苦，无由得知，报界应于此多加之意，对于民间情状，详为调查。一方督促政府，从事改革；一方指导民众，示以周行，民生疾苦既解，则一切建设，自易有为。

商氏复谓本人于报纸素鲜研究，唯每日读报，不无所见，故言之如此。末复希望平津报界亦组团体，外出视察，且就今后横的方面视察全国及蒙藏，纵的方面视察省县市乡村，则其贡献当更大云云。余侪闻商氏之言论，知其观察报纸，至为精确也。

燕京大学

凡游北平者，莫不知协和医校校舍之美，庸知协和而外，燕京大学之华丽庄严，亦正可观。燕京在西郊海淀村，其地林木幽邃，隔绝市嚣，昔为某贝勒府，占地绝广，约六百余亩。校舍建筑，外表纯仿中国之宫殿，内部布置，仍为西式，建筑费闻达一千二百万美金之巨。按该校为美以美等五教会所合办，创设有年，卓著声誉。现分文理农商医诸科，又特设师范一科，始创者为 Dr. J. L. steward，现任校长为吴雷川先生。近顷又添设新闻学院，系美国密苏里大学新闻学院所分设，今秋即可始业，新闻学院之主任，为颜旨微先生，更延聘南北报界名宿，组一董事会，而以天津庸报之董显光先生为董事长，此院之发展，宁有涯矣。唯余所希望于该学院者，即其课程一项，应参酌中国社会及报界之特殊情形，授以相当之学识，岁庶数年而后人才辈出，均适用于中国之报界。若一仍密苏里之学科，将来于中国报界必无所裨，而于学生之出路，亦至感困难也。

余侪于赴香山之便，曾于燕京小憩，该校朱门南向，石狮雄踞左右，夹道浓荫，楼台掩映，南中各校，殊罕其传。校之西隅，矗立一塔，自远遥望，宛似西泠之保俶塔，瘦削而长，点缀于林木间，尤感情趣。此塔之建筑费，亦达五十万美金，为美人某君所捐建，某君酷爱中国之古塔，故建一塔于该校，以垂纪念，亦隽闻也。学生宿舍至华贵，每室二人，另附浴室，室中陈设，应有尽有，铁床几案，井然有序，虽高贵之旅舍，亦所弗及，女生宿舍，闻亦如是，男女宿舍，遥相对峙，中隔一交际楼。男女同学，不得至宿舍访问，如须晤谈，先通电话，次至交际楼相见。故课余之后，交际楼中，幢幢人影，往来如织，该校临近名胜，若昆明湖玉泉山等，风景之佳，无出其右，男女同学，课余结伴出游，跨驴泛舟，各得其趣。余频年栗六，久居海隅，学殖荒落，与年俱废，颇欲摈弃一切，至燕京度此优游之学生生活也。

此外又设电影院、溜冰场，图书馆藏书亦至富，闻之某君，昔年张汉卿氏到校参观，于学生生活之舒适，深致赞美。

尝语人云：燕京学生，在校既久，恐将来出而问世殊不耐社会恶劣之环境也，一时闻者，传为至言。该校现有学生七百余人，女生约三百人，校中每所培植一学生，约需款八百金，至学生本人之用费，则为数甚微，又教授亦各得住宅，备极精美，每宅建筑费亦多在万金以上云。

香山半日记

抵平而后，各处游观，每苦仓促。唯香山之行，盘桓半日，都甚暇豫，至足乐也。先是香山慈幼院长熊秉三，金城银行行长周作民，大陆银行行长谈荔荪，中国实业银行行长卓君庸，北平市府社会局长赵正平诸氏，于玉泉山自青榭招宴同人，如期前往。西郊风物尽足流连，兼以初夏，照眼浓翠，自青榭在玉泉山之阳，拓地数弓，杂莳花木，小桥流水，颇得幽趣。余因于树荫之下，为秉老及诸主人合摄一影，稍顷入室，就餐，肴馔并精，饭毕，复出佳果饷客。

旋即驱车赴香山，香山为余旧游之地，八年以前，时方盛暑，余居甘露旅馆，午夜大雨，泉声到耳，凌晨上山，则山头瀑布，方如匹练下注，为状至可观赏。归南以来，香山之瀑时萦魂梦，今者旧雨重来，兴会倍增矣。至香山，秉老导观慈幼院，院生无论贫富，待遇平等。秉老以贫寒子弟，固教养难周，然在富户，其子女又多付诸仆役，用是创设斯院，嘉惠幼稚，开办十有余年，惨淡经营，卓著成绩，四方闻风来归者，踵趾相接。唯以院址不敷，未能悉数容纳，固尚有待于扩充也。院中组设自治会，一切行政，由学生自为之，故多井然有序，儿童皆活泼可爱，见秉老及余侪至，莫不欢然脱帽，时雨之化，入人深矣。院中又有工厂多处，出品若丝织书片，儿童玩具，俱斐然可观。

稍顷，余侪被邀至大礼堂，全院男女学生数百人毕集，首由秉老致欢迎词，继由程沧波君演说。久之复至女校参观，女校为静宜园行宫之一部，细草幽花，风景佳绝。女生图书手工成绩，多可观者。

后乘舆上山，叔雍独策蹇彳亍前进，频频回首，以傲侪辈，实则是日酷热，跨驴者骇汗相属，余侪俯仰自得，凉风入帷，为乐多矣，山半极目无际，玉泉诸峰，宛若翠黛，城中烟树，万户迷濛。少焉，止于双清别墅，秉老以清茗饷客，凉沁心脾。别墅中引灵成泉为池沼，曲折有致。秉老于池畔小立，余为摄取一影。叔雍即曰：秉老是凌波小立也，秉老曰：昔人为余撰一联曰：一熊三督办，双风雨凌波。盖以余同时兼任督办凡三，而韩家谭双风院有王凌波与小凌波也，叔雍及予，为之拊掌。

缀玉轩之宴

缀玉轩主人，昨岁来沪，曾有一面之雅，今岁到平，又获良观，喜可知矣。同人中，与主人泰半旧识，抵平后数日，主人折简邀宴，先时而往。入门左折，遂见长廊，长廊之左，有小园，垒石为山，好花如锦，流泉下泻，悦耳玲琮，世外桃源，仿佛似之。前进至厅事，为主人起居之室，厅悬巨额，曰阿兰那室，系海藏老人所书，四壁张书画，多名作。银盾镜屏之属，罗列几畔，未下百十，主人艺事之精，驰誉海外，犹此殊荣，匪幸致也。厅事中，有方几一，几面为竹，刻山水林木菭翳，下瀑流泉，用笔工细，无殊画本，名贵之品也。厅事后，多陈旧椠，满目琳琅，弥殷古趣，又见主人小影一巨册，自幼至今，莫不具备。旋于长廊前，合摄一影，偕入西院，西院屋凡三楹，甚精洁，陈设楚楚。

席次晤前北大戏剧教授齐如山，京报主笔黄秋岳，及傅芸子、姚玉夫、王凤卿诸君，谈笑甚欢，齐如山君近顷成中国剧之组织一篇，于唱白、动作、衣服、盔靴、帽鞋、胡须、脸谱、切末、物件、音乐等，言之綦详，闻已强半译为英文，以供西人之有志于中国戏剧者。齐君诚有心人也。是日之宴，宾主尽欢，至午夜方散。

国内人士，无有不知清华大学者，自燕京至清华，为程匪遥，瞬息可达。清华沿革有可得而言者：民国纪元前四年，美国退还庚子赔款，用以发展文化事业。次年，政府组织游美学务处，招考国内优秀之士，资遣赴美游学。是年之秋，始就清华园旧址，建筑校舍，因以为名，历时二载，校舍始成。第一任校长为唐国安君，清社既屋，校亦停顿，至民国元年五月，始复原状，其后唐校长谢世，周诒春君继之，整顿校务，不遗余力，清华之伟大建筑，偌大礼堂、科学馆、图书馆、体育馆等，多于周君任内告成，于是规模大备，为国中最驰名之大学矣。周君复于民国十年起，更定计划，减收中等学生，添增高等科学额，复以留美学额，公之国内各大学，于是非清华学生，亦得同享资遣之待遇。民国十四年，成立大学与国学研究院，大学分专门与普通二科，而研究院则注重个别研究，一时国内名宿，若梁任公、王国维诸先生，均延为讲师，其时任校长者曹云祥先生也。十五年春，废专门普通两科，大学组织与国内各大学同，于是一切始纳于正轨。十七年国府正式公布清华为大学，派罗家伦君为校长，罗就职后，于校务多所革新，一方面更将程度提高，以与欧美大学相颉颃，此该校开办迄今最简略之沿革也。

清华本一园林，与圆明园同为风物优美之区，自建壮丽之校舍后，益以人工之点缀，水木清华，景色明媚，而圆明园则庚子之后，颓废荒芜矣。清华初开办时，政府赋予之权力甚大，其周围四十里以内，有警察管理权，凡于此范围以内之居民如有违法行为，学校得加干预，是盖以学校而兼行政权者，亦创闻也，唯今则不知如何耳，余侪赴清华参观一周，承教务长吴之椿秘书长张广舆两君之殷勤款接，具述种种。知清华前途之光明，实未可限量也。

见闻偶忆

余侪一行二十余人，强半皆为苏籍。到平而后江苏同乡会为芷庠君以乡谊招宴，马群亦名记者，蜚声北平，与同人多半旧识，是日之宴，在广和居，去江苏会馆才咫尺耳，唯余侪同时另有他约，未能全体赴宴，至用怅怅！同席诸子，关怀桑梓，屡以苏事为询，余侪亦各就所知，具以告之，不觉日晷之移也。江苏会馆屋宇崇闳，在各会馆中称巨构，藏古器物甚富，盖都为潘文谨公祖荫所捐赠者。潘公，苏人，告归之日，以珍藏宝物，悉捐之会馆。且曰：子孙贤不肖未可知，留之会馆，可保存久远也。余侪是日所见者，若周代陶器，及书画数种，皆名品，又埃及碑及中国古代之刁斗，均历史上具有深长之价值者。又有诸葛铜鼓，雕刻甚精。马君与余，虽系初面，然交谈之倾，至为欢洽，后此过从，竟成稔友矣。

本报驻平记者秦墨哂君，于余侪抵平之次日，即设筵来今雨轩，为同人洗尘。是晨，余侪方赴碧云寺谒灵，亭午入城赴约，来今雨轩画栋雕梁，备极壮丽。轩前统以砖栏，中央有小台，植玲珑石一株，与西湖小瀛洲九曲桥畔之怪石相似。轩后山石罗列，花草缤纷，轩中有钢琴一事，为十余年前旧物，久置室隅未尝移动，试一抚之，已不成音，盖亦投闲置散久矣，秦君素广交游，久著盛誉，后此同人南旋，秦君伴送至津，尤可感谢也。

邵飘萍夫人汤修慧女士，于京报社中设筵招宴。宾主三十余人，多为同业，复于庭前摄影，用垂纪念。京报自复刊后，得黄秋岳、徐凌霄、潘劭昂诸君协力主持，益见精彩，销路视前激增，前途大有可为，飘萍先生地下有知，当以为慰矣。

汤山之游

西郊诸山皆太行山脉，自西迤逦而来，蜿蜒罗列，俨若屏障，世皆称为西山。若玉泉山、西山、汤山等，皆西山支脉也。唯汤山地势少偏于西北，汤山在沙河东二十里，孤峰特立，卓尔不群，有大小二山，大汤山三峰突兀，小汤山则为势稍低，初非峭拔。两山均以温泉名，水含矿质热度甚高，浴之可却皮肤病。自平至汤山，有汽车道，起自青龙桥，迄于汤山。余侪既穷香山之胜，汤山云游未可稍缓，先一夕同人相约。此行必凌晨即兴，尽竟日之欢始返。翌晨自寓出发，兴致甚高，既出地安门，则道途失修，车行颠簸之至。北平自置市后与河北省划分区域，余所行之汤山路，亦分为省道与市道，初出地安门外为市道，再前行若干里，以至于汤山，则为省道。市道已极崎岖，省道尤苦颠顿，车之摇动，令人几不能自持。余坐车中，时而上升，时复下坠，既至中途，深悔此游之痛苦。独鹤、际安则力为劝慰，谓沐浴而后，遍体舒畅，此行当不虚也。

既至汤山，止于旅邸，设备尚精洁，引泉为池，池甚广，上张以镜，覆以瓷砖，余侪俯视池水，上陈微沫，酷似炉水初沸。旅邸后有公园，花木扶疏，亦得幽趣，园中有小渠，泛舟甚感淤浅，舟不得前，殊无湖上轻舸容与之乐也。顾余侪志在得浴，忽忽一观即出，赴室就浴，水颇温暖，畏其酷热，继亦泰然，水拭皮肤，身心都畅，其妙处亦难以言词形容之。浴罢倚炕，万虑都消，仿佛羲皇上人也。浴竟，就室进餐，谈笑为乐，久而忘去。汤山一带，颇多豪家别业，环流倚山，各极其胜，但现亦稍稍颓废，非复曩年盛况矣。

津沽琐录

自平抵津

离平之日，于百忙中，抽获余暇，至东安市场一行，购致数物，以留纪念。及至车站，则征车将发，友好者来送别。十日春明，云烟过眼，人类为有情动物，握手言辞，不无依恋。车既驰行，返视站上，则送行诸子，人影零乱，余归座后，复凭窗遥望，见古城斜月，随车声而消失，不禁怅然久之。下午五时许抵津，津门同业，都到站相迓，下车之顷，人获小信封一枚，内有卡片一纸，书某某姓名，应坐第几号车，由某某数君为伴，至旅馆后，寓居某号房间，均一一预为排定，有条不紊，津门同业，招待周至，可感也。出站，余侪即就片上所书，各得预定之车，驰抵国民饭店。

余侪寓所，计有二处，一为裕中饭店，一即国民饭店。蕴和、竹平、公振、沧波诸君先一日到津，均寓裕中。余侪次日抵此，以人数较众，乃不得不分寓他处矣。国民饭店设备精美，华人旅舍中，以此为巨擘，小憩片时，即赴大华饭店报界之宴，宴毕甫九时，拟作市街之游，初意为时已晚，商铺或已休业，旋询友人，方知津门商铺，夜市最盛，遂游劝业场，电炬千万，宛同白昼，所售货品，亦分门别类，与上海之百货商店相似，稍游即归，累日劳苦，心神都瘁，倚榻睡去，一梦遽然。翌晨起身，则《庸报》《大公报》等，已陈案头。披阅一过，稍知南中近事，良用快慰。余侪北行二十余日，初未尝获有一日能畅读如许报纸者，兹竟得之，宁弗欣快。津门各报，消息敏捷，而体裁新颖，诚令余侪钦羡不置者也。

纪天津报界之盛宴

天津报界同业，于余抵津之夕，张筵大华饭店，为同人洗尘。大华饭店地不甚广，然一切布置，尚称华贵。是日为六月一日，屋顶舞场适于斯夕开幕，以故仕女云集。台上初无音乐，以电动之留声机代之，声浪虽不过高，然亦抑扬有致，足以小作回旋也。有某君曾携其神仙眷属，数度起舞，余侪于此道非所素习，徒望而生羡，其情况盖与辽宁之凌格舞会相似也。

津门同业，并邀地方长官为陪，席次由大公报胡社长政之致辞，略谓：上海同业，观光东北，自沪出发，迭经名区，以至于津。夫以津门之鄙陋，繁华既未逮上海，游观又远逊北平，诸君莅止，殊未足以餍考察之望也。以言吾津门报界同业，则向若散漫，素无团结，即以招待远客言之，则一切均由庸报董显光先生料量其事，我辈未与其劳。至于起居不适，饮馔未佳，斯则吾侪所同深抱歉者耳。上海同业，为吾国报界先进，向居领导地位，今兹团体视察，远至辽哈，实开报界未有之创局。北方报界，自兹而后，有所师承，亦应有同样之组织，以求借镜。更进一步言之，我南北报界，同属弟昆，苟合组团体，作边疆之旅行，为更有意之考察，是今日上海之报界团体，实为他年全国报界组织团体之先驱矣。夫新闻记者之职业化，报馆事业之商业化，皆为发展新闻事业之要素。而此两事者，上海同业，可为模范。以言职业化，在座之申报张蕴和先生足资矜式。蕴和先生投身报界，垂三十年，以报纸为终身职业，始终如一，此极难能而可贵者。若夫报纸营业化，则沪报营业发展，远过天津，事实昭昭，无容赘述，至愿报界先进有以启迪吾人也。最后一言，我津门同业实有联络组织必要，进而至于全国同业之大联合，亦不容稍缓。晚近以来，社会重视报纸，各方尊敬记者，吾人职责，亦因以愈重，凤夜辛勤，力求一当，吾人之努力，是不容或缓者矣。胡氏之言，至为中肯，余侪多答以掌声。翌日各报详载其事，兹所述者，仅纪其崖略而已。

西湖别墅之宴会

抵津之次日，访警备司令傅作义，市长崔延献，正午，傅崔二氏，设筵西湖别墅，招宴余等，兼有津门同业列席。席间两氏均有演词，兹略述之。傅氏之言曰：沪记者团到津，今日得集南北报界，欢聚一堂，曷胜欣幸，津市设备简陋，未足观览，诸君远道来此，招待未周，尤深歉仄！我国新闻事业，上海实为策源之地，亦即全国舆论之中心点，数十年来，国中教育实业，种种建设，稍得些微之进步者，端有赖于上海新闻界之宣传，方克臻此，功绩昭著，奚待不佞之一言。兹者上海报界竟有观察东北之壮举，开全国报界之新纪元，殊为钦佩。此行所得，必将笔之于书，载之于报，以告全国之人士，其嘉惠于社会，宁有涯涘。唯鄙人之所望于诸公者，则将来更为西北之游，庶几观察所及，可作全国建设之楷模。新闻记者为民众导师，负有指导之责，今诸君既来津门，则此间设施，未臻完美，窃有待于诸君之指正也。

傅氏言毕，续由崔氏致辞，略谓诸君顷来市府，关于天津市的状况鄙人已详为报告矣。兹复以个人之感想，为诸君言之，自统一告成，军阀消灭，国家政治，渐上轨道，但欲实现民治，非先唤起民众不可，而唤起民众之责，舍诸君其谁。然而诸君虽尽唤起之责，南方民众起，而北方民众不起，决难得整个之发展。上海报界为舆论中心，至顾大声疾呼，唤起全国民众，诸君南归，幸勿忘天津，尤勿忘我北方也云云。天津在华北之地位，扼六路之中心，当九河之尾闾，外连洋海，与世界各国通航；内达燕晋陇豫鲁辽吉黑诸省，此其冲要，自不待言。今更获傅崔两氏之统治，使紊乱者底于安定，破坏者入于建设，天津之前途，盖方兴未艾也。

归途掇拾

津浦道上

余侪于津门滞留一日，次日薄暮，即乘津车南归。彼时车辆尤未畅通，余侪人众，忽遽乌能得车，多方设法，始得陇海路二等卧车一辆。唯以电力不足，入夜无灯，代以洋烛，发光如萤火。余侪以旅行之中，苦乐相济，始得真趣，亦甚安之。离津之顷，报界同业，到站相送，胡政之、董显光两先生且各送一程，至东站下车，珍重而别。此次南归，同人沿途购物，行李积如小丘，措置甚非易事，幸得董显光先生代为布置，亲身督率，始免困难，余侪迄今思之，犹为铭感。卧车前尚有饭车半节，饭车中电炬大明。余侪多坐于是，聚而作叶子戏。是车以重载，行驶迟缓，机车亦已年老，弗胜艰巨。余侪以得车殊非易事，车既南行，迟早必可到达，亦殊弗计及时日也。津浦沿线，往年北去时，似均为不毛之地，此次所见，乃大异于昔，远山近水，小有人家，意者直鲁一带，频年天灾兵祸，相逼而至，今已否极泰来，居民重返故乡，庶可稍苏喘息欤。次日下午，至济南，山东省府主席陈调元氏派有代表，在站相候，坚邀余等于济南小作勾留，并谓游程旅舍，亦已代谋，余侪甚感其厚谊，唯以离沪日久，积历之事必多，婉辞谢之。同人乃于站前合摄一影，休憩片时登车。车中最苦者莫如饮食，连日西餐，亟思一尝中菜风味，叔雍乃命侍者烹调中菜，而以西法食之。一汤一肉丝，味虽不佳，足果口服矣。

车过济南，换一机车，速率大增，非复前此之蠕蠕矣。过黄河桥时，行极缓，约行三十分钟，黄河桥自经炸毁后，修理工程甚巨，今犹未恢复原状。目下暂能通车者，仅就其炸毁处，垫以极厚之木料，高约数十丈。薄暮抵张夏站，车停多时，下车散步。站上植白杨，比列成行，风景佳绝，至徐州，又换一机车，行驶益速。盖津浦路现分为三大段，自天津至济南为一段，自济南至徐州为一段，自徐州至浦口又为一段。每至一段，必换机车，行程愈速，次日薄暮，抵浦口。津浦路局长孙鹤皋氏派有代表，在站迎候，下车至路局稍憩。局中员司，赠津浦路工作统计一卷。自孙局长长路以还，日有进展，观其报告，不难具觇之也。稍顷，渡江，路局特备一轮，行至中流，风浪大作，波涛汹涌，实为黄海榊丸舟中所未有者。余以怀归念远，益觉不支，几乎叔宝渡江，芒芒交集矣。

自京返沪

既至首都，即由沪报旅京记者假下关俭德储蓄会设宴洗尘，余侪长征税驾，旧友晤谈，其愉悦之情状，仿佛已归沪上。餐毕，驱车至沪宁站，邵力子先生闻余侪到京，赶来相晤，邵先生与同人均属相识，最初观察东北之议既定，原拟偕行，后以中央政务鞅掌，遂致未果，时日匆匆，去者已倦游而返。同人为述东北情状，与此行中隽永之事，相与拊掌。抵车站后，各人所携行李，已由津浦路局运送过江，安然无损，站上一隅之地，堆积殆满。此次南归，深恐行李过多，沿途检验之烦苦，曾由河北省府给护照一纸，证明余侪所携，初无违禁物品。岂意抵京而后，驻站宪兵，多方留难，嗣经竹平先生多方解释，始得免验，然已费去唇舌不少矣。登车后，长夜漫漫，无所消遣，乃相聚饮酒，余则购阅大小报纸，于沪上情状，恍如隔岁，实则自沪出发，以至归来，为时仅二十有六日耳。夜漏既阑，昏昏睡去，矍然一觉，则已晓风残月，车过姑苏矣。同人思家情切，相视无语。至北站，已届七时，迎者相候已久，驱车过市，行人零落，盖繁华绮丽之上海，于此昧爽之际，居民犹在黑酣乡中也。

莫干山消夏记①

————————————

① 民国二十年作。

莫干山为避炎胜地，余往辄游，知之较稔，敢举见闻，以作向导，仅亦为读者所许乎！迣暑之区，吾侪所知者，若青岛，若匡卢，若北戴河，若鸡公山，均足以涤荡尘襟，摈绝烦俗。南中人士，畏旅途之艰苦，图交通之便捷者，多往青岛。而近岁以还，则群趋莫干山。青岛以大连株式会社之汽轮行，自沪起程，越宿即达，海风习习，光景流连，亦殊可乐也。顾避暑之区，宜求高旷，莫干山高于海面二千五百尺，负奇崒屼，潇湘万竿，为境之幽，举世无匹。他若饮馔所需，击球游泳，亦莫不大备。自杭莫公路告成，游客纷集，苦无下榻之所。今年春暮，山中房屋，已租赁殆尽。交通便捷，风景宜人，莫干山兼而有之，将来之发展，未可限量也！

　　在昔自沪登山，必清晨出发，乘沪杭车至拱宸桥，换乘小轮，薄暮方抵三桥埠，易舆登山，天已入夜，计需时十二小时有奇，竟日舟车，不遑稍息，亦云劳矣！自公路告成，始免汽轮之苦，自杭至山跌之庚村，为程百余里，若专雇一车，驶驱一小时又半，即可直达山趺。沪杭路局与浙省公路局订有为火车汽车山轿联运办法，每年七八月，每日往返各二次。游客在沪购取联票，抵杭转乘汽车，直驶庾村，再易山轿，殊称便利。其购头等票者，抵杭可乘小包车，二三等则乘公共汽车，然车中亦有舒适之软垫，沿路小站，例不停留，近水远山，幽篁来道，游目骋怀，当无劳顿之苦。唯夏日炎热，车中历时过久，亦殊非所宜。愚意在沪最好以夜车行，抵杭一宿，次晨黎明，专雇一车，晓风残月，大道驰驱，其乐殆不可以言语形容矣！

抵庾村后，莫干山管理局派人于此，嘱旅客填调查表，于姓名、职业、住址、上下山日期诸项，必一一写入。其西人来游者，尤须缴验护照，方准登山，弗若往岁之行动自由也。山中人于外来旅客，知之甚稔，孰寓旅馆，孰居几号，不难一见即知。管理局之严密调查，防微杜渐，于山上安全，实至有关系也。

山轿由公路局管理，舁人多寡，视客之肥瘠为衡，大概每客三人，其身体茁壮者，仍以四人为宜。轿以藤制，坐之尚安适。唯游客上山以前，宜审察天时，如有雨意，须择其有布篷者，否则中途淋漓，无从趋避，此不可不知者。

登山之道，向有两途，即老路与新路。所谓老路者，即武康路，石磴峻峭，登临不易。但为程较近，舁人多取道于是，然至绝壁，最宜舍舆步行，以策安全。新路即莫干山路，为浙江督军卢永祥所筑，其后售与沪杭路局，路颇平坦，因山之形势，盘旋而下。峰回路转，建筑极具匠心。途中有天池寺，寺前有唐代银杏，愚意妇孺初次登山，宜取新路，老路山高而陡，令人心悸。张静江氏主持浙政时，于山中经营，不遗余力，曾嘱工程师策划一切，以汽车通至半山，以利游客，惜未见诸事实。以愚观察，新路确可通行汽车，他日告成，登山者不其更便捷耶？

山中旅馆有三：一为铁路旅馆，一为中国旅馆，又一为大华饭店。铁路旅馆，最称精洁，设备亦复完美，占地约七十余亩。有游泳池、网球场，有书报室，所居地位，风景佳绝。西人多预赁一室，以遣炎夏，寓客相处既久，成为稔友，或结伴寻幽，或相约球戏。去夏且有某西妇办一化装跳舞会，琴声叮咚，一时称盛。其膳宿办法，一如海舶，三餐而外，凌晨与午后，均饷客以茶点。进膳有定时，中西餐任人自择。唯此外欲进饮食，殊不可能，盖山中购备食品，颇非易易，如于旅舍留客共膳，必须先时知照，否则无以为应。

中国旅馆地虽不广，而取值较廉，且楼头一望，气象万千，风物之美，无出其右，其地为山中要道，楼下有商务印书馆与花边店。自此更行数十武，即至上海银行与中国旅行社。大华饭店系今年新设，在荫山双林路三百七十号，新建三层洋房，风景极佳。其于山中置有别业者，自较旅馆更为舒适。每日食品，多预约菜贩按日致送。肥美之鸡，值仅一元。唯猪肉较贵，蔬菜亦不贱，此项食品，泰半来自上横及三桥埠。每当朝阳未上，好梦方回，三五菜贩，肩挑背负，已邪许于竹林深处矣。今岁租赁一屋，其稍形完整者，约在六百金至八百金，愚意眷属稍多，留山数月，仍以赁屋为得计也。

浙省邮电当局，昔年于夏令，在山设邮政局与电报局，以利行旅，一至秋冬，游客星散，即行取消。唯自前年起，经山居人士之要求，始允终年设立，前者电报局已迁至武康路、双林路口，邮政局仍在芦花荡。沪上报纸，当日可达，唯递送尝在翌晨。汇票包裹，亦可通达，由沪至山，尚无快信。

山上繁盛区域，以荫山为最，营盘山上横山次之。一至夏令，商店之人纷集。上海银行与中国旅行社每年于六月间即开始营业，主其事者至十月方归。所办业务，如代订山轿、预购车票、发售杂志、汇兑款项，代收沪上支票，山上旅客，极感便利。上海银行虽年有折阅，然以服务为怀，亦在所弗恤。他若商务印书馆发售运动器具、中西书籍，嘉惠游人，殊非浅鲜。至源泰商店，则日用所需，食品罐头，罔不具备。源泰之左，更有箱店，他若竹器店、成衣店、水果店，亦应有尽有。以上所言，都属荫山方面，至营盘山、上横山，则仅小肆七八，设备较为简陋，出售菜蔬食品。

莫干山疗养院初仅为人治肺病，原名为莫干山肺病疗养院。言其设立之经过，有足为读者告者：民国十七年春，周柏年先生因肺病入山，养病于乃叔庆云先生之蘧芦别业。庆云先生虽年近古稀，然精神矍铄，每夏逭暑，辄来山中。柏年先生在山养病，既有奇效，遂命其公子健初先生出资筹设肺病疗养院于山巅，即聘柏年先生之弟君常博士为院长，一时硕彦，若李石曾、蔡孑民、张静江、褚民谊、周佩箴诸先生皆为董事。院屋四所，对于空气疗养方面，至有精密研究。诚以肺病治疗之大障碍，厥为空气重浊，该院有鉴于此，特于山巅建屋，高低适中，空气清新而微薄，故于肺病最宜。至其医治方法，完全以天然疗养为主，而充分休息暨无剧烈运动，乃天然疗养之首要办法。次则日光浴，浴之时间次序部位等等，由各人之医生规定之，盖因病情之不同而各异也。山上日光，毫无遮隔，院中房屋，玲珑轩敞，四面皆窗，随意启闭，故日光直接及于人身，而无冷风寒气侵袭之虞。病人初晒之际，觉热力充足，着肤作痛，继则肤色转黑，乃渐安之而若无其事，及至蜕皮，一二星期后，竟非晒不可。日光浴之优点，在能增进食量，爽健肺部，暨睡眠酣适等，但易生热病，是其缺点，唯如行之得法，即可避免。病人入山，类皆霍然，数年以还，院誉日隆，房屋渐至不敷。今年春季，在沪开董事会，推举褚民谊氏为董事长，公议易名为莫干山疗养院，盖以山中疗养，百病咸宜，初不限于肺病也。

山中名胜，按日计程，不难游历殆遍。然避暑登山，宜求暇豫，兴之所至，引笻闲行，初不必仆仆山岗，转生骇汗也。留山数日，旅舍静居，竹影满阶，照眼浓翠。凭窗眺望，一角青山，即此戈戈，清娱已足！铁路旅馆中，楼上甬道，殊称广阔，沙发之属，陈设楚楚，饭罢小坐，山风续续而至，乐乃无艺。其东面露台居高临下，俯视诸山，如在足底，而三桥埠至庾村之公路，蜿蜒屈曲，有如长蛇，亦悠然在望。愚登山之翌日，山雨欲来，云雾漫天，茫茫一片，诸山忽失所在，危楼小立，宛如身在海舶，疾行于汪洋巨浸中也。已而雨止，白云飞舞，如拥败絮，而山容亦变幻莫测，若隐若现，或明或灭，云尽山来，竹影岚光，又扑人眉宇，晴雨之间，瞬息万变，叹为观止矣！

莫干山有山凡十，若炮台山，若上横山，若荫山，若岗头墩，若中华山，若芦花荡，若金家山，若馒头山，若塔山者均是。炮台山为老路入山门户。上横山略具市集。荫山为莫干山之最繁盛处，以其地势坦平，而又在诸山之中心点也。老教堂亦在荫山，兹以新教堂告成，西人已以老教堂之地基，售诸上海银行与商务印书馆。让屋之时，期在来岁，此亦山中小沧桑也。

自铁路旅馆北行，穿竹林拾石级而下，未数十武，即闻泉声，自是路更下境愈幽，忽于丛竹中，见匹练下泻，水沫飞溅，顾石径迂回曲折，犹不可即达，益贾勇下降，石磴既尽，飞瀑顿现诸目前，莫干山志言，此即剑池也。瀑十余丈，泻入溪涧，势甚汹涌，声隆隆然，对瀑小坐，心境为凉，倘于月夜来此，其景当更可观。唐靖《莫干山》诗云："剑已延津去，山犹号莫干，泉声飞百道，鸟径仄千盘。峡束青天小，池空六月寒，龙光常不夜，斗气复谁看！"下山而后，偶吟此诗，仿佛飞泉入目也。

山之最高处为塔山，高于海面二千五百尺，可望钱塘江及杭城一角。冉冉白云，在足下飘然而过，临风呼啸，气势雄伟，有"振衣千仞岗"之概！山有公园，地址狭隘，殊不足观。浙省当局，近力图拓展，计划业已就绪，告成尚有待于他日也。闻西人尝于山头观落日，盖山峰最高处，四无隐荫，苍茫落日，蔚为大观，列坐其次，云霞堆锦，夕阳无限好也。

山中之胜，唯竹与泉，竹固遍山皆是，泉亦琤琮悦耳。朝暮景色，亦变幻无穷，莫可究诘。周梦坡氏有文，状山中景色，描画尽致。文云："莫干在周时因吴王铸剑而得名。峰峦矗立，高可插天。有时雷鸣脚底，云起瓮中。有时天外泉飞，枕边瀑落。晨起则汗流挥扇，向晚则衣薄装棉。东坡所谓不识庐山真面目，非真不识者，盖瞬息千变，皆以风云为转移，莫干山亦如之。山皆栽竹，高者，低者，大者，小者，各以类聚，连山接境，何止渭川千亩。此则庐山、北戴河、鸡公山所不及，宜游屐所经，为中外人士心追而目注也。"

山中之人，制竹器者甚多，顾不甚精美。有编竹为花瓶者，中插以竹胆，盛水其中，可供鲜花。其他篮筐之属，亦可应用，间有精制之品，西人运以出洋者，然数亦仅见。愚意苟有纤巧技师，制为各种日用之品，游山之客，购一二纪念品以归，则每年亦可增若干收入也。山产茶，味甚清冽，惜焙制不佳，未能与龙井媲美，然新泉试茗，亦别有风味，山中植茶者亦不少。诗僧秋潭有诗一绝云："峰头云湿皆含雨，溪口泉香尽带花。正是天池谷雨后，松荫十里卖茶家。"即咏昔年茶市之盛云。

莫干山初在西人势力范围中，有避暑会管理一切，华人不得入会，所有球场、游泳池等，均拒我华人入内。上海银行在山设有夏令办事处，其主持者李珍甫君，一义勇有为少年也，力与避暑会抗争，晓以大义，西人理屈，乃邀华人入会。所有球场、游泳池，一律开放，闻者美之。然此犹为军阀时代之事。洎夫国府定都南京，浙省府成立，毅然设莫干山管理局。局长林彪君，以西人受吾国保护，在吾领土之内，而抗不纳税，乃与李珍甫君商。李君为拟一西文通告，张贴通衢。谓如有抗税者，当封其居，复遣人以此项通告，按户送往签字，西人无法规避，乃遵章纳税。唯心不能甘，乃投函西报，力诋华人之谬，而又不敢署名，李君有为长文斥之。兹者西人之气焰，已消沉万状矣。

自浙省府组织莫干山管理局后，于山中市政，多所建树。电灯电话，相继敷设，西人所经营之山中道路，于严重交涉之下，一律无条件交归中国管理。西人之避暑会，虽能继续存在，然亦势力衰微，无能干预山中行政事矣。西人昔于山中置产，多私相授受，契据亦弗能完备。管理局成立之后，规定西人不得于山中置产，西人如欲出售房屋，仅能售于华人。故最近一二年来，华人别业，日见增益，大概西人之居，位置均极优美，且出售之时，室中器皿用具，并以奉赠。近顷向西人购屋者，时有所闻。预料不及十年，山中或无一西人之居，莫干山成为完全华人避暑之所矣。

逊清以还，国人以莫干山主权，必须及早收回。武康知事程森呈覆西人历年在山购地建屋情形，披诵一过，可知西人之处心积虑，无往而不用其极。

民国元年三月，浙江都督蒋尊簋，令武康知事程森保护外侨一案，知事申复，详叙西人历年在莫干山购地建屋情形其详，呈文云："奉者督令开：本年三月三十日，准驻杭英领事函开：现据莫干山避暑会副会长禀称，莫干山一带，西人产业甚多；且不拘何时，常有西人来往，目下并无营兵常川在山驻扎保护，殊为危险，等因。准此，查莫干山本系内地，从前教士梅赐恩等，租建房屋之时，因其契内注明教堂公屋字样，是以照约允准。今英领函称，西人产业甚多，此项西人，是否概系教士，其所置产业，又是否实系教堂公产，有无影射营业情事，现已函请英领详细查复，应再由该知事就近严密确查具报，以凭核办。除函复并分令军政司饬派兵队保护外，合就行令该知事，即便查照办理，此令等因，奉此。查武邑莫干山，在县治西北，世传为干将莫邪铸剑之所，上有泉瀑，下为深洲，名曰剑池，久旱不涸。是山北属归安，西毗安吉，其在武邑地面者，不过东南一部分耳。自前清光绪二十四年间，有寓杭英国耶稣教士洪慈恩等，以是山形势胜常，泉水清洁，可作避暑之区。因光绪二十一年间，总理衙门通行文内，有传教士入内地置买田地房产，写明教学公产字样。立契之后，照纳中国法律例所定，如卖契税契之费，多寡无异。卖业者，毋庸先报明地方官等语，遂不关会地方官，各向居民购定基地二百余亩，起造洋房，以为避暑之地，迨各西人执契到县投税，始由前知事宋炽曾，以地非通商口岸，应否准予过户税契，具禀请示，经前浙抚廖批斥，以不谙交涉，办理颟顸，派员刘舜年会同查办。时仅查明买地洋人及卖户姓名，并山地坐落亩分价目，重报呈送了事。此后西人来者更多。购地益广，并在三桥埠地方，设一避暑会公所，照料来往避暑西人，其始犹为教会中人，继则洋商医士等源源而至，凡执契来税者，皆写有教堂公产字样。前县令如刘舜年、王家骥等，均以有案可稽，未敢指驳，一律准其税契完粮。不六七年，计其所买山地，已至一千六百余亩之多。至宣统元年，英人会约翰将买入山地，转卖与德人安保罗，前经县令洪子靖，查得会约翰并非教士，该产为自置私产，禀请照约诘责。经前浙抚扎饬洋务局，照会英德两国领事，转饬会约翰安保罗，所有此项交易与条约不符，饬将原议取消，原契发还。洪令对付此案之后，西人稍有顾忌，故前民政长李登云任内，尚无此种交涉发生。现查避暑会各西人，虽夏来秋去者为多，然常年在山开设商店亦有二所：一为巴播所开，由华人出面经理。一即被盗戕害之费信诚所开。他如工部局西人及安得生等类，皆住山日多，离山日少。又有志不在避暑而纯以房地租赁及贩卖者，亦有购得山地多年不建造者，其用意殆与西人格非思在庐山所设租地公司相类，总之西人在莫干山购地，其性质可分为三：一纯系避暑；二常川居住；三广收买，而以山地为投机贸易。所购山地，亦有二种：一为直接向土人购买；一为西人与西人互相授受。其向土人购买者，类皆无契不税，以求官吏认可；其互相授受，投税即非所急，尽有业主数易，而户名尚复仍旧者，内容复杂，卒难究诘。现在所建屋宇一百有五座，公共球场一所，浴池一所，英美两国合建耶稣礼拜堂一所，复查前清谘议局，收回宝石山莫干山议决案内：第一条，由浙抚以本省行政命令，饬钱塘武康两县勘明界址，绘图立石，备文通告该处外国人，令于接受通告后，不得再行续购地亩，并严谕该处人民，不准再以地亩卖于外人。再由浙抚扎洋务局，知会各国领事。第三条，设法筹款预备收回等语。今虽未曾实行，而莫干山所建之耶稣礼拜堂，并非常年讲道，乃避暑会隐戴教堂名义，自由买卖过户纳税。三月二十四日，接奉驻杭英领事赛来函开：义国领事函开：有义人齐尔伊，于光绪三十一年八月间，在莫干山购得第一段第八百八十五号山地八亩，立有契据，齐尔伊远住广东，迭向避暑会索纳粮凭据；该会以齐尔伊非会中人，不顾承办，现在曾否印契过户注册完粮，嘱知事详查见复。知事遍查旧案，并无齐尔伊注册之户，则其执有契据，必未过户无疑。四月五号，又接杭州之江学堂西人司徒来函声称，莫干山已买而未过户之山地，其纳税完粮，照前清有无减额等词，可知执有卖契而未过户者，不一而足。莫干山毗连三邑，地险山高，自费信诚之案发生后，所供盗犯，均住吴兴、安吉之安庆人所为。山上所用看屋之备，尽系安庆籍，其建筑房屋，则又专雇东阳帮。东阳弱于安庆，避暑时，安庆无赖，麋集赌博，非棚长所能禁止，万一再生别故，交涉因之而起，应请都督照会英美领事，转饬避暑会值年总办，凡洋人已购未税之地不得请换印契，准照原价退回原户，由民国备价取购。一面严禁土民续卖，西人续买，庶期惩后惩前，渐达收回之目的。一面声告各西人，慎选看屋建屋佣工，以免后患。是否有当，伏乞钧裁，察核施行！"

民国八年八月，浙江省长齐耀珊，准内务外交财政部咨，钞发避暑管理租建各章程草案，令交涉员王丰镐转饬武康、吴兴两县查议一案，将省长令文及两县呈文录后，省长训令："准内务外交财政部咨开：案据管理敌国人民财产事务局呈称，本局前因外国人承受敌侨不动产，纷纷向各分局请求过户，当经提出评议会协议，以为外人取得不动产，应否准其过户，应以不动产所在地方，是否可准外人享有此种权利为断。如直隶北戴河、江西牯岭、浙江莫干山、湖北鸡公山等处。准外人于夏令前往避暑，而各处租购房地办法，互有异同，究竟是否承认外国人在各该处享有关于不动产各种权利，或仅准有租赁权，似应有确切之规定；或明定避暑地管理章程及租建章程，以归一致，庶遇到外国人请求过户时，即可据以准驳。兹本局已拟有避暑地管理章程，以供参酌，合缮呈鉴核等情到部。查外人在我国著名风景地方，如北戴河、牯岭、莫干山、鸡公山等处，或租赁官房，或自行建屋，以为寄居避暑之用，虽与约章不符，未经我国正式允许；然相沿较久，事实俱在，确已无可挽回。与其长此默认，滋蔓堪虞，毋宁明定规条，借资限制。该管理敌国人民财产事务局，此次外人在北戴河等处，承受不动产关系，请明定避暑地管理章程，及租建章程，用意不无可采，附呈避暑管理章程，大致亦无不合；第北戴河有涉及秦皇岛商埠界线问题，订入章程转生窒碍。业经彼此商定，暂不列入。其原拟条文，复经复加修正，并拟具避暑地租建章程，以备同时公布施行。唯查此项对外章程，关系重要，虽经三部详细商订，仍恐各地方情形不一，其中或不无尚待斟酌之处。兹拟先行征询关系各省意见，俾昭详审，除分咨外，相应钞录章程草案，咨行贵省长查照，希即体查地方情形，迅予核议见复，以凭办理，此咨。附避暑地管理租建各章程草案，等因。准此，合亟钞同是项草案，令行该交涉员，仰即查照，克日议复，以凭转咨。"

京杭国道游观记①

① 民国二十一年作。

余此遭以旅行社之命，视察京杭国道。水陆趱程，往还半月，青山碧水，辄尔移情，策杖归来，弥殷余恋。掇拾一二，用示朋侪，庶几他日追寻，梦痕依旧，夜镫尊酒，足资沧桑之谈助也。

　　起程之先，余即料量一切，更拟订游程，探询舟车之事，虽身经其地，与原定计划，容有差池，然成竹在胸，聊定吾心意耳！余出游之顷，日兵未撤，通车之望，不知何日，遂决乘轮赴京。在京稍作勾留，即乘车直趋汤山。沿国道前进，至溧阳为一段。由溧阳过宜兴至湖州为一段。更由湖州经三桥埠至莫干山为一段。下山即赴杭州，换火车归沪。余之旅行，至此即告结束。下此所述，读者或病其词费，然余意行旅之人，初历其境，山川城邑，兴会无穷，搦笔记游，万言弗尽。苟旷日经时，便索然无味，余作此文，即本斯意，俚俗闻见，偶一敷陈，会心忘言，是则期诸达者矣。

长江稳渡

余所乘者，为怡和浅水轮宝和，吨位不巨，而精洁特甚。五月十一日夜午上船，皮箧数事，意境萧然。余频年羁旅，来往江湖，别恨离愁，了无所感。今得暂去尘嚣，自以旅行为可乐也！余之舱位，与餐室比邻，沙发数事，陈设楚楚，虽不逮皇后轮之华贵，然与内河小轮相拟，则一灯如豆，恶臭中人，苦乐悬殊，相去岂可以道里计耶？长江轮向以黎明五六时起碇，旅客一宵酣卧，好梦初回，水色天光，扑人襟袖已！余上船后，略事部署，即倚枕假寐。斗室之中，电火如雪，思潮起伏，久不成眠，而埠头工役之邪许声，轮中起重机之震动声，此伏彼起，竟夜未停，余甚苦之，益不复思睡。乃取案头报纸，一一浏览无遗，在平素匆匆过目者，今则细费评量。一页既罄，他页为继，如是往复，不知几时许，而余已蒙眬睡去矣。一觉醒来，摩挲倦眼，则夏屋高楼，矗立如故，余身虽在轮中，而轮固定未曾去沪也，心甚异之，以叩侍役，始知装货未竣，亭午方得起程。于是略进晨餐，栗六片刻，赴甲板散步，见数十工人，肩负货包，埠头上下，终宵辛苦，汗出如浆。乌乎，余昨夜虽苦未能熟睡，岂知劳力者竟欲眠未得耶！

舟车行役，偶遇良朋，相与据谈，辄叹为异数。余于轮中竟得见刘凤生君，欣喜可知，把臂言欢，不觉移坐。刘君积学之士，温文尔雅，素所心折。顷方供职开滦，尝至长江各埠，视察商务，江行风物，别有会心，乃一一为余言之。竟日盘桓，长谈不倦，山容水色，愈增兴味已！

中午轮行，饭罢方过吴淞口。舟人聚语，指点颓垣：余出舱遥瞩，但见全镇丘墟，危墙三五，忆昨岁早春海滨驰车之乐，不禁悲怆，而今而后，我辈青年，应若何镂骨铭心，发奋图强，以湔雪此亘古之奇耻耶！今人侈言救国，竞尚空谈，实则真能救国者，不骛远大，各尽其责，各竭其能，已足救国。譬之轮中机械，各尽其用，各竭其长，稍加指拨，而轮即安然前进矣。凡我读者，当不河汉斯言！

轮行半日，薄暮抵南通，狼山烟树，一望迷离，天盖垂垂夜矣。怡和于通地未建船埠，旅客上落，率以小舟送迎，轮行不停，小舟溯江相迓。两船距离，尚逾丈许，接客即自行跃上。危险之状，骇人心目。旅客于江心上下，亦未尝不惴惴自危，顾舍此殊无别法。通地当局，爱惜民命，其亟谋所以补救之道欤！

入夜水声机声，催余入梦，酣睡一宵，畅适无比。次晨晓色照窗，披衣起坐，则金焦在望矣。镇江为余旧游之地，金焦亦一再登临，轮泊片时，无足纪述。午后三时半，抵下关。未及靠岸，而旅舍接客者，已来如潮涌，一跃登轮，虎视眈眈，令人生畏。尚有数辈，环伺四周，纷哓叫嚣，竟起争执。有强欲提余之皮箧以去者，余此际亦不即图登岸，唯求守物，因再三逊谢，始得幸免。稍顷，余旅行社之招待来，始为释然，如逢大赦。登岸后，京社经理陈君亦卿相候已久，晤谈道谢，驱车入城，抵中央饭店时，已近五时矣。

白门春色

余至旅舍后，稍事休憩，即驱至申报馆。秦君墨哂，已先一日赴沪。彼此相左，唯恨缘悭！马师群超，矍铄如昔。沈君九香，张君佩鱼，方伏案治事。群见余至，相与欢然。纵谈甚久，天忽微雨，遂辞归旅邸。余初意今日上午到京，午后即转赴汤山，沐浴更衣，陶庐一宿，便上国道，驰车九逵矣。岂意抵京已在薄暮，余当以明日成行。

翌日为五月十四日。上午十时，与陈君亦卿同赴江南汽车公司，商请派车之事。公司总理吴琢之氏因事去沪，乃与文书股主任徐君泰来接洽。徐君少年谨愿，文采斐然，在西泠，曾相过从，兹数年未见矣。徐君为略言公路情状，公司组织经过。盖京杭图道自南京至来浦为苏段，自长兴至杭州为浙段。苏段行车，由省府委托江南公司承办。浙段本为杭长路，通车已久，有公路局总其事。公路局与江南公司会订国道联运办法。营业初甚寥落，嗣以日寇犯我淞沪，京沪交通，暂告中断。只有轮舶，可以往还，但病其迂缓，于是乘汽车赴杭，由杭转沪者，实繁有徒。而京杭国道之名，益以彰著，当日舰在下关开炮时，全城惊扰，显者眷属，各携细软，驰驱国道，走避湖上。一车之值，在百数十金。江南公司调度车辆，保护乘客，亦煞费周章焉。徐君言，公司以余之来，甚表欢慰，愿派一车，送至湖州。徐君又愿抽闲数日，伴我清游，兹可感已！唯公司包车不多，今日无可指派，乃约定以明晨出发。

首都为余旧游之地，十年以还，往返不下二十余次，唯以尘务鞅掌，不暇游观。然台城之胜，后湖之游，亦曾涉历。兹既稍获清闲，亦不妨尽此半日，重温旧梦。乃雇一车，先至中山陵园，车迹所经，道平如砥，绿荫张幕，如在画图中行也。既至陵园，稍一瞻览，便绕道赴灵谷寺，全国运动场已告落成，巍然在望。归途经明孝陵，道途亦甚整洁，非复曩年之古木寒鸦，荒芜片矣。陵园之游，仅一小时，尚有余闲，足供排遣，更驱车至后湖，后湖已易名五州。河洲麟洲之雅故，不可复存。湖中亦有画舫，一舸容舆，足遣牢愁。园外车马塞途，游侣络绎，更有少年，高歌为乐，弦管嗷嘈，嬉笑杂作。园之一隅，有售樱桃者，夕阳影里，人各一筐，余喟然叹曰：此升平气象也，塞外孤军，春申苦战，所谓国难当头者，果如是耶！余复何心，忍作流连欤？遂归旅舍。

汤泉休沐

次日侵晨，征车待发，晓风拂袖，俊爽宜人，余京杭国道之游，允以此为出发点也。自京至汤山，凡五十华里。沿途所经有孝陵卫、马群、麒麟门、坟头村等站。郊坰野色，古木清溪，亦有足观者。惜道途方在改筑，余车所经，仍为旧路，坡度曲折，驾驶极难。闻此路尚系孙馨远氏就原有道路改筑而成。现京市当局，已重加测绘，另辟新途。路面平直宽广，工事已毕其半。他日全线告成，大道如砥，驱车御风，赏心乐事，当无有逾此者矣！车行未一时，已抵汤山，乃直趋陶卢。陶卢长廊曲径，花鸟争春，环境之幽，宁复逾此！主者雅人深致，素精缋事，广厅中张山水数幅，颇具丘壑。余侪车行不久，未觉劳顿。软榻倚身，青峰照眼，漆盘杯茗，相对忘言。熊秉三氏诗云："但觉一身暖，谁怜天下寒。愿尔出山去，温泽普人间。"兹祥恺悌之言，参悟者有几人耶？

陶卢侍役，奉客维谨，余侪小坐片时，即请入浴。浴池方形，拾级而下，可坐可卧。更衣室中，更备藤椅，浴罢宜稍事将息。池中备水管二，巨管一启，水即汩汩上升，着肤如炙，令人弗耐。必启小管，稍渗清水，始可洗涤。入浴不宜携取香水肥皂，否则泉质变化，不利皮肤也。余勤加洗濯，热气纷腾，肤色转赤，污垢既涤，身心泰然。浴罢假寐片时，闲抽烟卷，一尘不染，万虑俱消，数日来未有之快事也。

浴室之上，尚有余屋，即为旅舍。小楼一角，花木扶疏，主人既极风雅，布置尤见匠心。壁间张画，寸纸片缣，都为时贤之作。住室分为三级：甲级九元，乙级七元，丙级六元。饮馔沐浴，不再取资。至不居旅舍而来就浴者，浴费则每客一金。唯山居饮食，不易置办，游客如欲留餐，尤须先时传语，此则不可不知者也。

汤山泉源，凡四五处，随地涌现，人可俯掬。居民浣濯，咸取于斯。至引泉甃池，作为沐浴之用者，除陶卢外，尚有民众一处，取值三角，唯设备未周，殊未能令人舒适也。总司令部在汤山设有俱乐部，即在陶卢之右。首都要人，时往休沐，门首布岗，警跸森严，非等闲人所得问津，余亦即过门而不入矣。近顷园府以首都四郊，殊少溪山之胜，有建议繁荣汤山者。于其地建外交宾馆，庶几逭暑郊游，得一登临之所，然值此库空如洗，国难方殷，斯议实现，不知待于何日耳。

汤山附近，有黄龙山。产石光洁，纹细如玉。明陵宫殿，所需石料，咸取给于斯。尚有一巨大之石碑，长一百七十余尺，宽五十余尺，厚亦十五六尺，琢磨光洁，弃而未用，上下两端，犹与山连。现仍兀峙，未能移动，余以时促，弗暇往观，引为憾事。宝华山距汤山十八里，山中古刹曰隆昌寺，庙貌庄严，尤多奇迹。近方筑路，直达山趺，一旦通车，游者必相望于道矣。

溧阳小驻

陶卢饭罢，复赴街头，稍事游瞩，则市肆简陋，殊无足观。余侪遂登原车，又上征途矣。今日预定行程，以溧阳为终点。自汤山至溧阳，相距一百六十五华里。经行各站，有仙涧桥、黄门桥、句容、二圣桥、后白墅、天王寺、元巷、东岳庙、老河口、旧县、南渡、胡桥等处。预计车行三小时，于句容、天王寺、南渡三站，稍一停车，则午后四时，可抵溧阳。余侪离汤山之际，正为午后十二时半也。

自汤山前进，绿野平畴，一望无际，而赶驴者，尤相望于道。令余回忆十二年前，余游故都，一日盛夏，天未破晓，跨驴登西山。行经海淀，有持葡萄求售者，碧润晶莹，美丽如玉，余食而甘之，时淡月疏星，朝露零湿，此情此景，浮泛心灵，至今未释。而汤山左近之风物，正与西直门外酷似。十年以来，余以偃蹇，委迹海隅，追念前尘，自怜老大。睹物兴怀，弥增怅触已！

东中无俚，辄作剧谈。徐君语余：江南公司通车之初，沿线乡民，多目汽车为怪物。扶老携幼，争以一睹为快。汽车到站，围观者塞途，甚或遍邀亲友，携馌道旁，指点征车，视为盛举。然以此而肇祸者，层出不鲜，数月以后，此风始息，于此可知内地文化闭塞，乡曲愚氓，一物不察，可怜亦可忧也。

车行半小时许，已抵句容，即相偕下车，稍舒筋力。句容小邑，城垣不峻，举手可及，市肆不及沪西徐汇之盛。城中仅一大街，自西徂东，数分钟即可行尽。城门高揭党部情报，与红绿市招相间，盖以无线电收音机听取京沪杭重要新闻，而用为揭布之资料也。略一审视，则所载者为沪市府接管闸北消息。车停五分钟，即又前行。再四十里，抵天王寺站，站后有池塘，老柳数株，一泓清水，殊可人意。站中有人，愿任向导，遂至天王寺一游。寺中驻兵，禅房作为办公室。大殿三楹，中供何佛，余亦不审。导者云：此殿初建时，鸠工庀材，庙貌体制，力求崇宏。唯正中一梁，不能与左右两梁相接，而所差又复几微，建者彷徨，无可为计。后忽有人，持斧向中梁一砍，梁遂微伸，适与左右两梁衔接，此殿乃得告成。余笑颔之。导者为天王寺土著，言之凿凿，几若目击。齐东野语，娓娓动听，亦弥见其淳朴已！

天王寺过后，自元巷至东岳庙间，凡三十二里，为数月前劫车之处。余在车中，旷观四野，绝少人居，颇具戒心。继复思之，余此行所携，衣物而外，囊无多金。暴客骤临，亦复何惧！盖余于戒途之先，已以旅费之半，交上海银行汇至湖州。自沪至京，自京上道，所费有限。思之重思之，竟哑然失笑，然余车亦竟于惊惧中安全驰过矣。

天王寺至南渡凡六十五里。南渡者，相传宋自徽钦北狩，高宗渡江，建都临安，即于此南渡。俗谓泥马渡康王，殆即发源于此欤？南渡产丝，茧厂甚多，车站临河，颇擅风物之胜。

午后四时，车次溧阳。最令余注意者，厥有两事：一为距车站附近，于汽车疾驰中，遥见山麓，树有丰碑，建置未久。询之车站执事，方知大刀匪之乱，溧阳受祸最烈，匪众来攻，已迫近西门，官军一连，于山趾迎战，生还者十不得一。事平，溧民哀之，为建斯碑，表彰忠绩。余复叩以大刀会今仍猖獗乎？则曰：四乡皆是，已改称民团，不复为民患矣。前此汽车被劫，非大刀会所为，匪徒皆来自安徽之广德，事后擒获匪首，于车站附近枪决，亦大刀会所捕，非官兵之力也。

上此所言，为一事也。其次则西门附近有仙人山，近顷忽发现黄粉，谓足以疗饥。附近灾民，争相掘取，日数百石，不虞竭蹶。余初闻斯言，未敢置信。后旅舍侍役，觅取黄石，举以示余，大可盈握，偶一搦掏，立成齑粉。土人且尊之为观音粉，后此余返沪渎，询之友人，则此粉确可果腹。但服食过多，将患便结，余甚忧之，不知地方官吏，曾有以禁止之否？

余未上道以前，尝虑溧阳旅舍，湫隘污秽，不堪涉足，白日劳顿，夜晚无眠，此中苦况，殆未可言喻。孰知天下事岂可以想象得之，此间有大华旅馆，房舍规模，无殊于上海之振华。衾裀整洁，与西湖之清泰第二相仿。偶一投止，便觉欣然，劳倦之身，可以安寐矣。

溧阳水乡，轮舶四达。每日开往金坛、无锡、常州等埠者，不下十余班，故交通至便。但索阅沪报，则犹在四日以前，殆火车中梗故耳。溧阳有地方报一种，曰《溧阳民众日报》，刊行仅一月有余，检其内容，所载者为绑案盗案，与卫生运动筹建小菜场等。但地方报司一地方之喉舌，固不必期其远大也。

阳羡风光

十六日，余侪预计作宜兴之游。侵晨七时，自溧阳前进。

阳羡风物，夙所神驰！善权张公两洞，尤为余所向往者。昨夕，余即与徐君商略游程，知自溧至宜，为时至捷，相距仅七十里。经行小站，为凤台、徐舍、宜丰桥、陈塘桥。由徐舍可遥游善权洞，固不必先至宜兴也。若张公洞则在宜兴之第三站，汤渡前往，转为便捷。余侪计划，于善权张公，必游其一。因诧溧阳站长何人熙君以电话告徐舍站，为余侪雇轿相候，一切既定，匆匆就道。

　　阳羡风光，余心醉既久。车中默念，东坡、阳羡买田，著为美谈。于水则有东氿西氿，烟波浩渺，时现片帆。山则龙池，代出高僧。而善权、张公，尤称奇迹。叔雍宗兄曩曾为余道两洞之胜，并言客有自欧陆归者，谓比利时有一洞，视张公洞为略广袤，奇景尚不之及，比政府经之营之，内设铁道，布置井然。阳羡两洞，幸经储君南强倾家财以葺之，耗十余万始得治阶梯，辟榛莽，以利游客云云。然则余今日之游，当拜嘉储君，至于无极也！

　　车行三十里抵徐舍。余欢跃下车，以为可一览善权之胜。岂意站中司事，向余致歉，谓凌晨得讯，即拟备舆相迓，但久不可得，如以小舟，自水道往游，则今日不能归。至是余大懊丧，然犹望于汤山一游张公洞也。八时车抵宜兴。晤江南汽车公司副经理饶竞群君。略谈片时，即至街市浏览。

　　宜邑亦水乡，城外河道四达。市街整洁，商肆林立。余于铺中购茶具数事，归贻戚友，聊作此游之纪念。自市街前进，跨一石桥，复转折至孔庙，黉舍崇闳，似时加修葺者然。自此前进，即公园矣。公园拓地不广，花木亦未见其繁茂，然园傍城堞，登临眺览，转蔚为大观。遥睇则东西两汈，烟水迷茫。片片青峰，照眼荟翠。俯视则城河数弯，一望澄碧，岸旁垂柳丝丝，二三茅屋，雅有半城山色一城湖之概，余眺望既久，不觉神移。公园之胜，以余所游，推此为最已！出园后，不复再循原路，过一小桥，即为国道。余侪预嘱汽车于此相待，至是又于役征途矣。

宜兴至汤渡，仅三十五里，驰车四十分钟，即至其地。汤渡以产紫砂瓷器驰名。视丁山、蜀山之所出，殆尤过之。汤渡土质甚优，所成器皿，或为紫红，或作赭黄，而溪山花鸟，绘刻尤精。凡宜兴市铺所售者，率取给于是。吾侪购取茗具，固须觇其色泽，而绘画或出自名工，稍益数金，便得佳品。余车所经，见土窑罗列，外观颇似英伦之古堡，红砖掩映，野树成阴荫，亦自饶佳趣也！

既至汤渡，更谋作张公洞之游。徐君招站人相商，亦无由得轿，欲舍陆言水，则橹声咿哑，小舟沿溪可寻。徐君云："即刻放舟，穷一日之力，归来天已入暮，且又安从得宿？往复匆匆，所得无几。"余然其说，碧翁似又故泥吾行者，忽有雨意，于是张公洞之游，又复不果。余低回水边，太息不已，岂蜡屐寻幽，一切亦有前定耶！

太湖波影

太湖三万六千顷，介于江浙之间，余平生以在鼋头渚望太湖为一快事。此遭出游，曾以国道情状，叩诸曾游之客。客谓苏段行车，以路基未固，震动颠簸，令人难忍。唯行至苏浙交界之区，则路已坦平，及至驰车父子岭，遥望太湖，烟水迷茫，令人顿生江湖万里之思，胸臆为之一畅，途中无所留恋，盖以此段为最可乐也。余默识之，预计行经太湖，必停车小驻，流连片时。尝闻瑞西之丽芒湖，面积不亚于太湖，绕湖一周，电车汽舟，栗六竟日，犹苦不给，而丽芒风物之美，则蜚声寰宇。返观太湖，四周群山林立，湖中岛屿棋布，风景如画，不殊丽芒。乃政府未暇经营，行旅视为畏途。闻农矿部昔曾建议辟太湖为国立公园，派员察勘议具计划，事已稍有端倪矣。今乃寂然无闻，何也？

五月十六日，余既至宜兴之汤渡，以时促未能一游张公洞，引为大憾。此际天又微有雨意，深虑车经太湖，或无所睹；乃登程而后，天忽晴朗，山翠如沐，霁色扑人，余怀欢慰，当可知矣！自汤渡前进，未及半小时，已至父子岭。路转峰回，太湖已涌现于眼前。眼力所及，一望无际，青峰片片，若隐若现，气势之雄伟，景象之空阔，视鼋头渚所望之太湖，又复大异。父子岭既具山峦之秀，更面对太湖，山容水色，各极其妙。余侪于此下车，徘徊瞻眺，远挹波光，近觇山色，顾而乐之。其时晴空万里，熏风拂衣，时有片帆，出没云际，茫茫天水，极目无穷，太湖风景之广远，非数言所可尽也。湖畔复有良田，一望弥绿，于以知太湖灌溉江浙两省，为利之溥，不可胜言。余车所经，左湖右山，嘉木苍翠，风物之美，如入画图，驰行未及二十分钟，太湖已渺不可见。如斯美景，以途中无旅邸足资休憩，未能多所领略，至可惜也！

按太湖东西二百里，南北一百二十里，湖面一周为五百里。山脉发源于天目。自宜兴逶迤而入太湖，以马迹山与东西两洞庭山为最巨。其余诸小山，隐现出没于波涛之间，为数不下数十。全湖形势，山川湖沼，至为复杂。四周群山如笏，林壑幽美。前农矿部陈植君奉命察勘太湖，拟辟为国立公园（National Park），效法于美洲之黄石公园与冰川公园，计划周详，于水陆交通，亦拟有办法。张静江先生亦极力主张速建环湖马路，唯以限于财力，实现之期，不知何日？余意父子岭一带，水秀山明，全湖在望，现为汽车必经之道，旅客亦莫不欲于此处稍作流连，似宜于道旁建一小规模之旅店，以为旅客驻足之所。推窗一望，风帆沙岛、水色迷蒙，已尽足供竟日之盘桓矣。

当国道通车之初，群咸惴惴，以为车经太湖之滨，或有不利，顾积日甚久，初无变故。或戏谓太湖豪客，利于舟楫，于陆上行动，似非熟谙，余闻言哑然。窃以为父子岭一带，山势平衍，汽车行经，需时甚暂，何况行旅之客，囊无多金，即有所献，所得亦仅，豪客当亦洞知此中真相也欤？某君语余：有显者眷属，以要事赴京，深夜自湖上起程，夜半始抵父子岭，一望昏黑，渺无所见，乃车前一轮，忽尔爆炸。御者下车修缮，时车中人已甚惴惴，岂意正于此际，远处有灯火二三，隐约而来，于是更为震骇，一时水声风声，大有草木皆兵之概。车夫彷徨无计，亟驾车前进，疾驰二三里，实不能再行，乃止于道旁。殊不知俄顷间，灯火又现，愈逼愈近。车夫知不能免，擎枪在手，欲以殉主，时显者眷属，已战栗万状，莫知所可。乃历时未久，止于车前者，仅为土著二人。各持火炬，询以所欲，则笑谓我辈为此处乡民，每夜巡逻，以卫行旅。顷闻君车损坏，特来相助，初无他意耳！御者闻言，惊魂始定。即请其助装新胎，事毕天已黎明，愿厚酬之，坚辞不欲而去。余之缕缕述此，盖以父子岭左近，实无危险可言，欲领略太湖风物者，幸弗视为畏途也！

自父子岭前进，更未半小时，即经行来浦而抵长兴。长兴属浙境，近顷为京杭通车便于管理计，长兴一站，已归江南汽车公司管理。长兴有煤矿一所，规模甚巨。余以时促，亦不暇往游，自长兴前进，即直趋湖州矣。

苕溪遥睇

余侪自江苏驱车赴浙，硗瘠之区，以句容至溧阳为最。一过阳羡，风物即渐转佳丽。自太湖经长兴以至湖州，峰峦苍翠，嘉木荫，道旁时见清溪，与修篁掩映，风物之美，如在画图中行也！余车以道路平坦，驰行益疾，迅越平原，复登山径，乍过前峰，又望青山。余之左右，尽为峰峦，四山之中，车疾如矢，好景当前，几目不暇接！

已而行经杭长桥，稍顷抵湖州。徐君泰来曩亦供职浙省公路局，与湖州站诸君，至为熟稔。至是乃请王延龄君以汽车驶至仪凤桥堍，湖州无人力车，过桥即须步行。后此王君为余料量各事，迄今思之，弥可感谢已！余侪既抵湖洲，即觅一逆旅役止。前曾有人谓湖地旅馆，以东吴差堪涉足，后复闻人言，中央旅社新建，房舍精洁。余不审二者孰佳，乃投中央，亦姑试之耳！既抵中央，方知为一戏馆所改建，余侪所居之室，为一特别包厢。戏台已易为礼堂，湖人多于其地结婚，壁上悬俪影十余，盖在此礼堂举行婚礼者。余初闻之，以为至堪发噱，继复一思，人生如梦，余侪固无时无地不在演剧中也。

湖州古称苕溪，今改吴兴。水秀山明，夙称富庶，昔有山水窟之号。城之四周，碧水盈环，素利舟楫。至名胜则分为两途：南道场、云樵、仙人洞，北则白雀、黄龙洞。余侪即至旅舍，匆匆饭罢，已午后二时。由王君拟定游程，先谒陈英士先生墓，次则游道场山。陈墓建置方竣，余侪去湖州后之数日，方举行落成典礼。墓距车站甚迩，汽车可以直达，墓之甬道甚长，视西湖徐锡麟烈士墓道尤过之。道旁种植松柏，排列成行，吾知十年而后，嘉木成林，一望苍翠，其风景必尤有可观者也。基道既尽，拾级登台，中建一碑，碑阴为孙中山先生手迹，更上则有一亭，颜曰雄跨。登亭遥睇，前后左右，形势佳绝。道场山之塔，亦巍然在望。闻国府为陈先生建墓，特派专员，策划其事，所择诸地，以此为最。宜其登临一瞩，尽收湖山之胜也！雄跨亭中名人题诗词殆遍，于右任云："十年薪胆余亡命，百战河山吊国殇。伯气江东久零落，英雄事业自堂堂。"戴季陶云："猿鹤犹知百战功，春秋祠宇白云中，寒山万木能为雨，水殿灵旗不满风。出押爪牙成咒虎，烛天懒燧正鸡虫，东门置泊今何日，拂石人来荐晚菘。"余意陈墓落成，后之游湖者，必来瞻谒，春秋佳日，隽侣如云，宜于左边隙地，建屋数椽，供游人休憩，不谂湖郡人士以为然否？

谒陈墓后，登汽车沿国道前进，行约二十分钟，止于道旁，沿小径可登道场山。叩之一老者，示我路径，遂欣然前行。岂意历时甚久，竟尔迷途，盖余侪未趋万寿寺之前山门，误登山后小径。初尚有路可循，嗣竟不知从何得达，欲归则又未甘，于是伛偻前进，斩棘披荆，苦不堪言。而森薄间潺潺泉水，如走轻雷，余侪虽鼓勇气，然恐偶一失足，或堕深涧，于是相与慰藉，不置一词。而山峰之塔，似在咫尺，但竟无由登临，后复几经险阻，始抵塔下。守塔者为一老头陀，系湘人，告以来路，深用诧骇。其时天已薄暮，振衣远眺，唯见云树苍茫，隐约间似望得太湖一线而已！按万寿寺肇源李唐中和二年，有梵僧自西来参伏虎禅师，辟无建舍，后来者日众，遂品第此山为第一道场。佛寺名天下者，五山十刹，此盖第七刹也。闻寺中藏全部大藏经，惜以时促，无由伏读，匆遽下山，骇汗相属，遂登车归寓。回味今日之游，苦乐相较，真得不偿失也。

晚餐而后，更至街市。湖州本极殷庶，店肆栉比，电炬辉煌。马路率铺以水门汀，都称整洁，一切规模，甚似杭州之清和坊。余离沪之先，曾托上海银行汇款至湖，至是往某钱庄提取，几经探询，始至其处。盖某钱庄设于一商肆内之广厅中，庭院曲折，非外人所易知，亦策安全之一道也。湖州产笔，驰誉遐迩，以王一品为最。其肆开设，已百余年，每几营业，达七万金。销路之最广远者，莫若哈尔滨。湖笔多产自湖属之善连镇，亦犹宜兴瓷器之产自汤渡，不过以城市为集中之处耳。余购笔二十余枝，将携归贻友，余虽不善书，而朋侪之中，则多挥毫落纸如云烟者也。

既出王一品，更至某号购酥糖，酥糖亦湖州名产，分冬夏两种，营业特佳，岁可达三四万金。批购多来自外埠，其业亦不为恶矣。湖州又产鹅毛扇，其普通者每柄值洋二角，若陈之沪市，非一金不办。更有一种，纯以鹰毛为之，亦仅售一二元，行旅之中，购一二土产以归，家人相聚，品评其价值，亦至堪纪念之一事。余既得笔与糖，又获鹰扇，两手盈握，兴会之佳，可人知矣！

湖郡街市交通，不得人力车，余既前言之矣。后叩诸友人，则言此间轿夫势力，至为膨胀。每一轿行，规模甚巨，装置电话，无殊商肆，前曾有人，拟兴办人力车，以利交通，卒为轿夫所阻。以余观之，湖州水乡，桥梁相望，通人力车似非易易，然以此邦风物之佳，交通仅恃肩舆，索价既昂，行复迂缓，亦非根本之图也。

翌日为五月十七日，余预计上午游白雀寺，午后赴莫干山。江南公司汽车既送我至湖州，不得不遣其归，乃改乘浙公路局之汽车，一切由徐君料量其事。余斯游获良伴，殊出望外。江南司机郑恂元，少年谨愿，技术甚精，辛劳二日，一旦言别，亦不无怅惘也！徐君仍偕我赴莫干山，一切计议既定，凌晨七时，余雇得肩舆，作白雀寺之游。自旅舍出发，抵北关，下舆渡溪，赁舟而过，舆即陈舟上。既渡，仍沿溪行，循流抚岸，历石桥无数。桥高耸如驼背，石板尤其窄，人坐舆中，下瞰深渊，心中惴惴，但亦无可如何，一切付诸天命而已！溪流既尽，转折行入田中，良畴千顷，桑林一望无际。其时头蚕乍过，二蚕正将桑，乡人摘桑盈筐，碧润可爱，闻每担可售六金。行行重行行，途中历小港无数，岸均狭窄，不易经行，于是行一小时，历程十里，始抵寺门。甬道中有古柏数百株，浓荫蔽日，郁郁苍苍，殆百年前物也。白雀寺为湖州一大丛林，每岁早春，江浙妇女前来礼佛者，数以万计。今年因日军犯我淞沪，香火寥落万状，寺僧对余慨叹，谓亦为我佛始料所弗及也。白雀寺建置奇古，盖梁时祖师说法，有白雀依徊听经而不去，故开基为寺，实大同纪年也。嗣祖师圆寂，口吐莲花，兹肉身瘗塔于巅，并其莲花而瘗之。今大殿中塑像，祖师座上，白云缭绕中，犹塑有一白雀，作低回听经状。庭中有石碑，记重修事，谓庙毁于发逆，至光绪三年，始鸠工重修。余于寺中游览殆遍，最后始历山巅。其上新造一殿，余初意频高遥瞩，水驿烟村，必历历在望。岂意庭前障以高垣，一无所睹，叩之寺僧，何不去此高垣，以穷望眼？僧言风水所关，建置之初，亦曾商略及此者也。殿东小楼，可望太湖，沙鸟风帆，都来几席。惜中储杂物，不堪涉足，至可太惜！庙祝又尊余观火烧白雀寺遗迹，谓当年巨火时，竹木尽化灰烬，即令之竹叶，犹存火印。语次，指院中竹叶示余，则绿叶之中，果有黄色痕迹。后此余赴莫干山，偶见丛竹，亦复如是，辄为之失笑。白雀寺住持宝峰，为辽宁绥中人，向余询日军侵我关外三省，果有还我河山之一日，余殊无以应之。宝峰曾游缅甸仰光等处，请得玉佛三尊以归，今供奉寺中，唯佛像不甚巨耳。至是余游览既毕，仍乘舆返旅邸，整理行箧，午后复上征途，作莫干山之行矣。

山居息影

莫干山为余旧游之地，人多爱其凉爽，余独喜其幽倩。兹数年来，余登山不下十次，炎夏之际，亦尝偶一投止。但以余之经验，出游则宜于春暮，静居则莫若初秋。若夫夏日，则志在逭暑，亦仅能消夏而已？春时杜鹃花遍山皆是，红紫相间。新雨之后，小笋怒发，生意盎然。此际山上人家，居者绝妙，策杖闲行，无往而弗适。朝看白云，暮观落日，令人有悠然世外之感！若夫初秋，使游侣最感舒畅者，厥为日日晴天。其时泉水甘冽，倍于常时；午睡既兴，汲泉煮茗，竹窗闲坐，相对忘言，此意此境，非秋光灿烂时竟难得之！又或月圆之夕，小步空庭，凉露侵寻，微感寒意，于是四山云树，顿有萧疏清冷之致！凡此所述，非清秋时节，又曷足以致此？唯余之语此，非以消夏为不可乐也；消夏之趣，人都能道之。兹仅述余个人之观念，盖在告吾伴侣，佳日春秋，山居之乐，有如是者。

五月十七日午后，余侪换乘浙公路局汽车，自湖州经三桥埠至莫干山。途中经行，仅一小时余，遂抵山趺。与站长陈子伟君略谈片刻，即乘舆上山，仍循老路。余以屡次登临，亦不感其危苦。凡游山者，大抵志在涉险探幽，必历尽艰辛，始得佳处，唯登莫干山，则殊无斯感。盖自山趺以至山巅，一路风光，领略不尽。初入山径，便闻水声潺潺，稍上即见幽篁。将至炮台山，云树苍茫，已有振衣千仞岗之概。及转折而登百步岭，则气象又为之一变。总之，乘舆登山，风物之佳，使人流恋，初未觉其历时之久，与夫山路之陟绝也。余此遭登山，天气燠热，不类初夏，及抵山巅，大雨即至，然未及片时，则又雨歇云收，晚霞片片矣。余所寓在岗头路，庭前紫藤花犹未尽谢，草苑已一望弥绿。计余自去秋在山，迄今又阅八月，岁月催人，世事万变，良辰美景，弥觉百感交萦也。

中国旅行社以山中为避炎胜地，为便利游人计，与上海银行合设夏令办事处于山中者，亦既有年矣。兹更以游侣纷至，寻幽探胜，苦无实用之专书。而山中事业，又与日俱进，游程之拟定，旅社之选择，均有赖于出游前之策划。于是决意刊行《莫干山导游》一种，命余调查山中情状。余此次山居，计留五日，泰半尽力于此书，摄得照片不少。兹者此书已告问世矣，内容计分为十四编：曰概说，曰区域，曰名胜，曰游程，曰旅馆，曰交通，曰公用事业，曰商肆，曰医院，曰机关，曰法规，曰物产，曰艺文，曰附录。篇首复附以地图，全书凡一百五十页。为销行普遍计，每卷仅取值二角，读者有欲知莫干山之近况者，试阅此书，必微有所得也。

莫干山以避暑者日众，旅馆事业，逐年发达。今年所新设者，有炮台山之绿荫旅馆，凡自老路登山，必先经其处。其屋原为英人梅藤更私产，形若欧洲古堡，嘉木葱茏，景色幽绝。民国十六年，为浙江省政府下令没收，拨给莫干山管理局为局址。至二十年，梅子雪亭请求发还，经浙省府允准，复转售于南京之江南汽车公司，加大修缮，遂改为游邸。全址由凡地七十余亩，经主者吴琢之君设计，布置甚为可观。于游邸中设游泳池、网球场、小高尔夫球场等，以供游客消遣。旅馆经理为姜嘉生君，向任莫干山车站站长，与山中人士，往还其密，招待旅客，素极肫挚，今充斯职，可谓人地相宜者矣。此外岗头路又设一旅馆，为杭州城站旅馆所分设，地势较高，风景亦有可观，去余寓处不远，余山居时，方在改建，兹亦落成，开始营业矣。至向有之旅馆，若莫干山旅馆、大华饭店、菜根香旅馆、中国旅馆，均各有所长，而风物之美，亦各随其地位而异。游者但求个人之所嗜，自有无穷之乐趣也。

铁路旅馆开设最久，营业最盛，占地六七十亩。其下即为剑池，风景佳绝。网球场、游泳池、书报室等，亦莫不具备，系京沪、沪杭甬铁路所创设，历年营业，虽不甚恶，但以秋冬之季，游客绝少，而开支则未尝稍减，故平均计之，仍苦折阅。余友郑君宝照，长车务处，整顿路务，甚著声誉，余尝叩以铁路旅馆事，郑君言：旅馆获利虽微，但旅客登山，必乘火车，铁路收入，数亦匪鲜，平心论之，则旅馆固应为游客服务也。余闻言为之首肯者再。今夏郑君曾至山视察，告诫员役，务求旅馆舒适为主旨。经理张光纶君，服务多年，办事勤敏，今在郑君指导之下，吾知旅馆状况，必又有精进者矣。

莫干山地价，兹数年来，日益高涨。往者西人建屋，因陋就简，一屋之值，仅数千金。华人购屋，喜斥巨资，庭围花木，踵事增华，室内用具，亦力求美备。避暑闲居，万事都适，亦弗觉其为身在山中也。有清末叶，莫干山草莱初辟，炎夏来往，只有西人，且又限于教士，其时山地价值，几等于零，乡民无力完粮，苦胥吏之苛扰，有举山地数十亩以赠西人者，于是西人来者愈众。十余年来，西人成立避暑会，处理山中行政，且侵及司法。至民国十七年，始成立管理局。主权得逐渐收回。今年浙省对于管理局措置，难当人意，复将管理局取消，改为管理员办事处。余意机关缩小，本亦寻常之事，唯在继任得人，庶几道路卫生，力图振刷，否则因循如昔，又何贵乎有此变更耶？

游客登山，或有以与行二小时为苦者。有人建议，仿照香港上山汽车道办法，将新路加宽改平，汽车可直达山巅，此一说也。更有人主张将庾村汽车站延至莫干坞者，盖莫干坞为莫干山深谷，若以汽车路延至莫干坞内，可直达剑池之底，如是上下距离，缩至极短，此又一说也。余意前者需资甚巨，且多危险，不若后者之易于兴工，浙省公路当局，其亦将采斯建议否！

莫干山泉水之美，余既前言之矣。芦花荡有泉源三，导以铁管，西医验之，谓水极清洁，绝无微生虫，即冷饮亦不致河鱼之疾。此次余过芦花荡，细草芊芊，风物幽倩，惜泉源保护未周，任其流去，未免可惜。若保护得法，于风景清幽之处，甃一小池，蓄水禽三五，大可点缀山中景色。芦花荡之水，取之不尽，用之不竭，即在冬季，亦不虞其枯竭。所望今后山中当局，能尽力保护泉源，斯为最善耳！

余尝考量山中发达之原因，泰半由于交通之便捷。盖自沪出发，历八小时即可直达山巅。尘市之客，于休沐之暇，登山小住，往还三日，亦弥觉其清娱。后此国人在山营别业者必日众，将来之发皇，又岂可限量耶？

余此遭在山，为日有限，亦仅领略朝暮景色。日时匆匆，至五月二十三日之晨，即下山仍乘浙公路局汽车，径赴杭州。在留杭二日，即换乘火车归沪。半月景光，去何速耶！

游程志感

余此游既尽历京杭国道，而建筑国道经过，读者或有亟欲知之者，兹先述苏段建筑之情状。

据苏省公路局十九年报告云：

（一）测量及分段经过。京杭公路，西起南京，东南迄杭州。其在苏省境内者，沿途经过汤水、句容、溧阳、宜兴等地，为苏浙交通要道。就商业言，固有兴筑之必要，就政治军事言，尤非兴筑不可。故在前年公路筹备处期内，首测路线，即为此线。第彼时以规模过小，财力不丰，故迄本局成立时，测量完竣者，亦仅南京至句容之天王寺一段。而由天王寺至浙边一段，则尚未加测勘。至十七年十二月，建设厅以该路业经省府议决，尽先兴筑，乃复饬令本局继续测勘，并限一月勘竣。本局奉令之后，当即着手进行，数日内即组成测量队四队。分途出发，除第二队以他种原因，未能如限测竣外，其余各队，均于十二月底先后测竣。当即回局绘图及纸上定线，费时两月。乃于十八年三月初复派队出发，办理定线测量，旋亦竣工。于是即行开始征工，兴筑土基工程，而测量手续，亦遂于此告一段落，本路自南京至浙边全长一百九十公里，计分五段，南京中山门至汤水镇为第一段，长五十八公里。汤水镇至句容第二段，长十七公里。句容至溧阳为第三段，长八十公里。溧阳至宜兴为第四段，长四十五公里，宜兴至浙边之董塘为第五段，长三十公里。

（二）设计情形。

（1）土基工程。全路土基，除第一段由南京至汤水镇系利用旧路不计外，宽度皆为九米。过宽固费工耗财，且就近十年来此路交通之状况观之，亦无再宽之需要。过狭则行车繁盛，或不敷将来之用，故乃定为九米。盖将来即除去两旁路肩各两米外，亦足以行车两行，况京杭路既为省道，就省道而言，此种宽度亦正适合。（2）桥梁。本路桥梁，系采用木质平桥及桁桥两种，载重为十二吨，盖取其造价低廉而建筑较速也。（3）涵洞。涵洞为水流之通道，不应设而设，则费财。应设而不设，则不足泄水。本路涵洞之位置大小，均经实察当地情形，参照江苏雨量而定者。至建筑材料，则用混凝土者有之，用白铁者亦有之，而形式之或方或圆，则又视其大小为定。（4）路面。本路路面，第一段由南京至汤水，利用旧有弹街路面。第二段由汤水至句容北门，系筑碎石路面。自句容北门至东门一段，为京杭、省句两路之交点，又江浙交界处之一段，因利用旧存碎石，故皆筑成碎石路面。其他各段，凡有碎砖可资利用者，则筑碎砖路面。有煤烬者，则筑煤烬路面。

但其十分之九，均铺筑弹街路面，盖取其坚固适用而保养省费也。路面宽度，依照省道规定，应为七米。唯就现在之情形，车行稀少，无此需要，故除第二段及句容北门至东门一段，与江浙交界处之一段，筑成五米外，其余各段，均暂铺宽三米之路面。弹街路面，展宽极易，如以后来往车辆加多，固随时均可加宽也。路面厚度及其拱形，因路面之种类不同而各异。其碎石路面，连基计算约厚三十厘米。路拱为一比十六，碎砖路面厚计十七厘米，路拱为一比十二。弹街路面约厚十六厘米。路拱为一比十二。

（三）建筑经过。第一段自南京中山门至汤水镇，系原有旧路，用石片铺筑。但线多弯曲，路面不平，行车来往，殊多不便。初以急于利用，未加根本改良。至十九年七月，本局乃派员加以复测，估计改正费用，需洋约十三万元。当时因限于财力，未克兴工，仅就路线过坏之处，酌加整理而已。同年十月，复派员前往查勘，决定将原路土基，分段改宽至七米，路面展宽至五米，并令江宁县建设局协筹征工改筑，现在尚在进行中，不久当可完成。第二段自汤水镇至句容北门，其土基、桥梁、涵洞及路面等工程，于十七年十二月，即交由包商朱森泰承筑，根据合同，原定十八年三月完工，乃一再迁延，迄未如约筑竣。嗣经本局一再派员严加督促，直至十八年十一月底，全部工程，始告完成。通车以后，至今状态尚佳。句容北门至东门为第三段之一部，西起汤句段终点，东达省句路终点，长约一千六百米，此段一成，京杭省句两路，便可直接相通，而往来车辆，即可由镇江直达南京。此段土基早经筑成，路面工程，亦于本年二月完竣矣。第三四五段，除句容北门至东门一小段上已详述不计外，共长一百四十三公里四百米，西起句容东门，东南经句容、溧阳、宜兴至苏浙交界处之董塘，其土基用征工办法，自十八年二月起至四月止，已略具粗形，嗣因农忙，征工停止。乃于同年八月，宁杭路督造处成立时，复调路工大队将已成土基加以整理，并施滚压，其未成各处，亦同时兴筑，旋即完工。该段桥梁涵洞，亦于宁杭路督造限期内全部完成。至路面工程，则因十九年战事兴起，省库奇绌，无法兴工，仅从事保养及滚压路基与开山运石等铺筑路面之准备工作而已。直至本年一月，建厅方面，以此路工程，实难再缓，爰复苦心筹划，发行建设公债，力求完成此路，并将未铺路面部分自句容东门至溧阳，分六分段，自溧阳至宜兴分为二分段，自宜兴至董塘分为二分段，共分为十小段。每段长十余千米，同时招商承筑，积极进行，现则工程已竣，已可全路通车矣。

（四）开采石料及运输情形。本路山石甚少，句溧一段尤甚，石山距路较近，可供开采运作铺路之用者，在句容附近仅有朋山一处，元巷附近有灵山、朱家山，南渡附近有小金山，溧阳附近有仙人山、茭山，汤渡附近有青龙山，董塘附近有青山。在十九年宁杭路督造处结束，京杭路工程处成立后，以本路铺筑路面，需石共达三万余方，若不未雨绸缪，事先开采，则一旦路面兴工，必至石料无所由出。爰在青山、青龙山、茭山、仙人山、小金山、灵山、朱家山、朋山等地，招商开采石片二万方，截至十九年年底止，已开数量约达一万七千余方，其余未开部分及加开之一万方，经积极进行，亦于本年五月开齐矣。本路运输石料，极感困难者，即为由句容至溧阳之一段，因此八十公里中，全无水道，而石山位置，复相距甚远，铺路材料，极为笨重，陆路运输，至感困难。经本局比较结果，每英方石料运输一公里之价，即用轻便铁道，亦约需洋七角，若用他法如汽车小车等，则所费更将不赀。故本局初拟购置十二磅轻便铁道四十英里，以便运输，卒以经费支绌，无力购买，而石料运输，实又不容再缓。迫不得已，乃先就溧阳至宜兴一段之可用水运者，先期招商承运。直至本年一月，始由总司令部借得轻便铁道一百五十公里，而本路运输问题，乃得解决。现在此项路面工程之所以得顺利完工者，实不可谓非此轻便铁道之助力也。

苏段既如上述，至浙段方面之杭长路，其建筑概况，据浙省公路局报告云：杭长路系京杭国道之一部，起自杭州之城站，经湖滨、武林门、小河、良渚、瓶窑、彭公岭、上柏、武康、三桥埠、埭溪、菁山、湖州、李家巷、长兴、夹浦，而达江浙交界之父子岭，计长二百五十里。考该路所经各地，以路线之里程论，若由杭州至良渚，经德清、菁山、湖州、长兴而达边界，当较现定路线，约可改短三十里。唯当时为工程迅速计，乃利用瓶湖双公司已成之路，自良渚至彭公岭，约长二十八里。乃武余公司已成之路，自彭公岭至上柏，约长十七里。故杭长路由浙公路局建筑者，计自武林门至良渚，约长二十九里。及自上柏至边界，约长一百六十九里而已。此外本路尚有一支路，计自三桥埠至莫干山，约长十二余里。杭长路自上柏至长兴一段，施工之初，共分三区九分段，同时进行。计自上柏至埭溪为第一区，埭溪至湖州为第二区，湖州至长兴为第三区，均于十七年十一月间开始兴工。其自长兴至边界一段，则另设展线工程处，至十八年二月间始行兴工。所有以上三区展线工程处，均直辖于总局，各该处交通不便，相距既遥，文牍往返，指挥颇多不便。乃于十八年二月间改组，设区工程处于湖州，将全路自上柏至边界，分为四大段十二分段。

本路工程概况，分类略述如下：

（一）土方。本路路基，自上柏至边界，面宽为七米半，侧坡为一比一点五。路面高度，大都在洪水位以上约半米左右。全路土方填土，较挖土约多五倍，而尤以湖州、长兴一带鱼荡及望乡岭两头填土高至六米以上者为最巨。至开山工程，以望乡岭为最艰巨。开挖深度，在最高处，都在八米以上。而全路坡度，亦以该处为最大，计为百分之七。至全路土方，总计填土约一百十一余万立方米，挖土约二十余万立方米。内有坚石软石，约七万七千余立方米。

（二）桥梁。本路桥梁，除利用老桥加以修改外，为工程坚久计，凡孔宽在十二米以下者，概用混凝土桥台，钢筋混凝土桥面及钢梁桥面二种。唯吴兴西南门大桥，一长七十八米，一长三十八米，地处要冲，孔宽增大，所有桥台、桥墩、桥面，均用钢筋混凝土建筑。嗣为减省西门大桥经费起见，乃利用沪杭铁路旧钢桥二座，各长一百英尺，及工字钢梁一座，长四十五英尺，以代钢筋混凝土桥面，计省工款约洋四万余元。总计全路桥梁共七十九座，利用旧桥改建者十九座，新建者六十座。

（三）涵洞水管。本路涵洞，大都用混凝土建筑，孔宽自二米半至三米，至水管则分绉纹铁管、混凝土水管者二种。绉纹铁管管径自十五英寸至六十英寸。混凝土水管管径约十二英寸至二十四英寸。全路所设涵洞水管，计混凝土涵洞十六座。绉纹铁管大小一百六十余道，混凝土管五百八十余道。

（四）车站。本路车站，除小河至彭公岭间各站由杭余公司建造营业外，计有城站、湖滨、武林门、小河、彭公岭、上柏、武康、三桥埠、埭溪、菁山、施家桥、湖州、杨家埠、管家巷、长兴、夹浦、金村边界等十八站。其中车站面积，以湖州车站为最广，约计基地二十余亩。盖该站地点适中，交通四达，且为浙皖线与本路之交点，东连嘉兴，西达广德，交通繁盛，当可预卜。故该站场地，不得不稍为广大，以为将来扩充之余地。又边界车站，背山面湖，风景天然，且为本路之终点。旅客至此，浏览小憩，似属必要，将来于站屋之外，拟设旅馆，以供长途旅行之休息焉。

（五）路面。本路路面，计分碎石、卵石、软石及煤屑等数种，宽自十六英寸至十八英寸，至各种路面材料之选择及厚薄，乃依路基土质之优劣，及就地取材之便否为标准。大都碎石路面之厚度，自六英寸至八英寸，卵石自八英寸至十英寸，软石自八英寸至一尺，唯煤屑自四英寸至八英寸。唯煤屑路面，是否适用耐久，现正分别试验，以资采用，窃以路面建筑之优劣，及价值之廉昂，全视路基之是否坚实以为准。如路基坚实，不独路面厚度可以减薄，经费可以节省，修理费用，亦可减少。否则路基松软，路面材料，即使加厚，一经雨雪及行车滚压，路面即成凹凸不平之象。不独建筑经费加巨，修补亦颇困难也。故本路修筑路面之最要目的，乃在路面未经修筑以前，先将土基路面筑成弧形时，用滚桶滚压，并使车辆于土基上先行行驶，令其坚实。然后先后分半铺筑路面，如此不独营业收入有着，路基亦得日见坚固，试行以来，颇见效果。上柏至莫干山一段路面，业已铺就，数月以来，未见损坏，未始非土基坚实使之然也。

以言建筑环太湖马路，则苏省公路局之计划及其实施步骤，亦有可得而言者。计划书云：环太湖建筑马路之议，远在十年以前。去春江苏士绅，以太湖流域，为江南最富庶之区。环湖风景，尤称佳绝，而交通不便，地方治安，所关尤甚，乃有建筑马路开辟公园之议。所持理由正大，已早见于国内报章，兹不具述。建设厅以职责所在，亦觉环湖马路之建筑，实为刻不容缓之图，当即将此路线添列为省道之一。并在发行建设公债用途说明中，预算近二百万元，专为是项路线建筑之用，其重要可知矣。

去年本局派工程司孙宝勤，率队前往测量，历时数月葳事，返局复又缜密设计，拟定计划如下：

（一）路线之选择。太湖位于苏浙之间，其在苏境者，约占全面积四分之三。故环绕太湖之马路，其最大部分，乃在苏境也，本路线起自董塘，北上经宜兴而东折至无锡，系用京杭路之宜董段暨锡宜路，可称为太湖西半部之路线。此两路线之建筑，均大体就绪，故目下所谓环湖路建筑部分者，实自无锡起经过吴县与吴江至浙境之南浔镇，可称为太湖东半部之路线是也。

去年三月，派工程司孙宝勤察勘环湖路线之时，即自无锡起讫南浔止，关于选择路线，据该工程司报告如下：无锡鼋头渚，为锡宜路必经之点，与万顷堂对峙，扼五里湖之口，中揭山横卧其间，风景绝佳，锡绅荣杨二氏，年来出资经营其间，尤为湖山增色。由万顷堂而中揭山而鼋头渚，约有一水之隔。近万顷堂方面，水宽一百余米，深十余米。至鼋头渚方面，水宽仅为十米，深可数米耳。此三处若贯以二桥，则不特交通因之便利，而所以点缀风景者，亦殊非浅鲜也！

　　由鼋头渚南行，可分三道，一沿太湖滨行，直达五塘门。但此路山势壁立，居民稀少，工程艰巨，一则经冲山漆塘，直趋许舍。中经二岭，均非寻常道路之坡度所可超越。故唯一路线，只可循五里湖滨南行，地势平坦，工程简易，风景亦尚秀美。由许舍循雪浪山而西南行直达南方泉，复东折经周潭桥镇、华大房庄抵新安。以上数处，均属滨湖大镇路线所经地势，均极平坦，而水平位置甚高，永无淹没之患。此段河道，为数亦少，水窄流平，故路基桥工，均甚简易也。

　　由新安循运河南行，直达望亭，原为苏锡路之一段，中经沙墩港，东连运河，西通太湖，水面宽度，近一百米，流量颇巨，桥工较为繁复。经望亭西南行三十里，经金墅抵光福，地亦平坦，唯河流较多。

　　自光福至木渎，有南北二线。北线经玄墓山，沿御道直趋木渎。南线出香山西南麓经香山嘴、胥一镇至木渎。南线地僻人稀，盗匪罕至。湖边地多芦苇，无风景可言。较北线约长二三公里，二线相较，南不如北。然玄墓山为苏属名胜之一，而司徒庙之香雪海，尤为著名。现在路线选定，经过其地，乃从玄墓山向西行，出密陀玄墓二山之间，循御道而直达木渎。沿路林木蔽天，地势起伏，工程虽较艰巨，而风景幽丽，将来"太湖公园"之胜地也。

　　由木渎东行二十余里，可直达宝带桥。是桥横跨澹台湖、运河之间，为苏州至吴江必经之道。桥孔计五十有三，全长约五百米，桥宽约四米半，我国最著名桥梁之一也。桥基尚甚坚固，桥面果稍加修改，即可通行汽车矣。唯此段路线，若循苏木县道，经苏州再转入福禾省道，至宝带桥，则虽须多行十余里。而此两路均已在兴工建筑之中，故可利用以省却木渎至宝带桥一段工程，计亦良得。

自宝带桥至吴江城，则有已成之福禾路可用，无须另选路线，吴江境内滨湖一带，地势低洼，港汊纵横，建筑公路，困难甚多。为慎重起见，曾经选定两线，加以实地观察，以资比较。一线由吴江循运河南行。经北尺、平望而西折，经震泽入浙之南浔，此线离湖较远，地势较高，河流之横断路线者亦较少。北尺、平望、震泽，为吴江境内大镇，商业繁盛，远过于县治。震泽一镇，尤为丝业中心。吴江县建设局亦有建筑此线之议，路线大部可循塘岸而行，唯有多处穿过运河湖荡之间，两旁缺乏取土之处，建筑路基，不免艰难耳。一则由北尺西南行，经溪冈、横扇、五都，入浙境。此线接近太湖，为盗匪出没之区，溪流甚多，闻有七十二港三十六湾之称，地势大部低洼，苇荡极夥，区内人烟稀少，村落简陋。横扇、五都虽为较大市镇，究难与前述诸处相提并论，比较之下，自仍以选择前一线为宜也。

综观上述各节，当见环太湖建筑马路之用意，不得不注重于将来农工商业之发达，与夫天然风景之点缀也，总计全线长约二百六十余华里，经过无锡、苏州、吴江三县，而达浙江吴兴之南浔。沿线出产，以米、麦、丝、茧为大宗，滨湖山中之水果，尤为著名，其余如木渎金山之花岗石条，光福一带之刺绣，亦畅运他埠。至于沿线名胜，尤属不胜枚举，其最著者，如无锡之鼋头渚、五里湖；苏州之邓蔚、灵岩、天平，均足招致国内外游客，其有益于太湖区域之经济发展尤非浅鲜也。

（二）工程计划概观。本路目下拟筑之路线，北自无锡之梅园起，南至南浔镇止。全长测量实数为一四五点九四九公里。本路既已定为省道之一，一切工程计划，自须按照本局所规定之省道标准办理，路基宽九米，铺垫路面，原须七米。但以此路初成数年内，车辆来往，未必甚多，兹为经济起见，拟暂铺三米路面，材料用弹街石子，厚六英寸，下铺二英寸厚之煤屑，以为垫层。全路线所经之地，平坦居多，最大坡度在平地者，不过百分之三。在山地者，不过百分之五。土方工程，不甚艰难，除光福玄墓山一带，约长三公里，及无锡五里湖一段，约长五公里，稍费凿石工程外，其余各处，则以填土为多，但平均不及一米也。唯以本线密迩湖边，截过溪流甚夥，致桥梁涵洞工程颇巨，兹拟将全部桥梁，大部用钢筋混凝土板梁式建筑，既资永久，亦免多用舶来洋松，致受金价奇高时之汇兑损失也。

至于桥墩，则拟斟酌情形，尽量采用沿路良好石料，就地搬运，以资节省。全路最大桥梁，是为无锡鼋头渚之桥，计长约一百六十米，拟用弓式钢筋混凝土桥，即就两边自然石地作桥墩，现在约略估计，需费二十万元，将来正式兴工，仍须详细设计，以资慎重。至于涵洞建筑，在一米以上者，概以石方涵洞式为准，其在一米以下者，则用水泥管式涵洞，更为顾及路之两旁农田灌溉起见，拟于相当地点，多置管式水泥涵洞，以沟通之。

为将来兴工方便起见，拟就地位关系，将全路分划为九段：第一段由梅园至南方泉，长十六公里有奇。第二段自南方泉至新安，长约十四公里半。第三段自新安至望亭，长七公里弱。第四段自望亭至光福，长十六公里半。第五段自光福至木渎，长十六公里强。第六段自木渎至苏州，长十二公里不足。第七段自苏州至吴江，长十七公里半。第八段自吴江至平望，长二十一公里有奇。第九段自平望至南浔，长二十四公里半强。以上所分各段，兴工之先后，则视其地位交通商业如何，而可分为三期建筑。第一期应筑一、六、七、八等段。第二期筑五、九两段。第三期筑二、三、四等段。

（三）工程费用估计之分析。全路工程，照最近工料，及地亩价格估计，共需洋二百七十六万八千八百八十八元。实合每公里一万九千元。按此项估计，系分用地、土方、路面、桥梁涵洞、水管、横道、拆让迁移费、测量、总务费九项。计用于第一项者，约四十七万元。占全数六分之一稍强。用于第二第三两项者，约为六十三万元，占全数四分之一不足。第四项桥梁涵洞需一百四十下万元，实占全数大半也。以上四项，合并共需二百五十五万元，约为全数百分之九十二。

以言国道游程，则以余此遭之经验，则应分为十日，兹姑妄拟一日程，唯期望游者再自加考量耳。

第一日 自沪抵京。

第二日 自京抵汤山休沐，午后抵溧阳。

第三日 自溧阳至徐舍，游善权洞，游毕至宜兴。

第四日 自宜兴雇舟游张公洞，仍返宜兴寄宿。

第五日 自宜兴至夹浦望太湖，中午抵湖州，午后游道场山。

第六日 游白雀寺，午后谒陈英士墓。

第七日 自湖州经三桥埠至莫干山。

第八日 在莫干山游览。

第九日 在莫干山游览。

第十日 下山赴杭，接乘火车返沪。

游程既如上述，唯余犹有微见，以一吐为快。查京杭国道沿线风景，美不胜收，顾均以交通阻梗，游者裹足。如宜兴之善权、张公两洞，一近徐舍，一近汤渡，苏省建厅，应即赶筑支路，用以吸引游客。若父子岭一带，尤宜建一古朴之木屋，庶几旅客下车，于饱吸水色天光之余，得以从容休憩。至浙段方面，则杭长路建筑较久，规模大备，莫干山支路告成，旅客相望于道，营业之收入，固有可观，而游侣之拜嘉，亦无时或已。唯湖州之白雀寺，地近杨家埠车站，不过三里，若有汽车可通，则又何必半日舆行，历尽艰苦耶？

余此次出游，江南汽车公司与浙公路局各界我一车，驰行无阻，途中虽未有颠簸，但终不若客车之甚。前此在京，恽君荫棠语予：君之目的，既在考察国道，则不宜求其舒适，应乘客车，一尝个中真况。余当时极然其说，惜未能实行之也。

朋侪啸叙

余此行所遇朋侣，前数篇中已约略纪述之矣。余志既在考察国道，则江南汽车公司吴经理琢之与浙公路局陈局长子博，均不得不图良睹，一亲教益。余至莫干山时，适吴经理琢之亦在山，盖彼时吴君方在筹设绿荫旅馆，京杭之间，往来频繁也。余登山之顷，即晤之于公路局联运事务所。吴君亦少年，治事富有毅力，待人尤极肫挚，与公司中人相处，一以亲爱精诚出之，故能上下相孚，通力合作，而公司业务，乃得蒸蒸日上。吴君告余，近方计划游览专车，先从首都着手，事成即逐渐推广。吴君又以苏段各地，土产丰美，若汤渡之瓷器，与建屋之红瓦，均价廉而物美，苟交通便利，转运各地，则销行必佳，因试造装运瓷器之车，果然优异。余观吴君乃一至有为之青年，致力于商，不乐仕进，其前途之光明，又巨可限量耶！

余既至杭，更约期至公路局，访问陈局长子博，陈君为桥梁专家，于工程界素驰盛誉。浙省公路，得其擘画，成绩卓著，数年以来，路网如织。浙东、浙西之交通，顿形便捷，嘉惠于国计民生者至巨。余以浙路成绩，为全国之冠，陈君功在国家，令人景佩，陈君则逊谢不遑，谓本人治事，不喜铺张，唯求努力做去，以尽吾职责耳！陈君才大心细，取精用宏，毫无官僚习气，亦余所服膺之人也。

在杭二日，天已燠热，亟作归计。仅于离杭之前一日，与契友数人，泛舟湖上，波光云影，风物如昔，亦不复絮絮言之已。

甪直罗汉观光记①

① 民国二十一年作。

民国廿一年十一月十二日，苏州甪直保圣寺古物馆举行开幕典礼。叶玉甫先生早事策划，备极周至。并东邀新闻界同人，前往观礼，赵子叔雍与予实负招待之责。值兹初冬，霜林红叶，竟日清游，弥可乐已。此行虽往复匆匆，然以车以舟以步行，自都市以至于乡村，自文化贫乏之今日，观光一千二百年前之古物，心中感想，为喜为悲，殊未敢言。综之，甪直之游，在予个人，以为至有意味也！

　　按此遭招待各界观礼，系由教育部保存甪直唐塑委员会具东。由沪往者，乘北站七时所开之快车，于八时三十九分到昆山，即至正阳桥六通轮船码头换乘该会所备之专轮，开赴甪直，约十一时到。由南京、镇江、苏州往者，于是晨乘苏州阊门外广济桥塊码头该会所备之专轮，开赴甪直，亦约十一时到。准十一时行开幕礼，聚餐后分乘原轮，开还昆山苏州，转车归沪或京镇。子侪从事报业者，深夜无眠，亭午方起，偶以事迫，亦能夙兴，然辄叹为异数。甪直之行，亦各有此意，是日曙光乍启，子即惊醒，整裾出门，驰赴车驿，则同人先子而至者，已有数人。七时车行，八时三十九分抵昆山，下车者可百余人。分乘昆山所备之人力车，车上植三角欢迎小红旗，晓风劲厉，兴会弥高。已而抵正阳桥电灯公司下船，计帆船四艘，用三小轮拖带，船甚轩敞，列席而坐。昆山各界招待殷挚，极可感谢！甪直为一小镇，分属于吴县、昆山，水程约二小时可达。是日天气晴明，风物佳美，倚舷遥睇，则波光云影，四野橙黄，都含画意，同人多相以为乐也。十一时二十分抵甪。登岸后，由警士列队先导，同人随行于后，镇人夹道相望，欢迎甚盛。甪镇本水乡，居民列河而居，房屋整洁，不殊于内地之县治。行约二十分钟，即抵保圣寺。寺址原极广袤，嗣为甫里学校所占用，校日扩展而寺址益蹙。今者古物馆落成，保圣寺始别于校，初则寺殆为校之赘疣也。于校中休憩片时，即由叶玉甫先生宣布行开幕典礼，来宾集于庭院。由蔡子民夫人行开门礼。门开，此一千二百年前之唐塑罗汉，遂呈现于吾人之前。

蔡子民先生开幕词

主席蔡元培致辞云：今日为甪直保圣寺古物馆开幕之期，承地方长官及各界光临，至为感谢！今日为总理诞辰，总理民族主义演讲上，力言我等规复固有能力；能力也者，不仅在科学之发明与应用，而亦在美术之创造与纪述，我等于总理诞辰举行此古物馆之落成，表示我等于恢复固有能力上，稍稍尽些义务，亦是有意义的事。按塑像为我国特殊之艺术，其古代作品，仅存于今者，以山东灵岩之宋塑罗汉，及北平宝抵两处之元刘兰所塑释道各像为最著。然唐像尚付阙如（陕晋豫鲁各深山穷谷中，有无存物，则不敢知）。自甪直保圣寺唐塑罗汉像发现，吾国艺术界乃为之一震。保圣寺相传始于萧梁，陈迹莫考，而塑壁及罗汉十八尊，则志中且详为唐之杨惠之所塑。惠之本画家，在唐代与吴道子齐名，因不愿与吴争胜，乃遁为塑造。保圣寺之塑造，是否确为杨惠之手造，除志书外，别无确证。然昆山志曾详述玉峰慧聚寺杨惠之塑像之事实，则距离不远之保圣寺，同为惠之所塑，亦属可能之事。各像前经顾颉刚先生首先注意，宣布于众，引起中外人之研究。鄙人曾议集资保存，因循未及实施，而大殿已毁。前之塑壁，为东西北三面者，仅余东部一面，连先已拆存之罗汉像，仅余九尊。同人以全部破坏为虞，佥议妥善保全之策，应建一新屋，以覆各遗物。其旧日之碎片，应装新壁之上，各罗汉像亦咸装入。鄙人方掌大学院，乃拟拨款一万元为之倡，旋省政府允拨款三千元，各方善信，又集资一万元有奇，由教育部组一委员会主持其事，复推元培及叶恭绰、陈去病、马叙伦、陈万里、陈剑修、金家凤七人为常委。经营三年之久，今日乃克告成，此实为我国艺术界考古界所可庆幸之一事。盖不但唐代名手之作品，借此得以延寿，而因此可推见当时艺术之真像，且因以引起人研究之兴味与线索，在此时代不能不认为一小小的贡献。抑保圣寺为著名古刹，其大殿之建筑，审为宋物，惜已倾圮，今仅能就其旧料凑合为二料凑合为二斗拱，以存形式。并将寺中古物，竭力搜集，藉供参考，所有未善之处，尚希指教！甪直地处乡僻，对于来宾招待，尤愧不周，并祈诸君子加以原谅也！

叶玉甫先生报告词

叶恭绰先生报告经过云：保存委员会于十八年秋着手进行，中间曾因战事，致告停顿。建筑系由某建筑公司承造，以该公司不派员负责监造，致工程辄多不合，于是自行解约。因工程费仅一千余元，幸得史君设法，由常熟之建筑公司承包，始得完工。十八年秋九月，开始工作，移出大佛于金刚殿，由上海塑佛匠卫同庆雇宁波塑工，及当地小工三十人，拆卸东部塑壁一小部分并罗汉像，存放学校内。同年冬，起手建筑为塑壁之必要部分，附水门汀墙一座，并附角铁，以备附塑壁木架用。十九年六月，建筑墙壁屋顶工毕，开始修塑壁，将存放学校内罗汉像九尊及塑壁残块移新屋，先筑石台一座，以本有之石台改造。原来之石台狭而高者，改为稍低而阔，石台造就后，着手柱木，主柱自地平及顶，均附于角铁，以作基础。续将罗汉九尊及残块塑壁移上，配置构图。时雇工人六人，且并未十分注意于原来塑壁之全部构图，仅就料（罗汉塑壁残块）

构图，加以塑工，多以普通经验及传统观念工作，虽由江君构图作样，未曾以此为准。故七八个月工程完全无效，因再另觅能手，雇苏州塑匠胡寿康主持重修，四个月亦不能满意，此十九年一年内工程可称完全废工。二十年塑匠驻甪工作，至沪战起时，大致全部告竣。至今岁夏初，整理最后工作，现已完全成功。塑壁诸料，计用料泥糠棉麻外，用麻布皮纸桐油色粉，并依照原留残块色，罗汉像则亦依旧样，以存真迹。全部工程，计费时三年，每日平均约四人，计共费银二万四千余元，尚未及预算三万之数。除教育部拨一万元，苏省府三千元，各方募捐一万一百余元，银行利息五百余元外，尚欠一千余元。

保圣寺

于此予将一述寺内之规模，庭院作方形，中植丛树，并置唐代经幢。至古物馆作方形，屋作寺殿形，参以西法，门窗均属铁制。屋顶等髹以深浅之缘，颇有洁无纤尘之概。寺两旁陈列石碑及旧寺卸下之砖瓦绿琉璃斗拱等件，中壁塑罗汉九尊，或坐，或趺坐山间。五尊较完备，四尊微损。形态各殊，神情生动。筋骨之间，亦各能表现，一代名手，殊非溢誉也！塑壁山石水浪，亦颇雄伟，前护以木栏，恐客毁坏壁像也。栏内并置一玻璃盒，中陈旧寺柱下之古钱，佛像腹中之藏金及经签等件，今已蛀毁。

杨惠之考

塑者杨惠之，究为何如人，亦有未能已于言者。按杨为唐代开元人，与吴道子同师梁张僧繇笔法作画。迨后杨易攻雕塑，艺猛进，遂与吴道子之画，并重于时。当时有"道子画，惠之塑，夺得僧繇神笔路！"之谚。杨作品甚夥，考诸记载，有京兆长乐乡太华观之玉皇大帝像浩州安乐寺净土院大殿内之佛像与千条佛，东经藏院后三门上之门神，及殿内维摩居士像。洛阳广庆寺三门上之五百罗汉，及山高院之楞伽山，俱极神妙。黄巢作乱，京洛间所有宇寺，俱焚毁无遗，独杨塑诸像，硕果仅存。此外陕西临潼县骊山福严寺之塑佛壁，昆山慧之聚寺毗沙门天王佛旁之两侍女，亦属杨之作品。杨在京兆，传曾为优人留杯亭塑像，像成，西墙置于街衢中，途人视其背以为留杯亭出游，争与寒暄，其神妙概可想见也。

保存唐塑经过

姚梅玲君，述保存唐塑经过，至为详尽，兹述之如次：角直保圣寺的十八尊罗汉，是唐代名手杨惠之的作品，因为年代久长了，已毁坏不堪。民国七年，北大教授顾颉刚君游角，偶见塑像，惊为绝技，赞赏不已！过了几年（十一年），和陈万里君重游角直，却见塑像倒坍依然，便拍了几张相片，携归北大，语之蔡元培先生，蔡就函致角直乡绅沈柏寒，请设法保存。当时因经费关系，并无结果。顾颉刚一面向各处接洽作保存运动，一面在书报上作文字上的宣传，复经金家凤、高梦旦、任永叔等，一再向苏省当局请求保存。后得蔡元培、吴稚晖、叶恭绰诸君到甪参观后，认为确有保存之必要，才把具有历史价值的国粹保住了。

陈彬龢当时见了杂志上顾颉刚的记载，便写了封信，附了照片，给日友东京美术学校教授大村西崖。大村得函，喜甚，不远千里而来，专程到中国，在甪直饱看了五天的罗汉像，摄得二十八幅照像，归国后，做了部《吴郡奇迹·塑壁残影》，书出后，畅销国内，售价达日币十二元。

当地绅士们，本拟将保圣寺中残毁庙屋，全部拆除，圈入甫里小学作校地，在计划时，恰接得叶恭绰等函嘱，保存唐塑，斯议遂罢，后将塑像卸下，因为年代关系，大多损坏，完整者仅得九尊，在甫里小学的一所破屋子里，暂时安置下来。

民国十八年，教育部，聘叶恭绰、蔡元培、张仲仁等十八人任委员，组织保存委员会。一面由发起人募集经费，聘了建筑师范文照设计建筑，彫塑家江小鹣、滑田友补壁。把大殿拆卸，改建保圣寺古物馆，馆内除塑像九尊，所有保圣寺的古代建筑物，亦置放在内，在民国十八年春动工，在今春全部竣工。

陆龟蒙祠

保圣寺左近，古木清溪，风景入画。其右又有陆龟蒙祠，亦名斗鸭池。架以小桥，池水已涸，祠中供陆龟蒙先生塑像，旁悬楹联，为迦陵居士顾锦所撰。联云："绿酒黄华，九日独高元亮枕。烟蓑雨立，十年长泛志龢船"。龟蒙先生为一代大儒，著有《甫里集》。甫里学校，殆为纪念先生而设也。

保圣寺开幕典礼既成，同人更合摄一影。并于甫里学校午膳，仍以小轮归昆山转车返沪。一日清游，瞥眼而逝，迄今思之，犹有余恋也！

南游十记①

① 民国二十五年作。

江行之乐

凡是坐长江轮船旅行的人，如果忘记了城市间一切纷忙的景象，在缓缓的行程中，必可得到萧闲舒散的情致。我是一个长江旅行的讴歌者，我以为旅行不可太匆遽，也不能太慢，江轮的好处，是航行得不快不慢，疾徐中节，并不使人快得厌烦，或者慢得心焦。其次，在长江中，和在大海中不同，航海的感觉，只有壮阔，过了几天，便有点孤寂，除掉天和海外，好像在另一世界。至于江行呢，两岸是古树，是村舍，可以见到不断的景色，只有幽静之趣，并无寂寥之感。再其次，在江行中，能使你领略到睡眠的滋味，当晚餐以后，四周都静默下来，唯有睡眠，方足以应付环境。第二天上午，你或者在甲板上贪看景色，午膳时，已微感倦意，咖啡吃完后，也只有付之一睡。并且，像这样的睡眠，是极自然的，并无勉强之意。

二月二十九日早晨，京沪夜车把我们夫妇两人从上海载到南京。由车站到江边，坐汽车不过三五分钟。下车后，看见怡和公司的吉和轮，早已停在岸旁了。

吉和轮的吨位，并不甚巨，但是英国人的脾气，是不肯随便的。船上的膳厅，布置得井井有条。最可爱的，是那几张高大而很松软的沙发，静悄悄地安置在一角，使你见了，有一躺之意；尤其是在初春的午后，太阳照满一室，你于饭罢抽一支卷烟，将整个的身体，寄托在这张椅子上，可以得到一二小时很悠闲的意境。至于舱位呢，有极厚极白的英国羊毛毯，小小的盥洗用具，安排得不多不少，凡是你日常所需要的东西，均可以随手拿到。甲板虽不甚宽，但是也够走一百步路了，每天早上，洗得干干净净，一点没有尘垢。还有吸烟室中，藏几份很旧的英国杂志，如果在万分无聊时，可以翻开一读，或许得到一点幽默的文字，会使你微微一笑。

船上的吃，当然赶不上上海有名的菜馆，可是也足够一饱。早上照例是吃麦糊，麦糊煮得恰到好处，不太浓厚也不太稀薄，加上一些牛奶白糖，吃起来不会起腻的。另外还有一道菜是牛排，烧得生熟相当，足称美味。午后的一顿茶，太不高明了。渺小的蛋糕，红里带黑的茶，聊以充饥而已。

同船的有六个英国兵，不时拿着望远镜在船头眺望。他们早上起得很早，当我好梦方回时，已经在甲板上练习放枪，由一个队长领导，练习的时间，足有一小时，三天以来未曾间断。他们在船上很知自爱，一点也不惹人厌恶，有时高兴，不免低唱一声 It's long way，……这作用，是和我们中国兵士时常哼的"我本是，卧龙岗……"相同，是在无以自遣时的一种慰安。

和我在一起进膳的，是铁道部专员黄宪澄先生。黄先生的容颜很严肃，头发已微微上了霜，前面有一点秃。在进晨餐时，他笑着问我：

"是到汉口么？"

"是。"我应着。

我向来在陌生人面前，不愿意多说话，因为对方的性格不知道，话太多了，岂不惹人家厌恶？后来黄先生和我谈熟了，大家觉得投机。他的外表是有些严整，畅谈起来，就有热情的流露。他讲些广州香港的情形，都很有条理，很耐人寻味。

船过九江后，上来一位英国人 Underwood 先生。他的头顶全秃，几根头发，可以数得出，额上放出光来，脸是红红的，见人总是笑，是爱说话的一位。从他的谈话中，我知道他在中国教了二十几年的书，是教会里的牧师，他盛赞武昌的空气好，厌恶汉口的烦嚣。

庐山的美妙，在这位先生形容之下，好像活画出来。

江中的景色，自芜湖以上，渐渐地好起来，有绵延不断的山峰，有炊烟四起的村舍，当江流曲折船身弯转之时，如果你站在船头上眺赏，可以在片刻之间，见到许多不同的景色，宛如展阅一幅山水手卷，愈展愈奇，愈展愈妙。

我最爱庐山了！

庐山山顶上都是雪，山形如嶂如屏，当中午船过九江时，太阳的光芒，照耀着庐山的白雪，是何等的伟丽呀！

我虽然到现在还不曾去过日本，但是富士山顶的积雪，是常在图画中看到的，富士山的雪景，只是在山顶，好像戴了一顶有边的白帽子，庐山虽然不是终年积雪，但是我现在所看到庐山的雪景，是一座白的屏障，可以说各个峰峦上都是雪，真是有趣极了！

从南京到芜湖，没有多少路，江边所见到的，也只是几座洋房，并无特殊的景物。大通和安庆，都在睡梦中过去。

第二天早上，望见小姑山，并不在江心，是移在岸上了，好像一个高耸的土阜，一点意思都没有。

九江较为可观，江边一带的房子，很觉整齐。船停在这里，有许多卖瓷器的小贩，拿着网篮，盛满了大大小小的瓷器，在码头上求售。他们所要的价钱，和出卖的实价，相差有三分之一。我购了一副茶具，色彩觉得不坏，只花法币一元，拿到船上，茶房还说上当，但是我已经很满意了。

谁都不爱长江中浑黄的水，我当然也有这种感想，但是在船的进行中，有许多水鸟，追随着船舷飞舞，可以为浑黄的江水作一个点缀，增加了不少绮丽。

Yangtse Gorges 的奇观，在最近几年来，已渐为人所注意了，三峡的美妙，我至今还不曾瞻览过，生平引为大憾，我读怡和公司的宣传小册，赞扬 Yangtse Gorges，无微不至，实在令人神往！

这小册说："你或者已经欣赏过加利福宜州的 Yosemite Valley，亚里冗诺州（Arizona）的大峡谷（Grand Canyon）；或者到过黄石公园（Yellowstone Park），赏其峰峦之奇；再或者游过瑙威的 Fjords 和美丽如画的莱茵河；但是你要知道，除了上述名胜以外，还有最伟大神奇的 Yangtse Gorges。"

像这样的称颂，游客有不为其吸引者乎？

船上的光阴，极容易消失，何况时间又这样短促？在三月二日的上午，到了汉口。

近来，我对于旅行，自己晓得有点进步了，在中途不会心焦，到达后，也不慌不忙，决不争先登岸。

当吉和轮泊在汉口码头时，我还是很从容地进早餐。果然，大家差不多都上岸了，脚夫是对于我失望了；中国旅行社的招待便携了我们的简单行李，我们随在后面，在刺戟肌肤的冷风中，踏上了汉口的江岸。

长沙一日

到南京时，我曾拍了两通电报，一致衡阳凌局长，一致武昌王寅清先生，都是报告我的行踪。

在汉口江边中国旅行社招待所里，见到株韶段武昌运输所的胡选堂先生，才知道王先生因公赴衡阳未归，胡先生是到汉口来招待我们的。

随胡先生过江，在武昌黄鹤楼上眺览，望见浩浩荡荡的长江，风帆上下，气势果然雄伟，隔江看汉口，江岸一带的房屋，一排一排地耸立着。那处有高架钢桥的，便是汉阳。我对于武汉三镇的感觉，只有壮阔的心情。黄鹤楼是一座洋楼，前后所占的地方很大，有几家照相馆和菜馆点缀着。

下了黄鹤楼，马路是很宽阔的，公共汽车和人力车都谨守秩序，到处看见新生活标语，的确有一番新气象。

从汉阳门坐人力车到徐家棚，路途实在遥远呀！狂风呼呼地袭着，沿着江岸走，向外面看看，大江滔滔向东流去。我把大衣领翻上，头缩在里面，可是还敌不住寒冷的威势，走了一小时半的光景，才到了徐家棚，手足都已冻僵了。其实我们尽可以走粤汉铁路的码头，从汉口渡江到武昌徐家棚，但是为了瞻眺黄鹤楼的缘故，不得不受此苦楚。

徐家棚是粤汉铁路的起点，从徐家棚到长沙的铁路，早已完成了，就是现在的湘鄂铁路。

湘鄂路管理局，设在徐家棚，范围非常之大，在江边有两个码头。铁路区域内，有排列成行的大树，大小房屋，一座一座，都很讲究。

但是徐家棚车站，小得像上海的徐家汇车站，我想，将来粤汉全线通车后，这个车站，或许不能适用，另外要建一个较大的站，照现在情状看来，不过是二四等小站而已。

徐家棚的情状，已粗知大概，中午，我们仍渡江至汉口午饭。

汉口街市，俨然上海，不过租界范围较小。法租界有几处住宅，整洁美观，庭院内松柏苍翠，堆了不少盆景，过路人看见，胸襟为之一畅。这里也看到黑牙齿红嘴唇的安南人，当巡捕的也有，马路上闲逛的也有。

承南洋同学潘禹昌先生的厚意，约我们在最负盛名的 Hazelwood 西餐馆吃了一顿精致丰富的晚餐。

薄暮渡江回徐家棚，渡轮中发现了许多过江乘车的旅客，上岸后，大家在灯光暗淡、寒风凛冽中上车站去。

头等车是混合车，一半是餐车，仅有三个卧房。每个房中

南游十记

215

有四张铺位，倘使头等客多，带女眷的极不方便。

晚上八点钟开车，我们便向长沙进发。

湘鄂段火车的摇动，令人有些骇然！这实在是摇动，不是震动，震动的姿态是上下，像跳舞中的 Blues。现在这火车的行进是摇动，向两边摇，既不是 Waltz，又不是 charleston，摇晃的程度，可以把你的心都摇出来，我想，我们今夜是睡在摇篮中。

这可怕的漫漫长夜！

躺在铺位里，一切不能自主，整个身体，每一个部分，都受到剧烈摇动的影响，坐起固然不好，睡下又岂能安宁？经过了一二小时的行程，模模糊糊，恍恍惚惚，居然入于似睡非睡的状态中。我想，天下没有不了的事，任凭如何摇，终究总要摇到长沙。

第二天，六点钟就起来，经过一夜摇动的训练，已颇能自安，但是肚子里已摇得空空如也。走到前面餐车，要了几个菜，可惜一盆汤有三分之二是摇出去了，衣服上吸了不少。

向窗外看看，可以说和江浙一带的情形，完全不同。这里全是红土，四围是矮矮的山，中部是平原，高处是田，低处也是田，一层一层的好像梯子。

湘鄂段每天只开这一班特快车，从徐家棚到长沙，是三百六十五公里，需十二小时以上，方能到达，平均每小时只走了三十公里。

十时四十分，我们是到长沙了。在站上相接的，有株韶段株洲材料厂仲厂长树声，武昌运输所王主任寅清，和中国旅行社吴尧叔君。

长沙的人力车夫，是一步一步地朝前走，并不能快跑，对于我，是极其相宜的，因为缓缓地行进，可以很从容地向两边看。

走过一段马路，便上了旧式的街道，大石板铺的路面，和杭州清和坊一样。在每一条路上都可以看到"行人靠左边走，谨守秩序"的蓝色搪瓷牌。果然，去的人从左边走，来的人向右，岗警立在路的中央，不时维持着秩序。路上是绝对不许抽纸烟的，我初到此地，各事茫然，有一次忽有警士向我劝告，仔细瞧着左手，原来方挟住一支初燃的纸烟。

长沙的旅馆，没有新的设备，室内和室外的空气，相差有限，这几天真冷得有点难受，房间内虽备有一盆炭火，却也无济于事。

午后，在仲王两先生鼓舞之下，冲寒去游岳麓山。

岳麓山是长沙唯一的名胜，在湘江西岸。我们从旅馆坐人力车到公路汽车站，购了八个人的车票，就可渡两次河而开一次专车到岳麓山的山脚下。

为什么要渡两次河呢？因为湘江中有淤沙积起来的一块地——水陆洲，横亘在水中央。水陆洲的面积很长，上面有许多的精致房舍，郁郁苍苍的树木，在长沙的外侨，多于此卜居，的确是一块幽静的地方。我们坐了公路局的小汽船，先渡到水陆洲，走了几十步路，再乘另外一艘小汽船渡到对岸，虽然渡河两次，其实还是渡一个湘江，不过横跨这水陆洲而已。

上岸后，就是公路，坐上汽车，驰行十分钟，到了山麓。

第一个接触到眼帘的，是房舍崇闳的湖南大学。校舍是一座一座地排立着，有很好的马路，很好的树木，和平坦整洁的红土网球场。这真是修学良所，学生时代的往事，不禁浮泛在心头！

湖南大学的前身，是朱熹讲学的岳麓书院，建自北宋时代，是中国四大书院之一。朱熹所写的忠孝节廉四个大字，到现在还竖立在湖南大学的大厅上。

我们到了大学门首，看到一副对联，写的是：

惟楚有材，于斯为盛。

入门后，有广袤的庭院，绿阴阴的树木，显出庄严幽静的气概。这里校舍很大，教室有几十间，多是中国式的屋宇而加以修葺者。据学生说，岳麓书院的旧址，现在是大学的文学院，至于外面所看到的洋房，是工学院和理学院的院址。

我们在大学里参观一周，说不尽欣羡之情！

出校后，便雇竹轿游山。竹轿的构造，是小孩所坐的竹凳，加了两根竹杠而成。竹杠上又系了两根绳，缚住一块木板，游人坐上竹凳，两只脚便搁在这块板上。

这轿子的好处，是可以纵目四顾，一无隐蔽。

山路极其好走，坡度也不很陡，在大树荫里徐徐经行，一路静悄悄的没有声息，仅有轿夫的脚步，发出沙沙之声，一步……一步……向山上走。走到五轮塔前，我们便下轿散步。五轮塔有四五丈高，是用麻石做成的，底下是方形，上面一个圆球，再上面像量米的米斛，第四层像一个碗，最高的一层，像有顶子的瓜皮帽。塔上有涂金的梵文，系唐生智纪念第八军阵亡将士所建的。

岳麓山的名胜古迹，是数不尽的，最著名的要算大禹碑，在峰顶上，是宋朝何贤良从南岳访得原碑，在岳麓摹刻的。碑共七十七个字，皆蝌蚪文。我们因为路远天寒，没有上去，现在把明朝杨慎所译得大禹碑文，抄录于次：

承帝曰咨，翼辅佐卿，洲渚与登，鸟兽之门，参身洪流，而明发尔兴。久旅忘家，宿岳麓亭，智营形折，心罔弗辰。往来平定，华岳泰衡。宗疏事衰，劳余伸裡，郁塞昏徙，南渎衍亨。衣制食备，万国其宁，窜舞永奔。

我们在山上所游的几个墓道，如十五师阵亡将士墓、黄克强墓和蔡松坡墓。这三个墓，自然以十五师阵亡将士墓为最壮丽，黄克强的墓，石级太高而陡，我觉得还是蔡松坡的墓最幽静而最引人入胜，墓前几棵高树，郁郁苍苍，令人兴起无限敬意！

岳麓寺在山的半腰，晋太始元年建，门外有"汉魏最初名胜，湖湘第一道场"的门联，走到寺内一看，是太荒芜了。我们向一个和尚询问庙内有什么名胜，和尚瞠目不能答，返身向房里跑，且将门关上，我们有些茫然，后来在外面一听，始知四僧方作竹林之游，我们只得彼此相顾一笑。

云麓宫在山右云麓峰上，由何主席斥资修建，焕然一新。从云麓宫纵览，湘江如带，极烟水迷茫之致。此处最可笑的是飞来钟，是一个极小的钟，挂在树枝上，不知如何飞来，大概是道士用以吸引游客而已。

自云麓宫下山，仍坐公共汽车，两渡湘江而返长沙。

晚上，承长沙上海银行经理李景陶，王元吉和中国旅行社吴尧叔三先生之邀，在长沙最著名的玉楼东菜馆用晚膳。席间最可注意的，莫过于长筷和大汤匙了。筷长大约一英尺半，汤匙比普通所用者有两倍大。我有点少见多怪，据李先生说，湖南人最省俭，用长筷就可以多请几个客人，纵然菜离开得远，客人有了长筷，当可来往自如，不致有枵腹之感。我听了大笑，不知此言是否可靠，尚有待于查考。

湖南的市面，可以说比杭州都好。灯火辉煌的街道，往来拥挤的群众，流行的歌曲，从无线电中播送出来，马路上显露出一派歌舞升平的气象。最繁盛的街市，如八角亭、红牌楼等处，似乎丝毫没有遭逢着不景气的侵袭。

渌河大桥

在长沙住了一天，第二天是三月四日，我们预定的行程，是中午到株洲，下午赴渌口，参观渌河大桥。

早上十时许，自旅馆坐人力车到车站，乘火车向株洲进行。车子是一辆木棚车，旅客拥挤得很。车内显出极端凌乱的样子，小贩高声叫喊，橘子的销路大佳，地板上除旅客所吐的痰而外，橘皮到处皆是。

这一段路——自长沙到株洲，也归湘鄂路管理，客货运的收入，为数可观，原来这一条路专靠运萍乡的煤，所以营业极好，湘鄂路大部分的收入，幸有此短短轨道来接济。

车行后，两旁所看见的，都是些商店，有好几里长，并且逼近轨道，行人络绎，视火车如电车一样。这两旁的空地，原是铁路所有，铁路为增加收入起见，将空地租出，于是商店日多，鳞次栉比，形成上海弄堂的格局。火车在弄堂中缓缓驶行，经过了四十几分钟，才出了弄堂，向原野中驶去。

据友人说，他有一次也坐这车到株洲去，车上有一个兵向小贩买面吃，兵尽管慢慢地吃，小贩站在旁边等。后来车开行了，兵还是很从容地吃，小贩也不心慌，查票员来，只好责问小贩如何还不下车？小贩说，他还不曾吃完呢，查票员也就无话可说。等到兵吃完了面，火车已经走了一大段，小贩收了钱和碗，以最敏捷的姿态，从车上跃下，悠然而逝。

我相信这一定是事实，其实也无足怪异。

我们现在向车外看，可以看见很美丽的湘江，一片一片的风帆，从车上眺望，好像一幅画图。

午后一时许，车抵株洲，从这里起，是株韶段工程局行车的起点。株洲是一个小镇，属于湘潭，车站离镇市尚远，所以未去。我们一行人，从车站步行至株韶段工程局第七总段第二分段去休息。

第二分段的房屋，是人家一所祠堂，在这样荒僻的小镇上，竟然觅到如此整齐的楼房，也可算罕有的事。我们在寒冷的路途上，走进了有火炉的办公室，大家精神都为之一振。

进了午膳，换乘株韶局工程车到渌口。从株洲起，路轨是新铺的，车轮走在轨上，极为平稳，绝无摇动之苦。

第七总段段长吴思远先生邀我们先到他家里去小憩，火车经过吴先生的门口，我们便用竹扶梯自车上爬下，觉得十分有趣。

吴先生是工程界的前辈，很健谈。他这所房屋，有乡下绅士的气概，大门进去，是一个很方正的天井，东西各有一棵很青葱的古树，房屋是正三间，旁边还有些小房子。据说这座房屋，是属于渌口一位有钱的乡下绅士，绅士住到长沙去了，房子老是空着，吴先生就将它租下，这真是一件可遇而不可求的事。

我们离开上海，到今天是第六天了，天天在旅途之中，心里总是虚悬着，有点不安宁的样子。现在到了吴先生的家，有浓而且热的咖啡和松软的蛋糕，靠在火炉旁大嚼一顿，好像到了家一样，心里有说不出的愉快。

休息了半小时，我们一行人，在吴段长和金工程司士耋领导之下，去参观渌河大桥。

关于渌河大桥工程的重要性，此处有作简单说明的必要。按株韶段的工程，系自株洲起向南展筑，选定路线，系和湘江并行；而湘江的支流，多向东分布，路线适在湘江东岸，于是乎横截渌河、洣河及耒河三大支流。在这三条河上均须建筑钢桥，工程多很艰巨。

我们坐的是手摇车，从吴段长家门前出发，四个工人，将车驾驶得如飞，天气既冷，风又很大，但是我们很高兴，并不为寒气所屈服。这一段是临时轨道，直通渌河河滨，便于输运工程材料，所以路轨从高就下，手摇车走得极快。

在手摇车上看见高大整齐绵延不断的红土土方，和两旁堆积如山的材料，这是我生平第一次看见的铁路建筑工程，胸中有说不出的兴奋。

二十分钟后，摇车已到了渌河之滨，伟大的桥工，在眼前呈露。这条桥的伟大，可以说较上海的外白渡桥大五六倍——也许还不止一点，远远地望见几百个工人上上下下，高高低低，用每一个人的血和汗，来完成这伟大的建设，那一副紧张的情状，宛然是战争影片中一个伟大的场面。

走下了摇车，以小船渡河至南岸。吴段长和金工程司各穿了一双装橡皮底的皮鞋，在极端险仄的木架上岸然往来，如履平地一样，我们随在后面，走过高下不平的江岸，经行了悬空铺设的木板，方才走到第十孔桥墩的所在。有不计其数的工人，挑着一担一担的三合土，向这个桥墩走来，在桥墩上的工人，赶紧把三合土浇下去。同时有两架抽水机把桥墩旁边的水抽出来，水势之大，俨如瀑布。

渌河河面，南北两岸，有三百米阔，在水位最小时，不过三米深，但是到了涨水的时候，能涨到十八米。每年四五月间，正当春末夏初，是渌河涨水时期，在此时期，雨量极多，山洪暴发，白浪滔滔，往往漫溢到岸上。

渌河大桥的长度，凡三百四十四米，高二十一米（自桥基至桥墩顶），桥台两座（即桥之两端），桥墩十座，凡十一个孔，属于钣梁者七孔，每孔有十八米宽；桁梁者四孔，每孔五十五米。

这大桥的工程，施工特别困难，因为在二十三年的时候，渌河水患很深，大小发水，有二十多次，往往一夜的工夫，忽然涨起七八尺，教人无从捉摸，难以预防，所以今天所施工程，过了一晚，到明天早上去看看，已被大水冲洗得干干净净。

做桥墩是一件不容易的事。当每一个桥墩施工时，必先在河底建筑一个桩，隔断水流，然后把三合土浇在河底，一直做出水面。渌河大桥所做的桩，为节省经费计，多采用木板桩，仅有极少数的钢板桩，还是向首都长江轮渡购来的旧料。有一次将桩打好，忽然被水冲洗，连钢板桩都冲倒在河底，当然是全功尽弃了。其实全功尽弃，倒也无妨，但是将已冲倒的桩整理起来，却是一件极繁剧艰巨的工作。

现在九个桥墩早已做好，第十个桥墩——是最后的一个，也做出水面，一切困难，已成过去的陈迹。据吴段长告诉我，再经过四天，便全部完成，我欣喜之余，向吴段长握手致庆，吴段长脸上浮着艰苦的微笑。在我写此文时，已隔了二十几天，渌河大桥的完成，是不用说了。

除渌河大桥外，尚有洣河、耒河两大桥，号称为株韶段北段的三大钢桥，工程的艰巨，大致都差不多，唯洣河早已完工，耒河将于四月初完成，可惜我为时间所限，未能与其他两大钢桥相见。

等到粤汉铁路全线完成，从武昌徐家棚上车，一直开到广州，路上不过三十余小时，我们坐在车上，经行了渌河大桥，不过欣赏其伟大而已，今日造桥的艰辛，如何可以得知？

从渌河大桥坐摇车到第七总工段，我们今晚便宿在此处。

一日的奔波，也不觉得苦，饭后在强烈的煤气灯下，和吴段长、金工程司畅谈了许久，关于株韶段全线施工的程序，我约略知道一个大概，现在写在下面：

第一总段　自韶州至乐昌（已完工交南段路局管理）

第二总段　自乐昌至罗家渡

第三总段　自罗家渡至郴州

第四总段　自郴州至栖凤渡

第五总段　自栖凤渡至东阳渡

第六总段　自东阳渡至衡山

第七总段　自衡山至株洲

以上所举的，是七个总段，在每一个总段之下，又分为三个或四个分段，同时大举施工，所以进展得很快。

南岳登临

株韶局王主任寅清和仲厂长树声自长沙伴送我们到渌口，一路殷勤指点，非常感谢！五日晨，我们离渌口向衡山进发，仍承仲厂长相送，王主任因公将返武昌，握别时，不胜依依！

九时，自工段仍乘手摇车到渌河大桥，渡河后，沿着新铺的轨道行进，约十五分钟，到了粗具规模的渌口站，株韶段自造的客车停在这里相候。这一辆新建的三等客车，座位是横列式，甚为整洁。

从渌河大桥到洣河大桥，这一段铁轨，早已铺好通车，在四月里将洣河耒河两桥完工后，铺轨是比较容易的，就可以从株洲一直通车向南，同时南段的五大拱桥完工，于是乎粤汉铁路就完全告成了。

我们今天的行程，是到衡山站，渡湘江，坐轿到湘省公路的衡山站，然后再乘汽车到岳麓中国旅行社招待所。

九时许，火车自渌口站开出后，一路都是沿着湘江而行。我极爱湘江的景色，有疏淡的峰峦和远近的风帆，把整个的湘江渲染得像一幅图画。有时在火车窗外，可以见到竹林，可以见到极古的树，风物美妙，与江南无殊。我伏在窗上贪看景色，不知不觉地已到了朱亭。车在此处小停，由工段送许多饭菜到车上来，大家很随便地饱餐一顿。

我们所乘的车，沿途加挂工程车，行驶稍慢，到午后二时许始到了衡山，仍用扶梯自车上爬下，现在我们对爬扶梯，绝无困苦之念，反认为极有趣味。下车后，几部轿子，已在此处守候，轿子的设备，和杭州的轿子相仿，比较长沙岳麓山的竹凳子似乎高明得多。

轿外的景色，幽邃如杭州之龙井，我们是沉醉在溪光山色之中，二十分钟后，到了湘江之滨，人和轿子分载着渡船一齐过江。到对岸后，轿子仍继续前进，走了半小时的光景，达湘省公路衡山站。

承株韶局杨主任裕芬的厚谊，亲以汽车从衡阳驰至衡山站相接。杨先生和我，是暨南大学先后的同事，可是从未谋面，现在忽于旅次相见，大家觉得愉快。杨先生短短的身材，谈吐极其隽雅，行动敏捷，显出精明干练的样子。

从湘省公路的衡山站到南岳站，乘汽车前往，不过半小时光景。到达后，即投中国旅行社招待所休息。招待所是几进很整洁的房屋，有大小房间十余个，里面的陈设，应有尽有，屋外有很空旷的隙地，在南岳山麓，可算独一无二的良好旅舍了。今天的气候特别冷，室内燃着极大的炭盆，热度并不平均，大家脸都红红的。

休息了片刻，株韶工程局局长凌竹铭先生来了，我们作一小时谈话，非常欢洽。（谈话见《汉粤纪行》）

晚上，我在奇寒入骨的房间里，写录沿途见闻，准备递寄申报，炭火盆是嘱咐社役拿出去了，因为煤气太重，恐怕再蹈丁文江先生的覆辙。这时已是午夜十二时了，如果在上海，还不算太晚，报馆里正是工作最繁剧的时候；可是在南岳山麓，一点声息也没有，沉寂凄清的景况，好像在空山里做和尚。我有一个怪脾气，今日所应赶完的事，无论如何，必须做完，后来愈写愈寒，愈冷愈慢，一直写到一时许，方才写完，手足都冻僵了。人类不情愿有一点空闲，但是这一夜的煎熬，和明晨登山的寒威，竟累我卧病衡阳一日夜。

翌日是三月六日，我们作南岳之游，恐怕天气寒冷，每人向旅行社借一条毛毡，将腿部牢牢裹住。仲厂长身体魁梧，不用说，是雇轿夫三人。唯有我，身体并不很高，看起来只须用两个轿夫，其实我体重是一百六十八磅，两人总觉得有些勉强，走到祝圣寺后，前面的轿夫，向我说：

"先生，你福气很大呢！"

"唔！"我莫明其妙地答复着。

仲厂长是老湖南，他明了轿夫的用意，就为我多雇轿夫一人，所谓福气大者，就是痴肥体重的意思。

南岳的博大雄奇，值得游人称赞。我们先到祝圣寺，传是夏禹时清冷宫故址，大殿前古木苍翠，将四周映照得碧绿。杨主任和我，各摄照片一帧，香炉旁有寺僧的鞋子一只，也拍摄入画。

自祝圣寺赴水帘洞，约七八里。沿途见水田甚多，有溪水曲折流乱石间，将至水帘洞，渐闻水声，走愈近，声愈宏，所谓水帘者，系一瀑布，约四五折，我们欲穷其源，一直攀登其巅，路是在大石上凿成石级，极易行走。这个瀑布并不很大，但轻明若帘，水帘洞的得名在此。瀑旁大石上镌"不舍昼夜""何去何从""高山流水"等字样。据南岳导游所载，另有石镌"冲退醉石"四字，是宋处士张察题，察博通易理，和邵康节友善，神宗爵赐不受，赐号冲退居士，后有人题诗云：

水帘洞前一片石，留与仙人醉后眠，珍重何人书四字，风云重护鬼神怜。

斯人胸次阔如海，石上留书便出尘，只恐清风明月夜，此间真有醉仙人。

游水帘洞后，更行若干时，便到南岳市。这里的确是市廛，整齐宽阔的马路，两旁尽是些商店和客店，据说自唐宋以来，游山和进香的人，已在此驻足，近年因为长衡汽车直达该市，人口遂益稠密。七八月间，各地男女香客，虔诚到南岳庙进香，就在南岳市口的旅店住下，所以这时候市面最好，和杭州春天的香市一样。

自此即入南岳庙，庙的规模，和杭州灵隐寺相仿，东西川门甬道极长，柏树种列成行，极为美观。大殿前有古松一株，枝干低垂到庭中的香炉上，任凭香火如何熏炙，这松树是不枯萎的，所以又名火松，我仔细瞧这棵古松，果然枝干苍老，摇曳生姿，没有被火烧的痕迹，这也可说是奇事了。

全庙建筑的体制，与北平皇宫相同，殿外绕以长廊，长廊四周，有石栏围护，栏杆石板，均浮雕树木花鸟，极为工细。殿中供奉岳神塑像，庄严高大。闻每年到庙进香者，在二十万人以上，远如上海、苏州、杭州等处，亦有人前往，将来粤汉全线通车后，南岳庙的香火，自然格外兴盛了。

我们从庙后登山，山路多系新筑成的马路，极易行走，和莫干山的新路，完全一样。前行不久，即望见络丝潭的瀑布，水声宏大，比较水帘洞的瀑布好看得多。

自此前进，经玉版桥，地势益高，气候益寒。比较上海的隆冬天气尤为寒冷，坐轿中战栗不已。我们今天游山的目的地，是到半山亭为止，山顶积雪未融，道途淋滑，非到春暖难以攀登。我们还没有到半山亭时，天上已飘雪花，树根上随处可看到冰冻。

我始终不愿意退却，口中虽然嚷着好冷，还是鼓励着大家前进，终于到了半山亭，即至中国旅行社半山亭招待所休息。

这个招待所，规模较山下的招待所尤大，是夏天的避暑山庄，地位适当全山之胜，尤其庭前有几株耸拔的古松，在山上是难得的。自楼上远眺，峰峦云树，尽收眼底。到招待所，室内已备有火炉，饮茶洗面后，冷气稍却，进饭后，周身温暖如春。午后二时许，循另一新路下山，此段因向阳关系，树木较多，风景亦渐佳胜。

途经磨镜台，是南岳僧众公共祖堂，昔怀让七祖的弟子道一在此处坐禅，让问道："坐禅做什么？"道一答曰："想成佛。"怀让乃取一砖在石上磨之，道一问曰："磨砖做什么？"怀让曰："磨成镜。"道一大奇，再问道："磨砖何能成镜？"怀让大笑道："磨砖既不能成镜，坐禅又何能成佛呢？"于是道一恍然大悟，从此得道，后人因名此处为磨镜台。

磨镜台的左近，有湘省主席何键所建的别墅，屋瓦都成黄色，掩映于苍松翠柏之间，建筑甚雅。

嗣访福严寺，寻二千年以前的古银杏，于寺后觅得，相传在六朝时，受戒于慧思祖师，戒牒挂在树上，人方知之。此寺因地位优越，管理得宜，方大兴土木，建筑新屋。寺前树木甚多，现又辟隙地种竹。

自福严寺更至南台寺，寺依山建筑，规模不大，唯有日本僧人送藏经五千余卷，藏寺后小楼中，并有石碑记载其事。

我们从上午九时游山，到现在已经差不多下午四时了，风急天寒，衣又单薄，至是亦意兴稍衰，仍促轿夫急步下山。

昔人说："五岳归来不看山。"我还是第一次游南岳，尚有四岳，不知何日方遂登临之愿？其实以我游山的经验看来，南岳之胜，在于博大雄奇，江浙一带的山水，以明媚见胜，各有所长，好游之士，似乎有一登南岳的价值。

近几年来，避暑名区，竞相开发，但是费用也很可观，若是中产阶级，要得一消夏之地，以数十元一月的消费，享受山水之乐，我想，南岳是最适宜了。中国旅行社半山亭招待所，定今年夏天开放，据吴尧叔君的估计，如果两个人租赁房间一大间，连饭食在内，每月绝不会超过一百元，这个低廉的数目，绝非在青岛、庐山所能办到的。

凡自汉口到南岳的人，可在粤汉路的衡山站下车，从广东方面来的，可在衡阳站下车，都是很方便的。

我因为连日劳顿，和游山受了寒，返山麓旅行社时，齿疾大发，隐隐作痛。

预定的行程，是不能变更的，我们于薄暮乘株韶局汽车，离开了南岳，向衡阳进发，约两小时的行程，暮霭苍茫中，衡阳的县城，是在望了。

衡阳闻见

衡阳为湘南大邑，适当粤汉全线的中心，是株韶段工程局的所在地，人口稠密，商业繁盛，所有名胜古迹，在历史上极有价值，将来全线通车后，衡阳地位的重要，是不待言的。

衡阳的城门，矮小得令人发笑，当我们的汽车开进城时，我很替汽车担心，恐怕车顶和门拱相撞，后来汽车开进时，车身向下面一沉，竟然很平稳地开了进去，原来城内的地较城外稍低，所以无需作杞人之忧的。

城内的市面极好，马路即将放宽，两旁的房屋，已大半拆去，不过路面尚未做，闻衡阳县政府准备拿全县的粪捐作筑路的经费，大概一年即可得数万金。

株韶段工程局的局址，在衡阳的江东岸蔡家堰，这里地面辽阔，居户极少，便于规划。我们的汽车开到江边的太子码头，即乘渡船过江，不过五分钟，便至江东岸。

上岸后，望见一切建设，是一个新辟的市区，规模极大，有纵横坦荡的马路，许多明灿的电灯，在空中显耀。十字街头，还竖立着新式的岗警亭，或圆或方，亭的底脚，且映放红灯，以便行车，总之一切建设，好像小规模的上海市中心，显出蓬勃的新气象。

坐人力车行约十分钟，到了株韶局员司住宅区的励志里，杨主任十分殷勤，坚决留我们住在他的家里。这许多住宅，尤其令人满意，虽然都是平房，但足够小家庭的居住，屋前的广场，在上海决不容易觅得。住宅不过十六座，分为甲种三幢，乙种四幢，丙种八幢，另外有公寓一所，是给没有眷属的员司住的。电灯和自来水，无不具备。

我很关心丁文江先生在衡阳中煤毒的真相，据说，丁先生是住在公寓的宾馆中，晚上酷寒，煤炉中装足了煤炭，风雨大作，煤气向室内侵袭，丁先生又服了些安眠药片，夜里昏昏沉沉，失去知觉。到第二天早上发觉后，大家总以为无望，后来施行急救，煤毒完全清解，用英语和德语和他谈话，丁先生面有笑容，一一答复，岂知送到长沙后，反因宿疾复发，终于不救，这只好说一切唯有天知了。

到杨主任家里后，我寒热大作，牙齿痛得很厉害，还勉强和各人招呼。丰美的晚餐，堆满了一桌，只有看看，不能下箸，后来实在有些支持不住，只得道歉去睡。第二天是三月七日，勉强赴凌公馆的宴会，归来后又睡，一直睡到八日早晨，精神始恢复原状。在病中，很感激杨太太的张罗，到现在，还是觉得抱歉。

衡阳车站，是江东岸唯一的伟大建筑，也可以说是湘南仅有的巍峨大厦。照铁道部最初的计划，预备在衡阳建一工程局的局所，但凌局长以工期短促，为撙节经费计，主张不必兴建，遂呈准铁道部，提先建筑车站，在未通车前，将工程局迁入办公。这车站的外表，采用单洁庄严的近代立体式，共分三层，有房屋数十间，均切于实用。

衡阳的名胜，举我所知的，有回雁峰，在城南里许。相传雁不渡衡阳，唐杜荀鹤有句云："猿到夜深啼岳麓，雁知春信别衡阳。"盖雁畏寒，至南已暖，故回雁峰之得名由于此。或谓此山的形状，如雁翼的姿态，不知孰是？山上有雁峰寺，寺下有烟雨池，天如欲雨，则池中有烟雾上升，衡阳八景中的"雁峰烟雨"即指是。按南岳周回八百里，有七十二峰，以衡阳的回雁峰为首，长沙的岳麓山为足。

石鼓山在城北二里，朱子所谓"一郡佳处"者即指是。山前有潭，深不可测，《水经注》"临蒸有石鼓，高六尺，湘水所经。"石鼓山的形胜，可与回雁峰相颉颃。石鼓书院亦建在此山，与嵩阳、岳麓、白鹿，号称四大书院，历代的学者，多在此治学。又传山上有诸葛亮的故宅。

此外有思杜亭，是纪念唐杜甫的。杜甫葬在耒阳，宋郡守刘清之登花光山（在城南十里），望耒阳慨然有感，因建思杜亭祀甫，更以黄庭坚为配。

衡阳的古迹，大半有历史上的价值，我因病不能畅游，至今犹有余恨！

　　此外，湘省的公路，可从衡阳通至广西，湘省方面，已筑至边境，唯广西公路，因沿途高山极多，尚未展筑，所以衡阳的前途，是不可限量的。

　　八日早晨，天气晴朗，我们在车站前，坐工程汽车，离别了衡阳。

郴山郴水

八日早晨，衡阳的天气，特别晴朗，好像为我们壮行色似的。在巍峨壮丽的衡阳车站前，一辆很大的工程汽车停在广场上，我们向衡阳致其最后惜别之意，汽车便开始行进。所谓工程汽车者，是一辆装载货物的车子，车身满覆灰沙，任重致远，也是粤汉路上的劳苦功高者。如果在上海或者任何大城市里，像这样的汽车，恐怕任何人都不愿意去乘坐，但是在这个地方，这个时间，我们认为这个车，真是我们的好友，是毫无疑义的。可知世界上一切事情，必须适应环境，如果环境不允许，任凭你如何，是无济于事的。湖南的公路，本来极其可靠，这工程汽车驶在上面，平稳舒适，身体上丝毫没有受着痛苦，精神上尤其感着欢愉；因为有太阳的照临，天气是渐渐暖起来了。从衡阳到郴州，路轨已经铺好，我们原可以坐火车，但是因为路基未固，车行很慢；而且我们今天的行程，是从衡阳经耒阳、郴州，过宜章、小塘，完毕了湖南的游程，以达到广东之坪石。这样的长途，非坐汽车不可，如果坐火车，薄暮方可抵郴州，预定的行程，是赶不上的。

我今天因为病已大愈，精神恢复原状，在车中左顾右盼，远山近水，倍觉可亲。在公路的行进上，时时可以看到粤汉路的铁轨横了公路，这是因为铁路的选线，必须裁弯取直，公路可随地势转移，不妨稍稍曲折一点。

自早上九点钟从衡阳起程，两小时的光景，已驰过耒阳。

耒阳虽未下车，但是这里的名胜古迹，经杨裕芬兄详加说明，我已晓得一个大概。

耒阳最著名的古迹，是县政府里的凤雏亭，据说，庞统曾为耒阳县令，故建此表之，有古桧一枝，传系庞士元手植，覆荫十余亩。民国十六年，烧毁房屋，独此亭未遭损害，也算大幸了。又有蔡子池，是汉蔡伦故宅，宅西有一石臼，相传即蔡伦舂纸之臼。伦在汉顺帝时，曾为夷门郎，捣旧渔网为纸，用代简素，池在宅旁，为洗纸之处。

在这里，还有唐诗人杜甫和三国时张飞的遗迹。杜甫在大历年间，出瞿塘，下江陵，溯沅湘以登沅山，游岳祠，大水遽至，旬日不得食，县令以舟往迎，方得安还。一夕，食牛炙，饮酒狂欢，竟大醉而死，死后即葬耒阳，其墓在城北。至于张飞遗迹，在城北马阜岭，据说张飞巡查庞统，曾在此岭驻马。县政府后园冷亭旁，还有一池，名马槽，闻是张飞饮马之处。

过耒阳匆匆，中午到了郴州。

在郴州下车后，先到第四工程总段，晤段长刘宝善君。午饭后，我们准备以三小时的光阴，游览这里的名胜。

郴州有山有水，山则南凭骑田之脉，水则有郴水纵贯中央，至于四围的小山，尤重重叠叠，一望不绝。唐韩愈文中，有"地益高，山益峻，水清而益驶"。又有"其水清泻，泪沙倚石"。于此可以知郴州是一个山清水淑的所在。这里的名胜，有东山书院，在州之东郊，系唐宰相刘瞻读书故址，东塔和南塔拱峙在书院左右，近年来因失于修葺，书院有倾圮的危险。濂溪书院，在西塔街濂溪巷，现改为学校。

郴州最著名的苏仙岭，差不多大家都知道，其实这山原名马岭山。苏仙岭有一段神话，是这样的：相传在汉朝时代，郴州人苏耽，幼时丧父，事母至孝，言语虚无，人家都称他是一个癫子。耽和许多儿童去牧牛，轮流为帅，当耽为帅时，牛总是在他的左右徘徊，众儿叩以原因，耽言非汝曹所知。后来耽哭别了他的母亲，说去成仙，遂到马岭山学道，其母登山窥探，见耽乘白马飘然而去，所以又名此山为白马岭，现在大家只知道是苏仙岭了。此外还有一个橘井观，在城东半里苏耽旧宅，传说耽将别母时，说明年郴州大疫，死亡过半，如取橘叶和井水饮之，当可保全。后来郴州果大疫，阖城的人，忽忆耽言，纷以橘叶和井水饮之，竟活了无数性命，医家所常用的"橘井"二字，实发源于此。

苏仙岭上还有一个白鹿洞，洞旁有座护碑亭，亭里所藏的是三绝碑，其中有一件哀感顽艳的掌故。相传长沙有一义妓，爱慕秦少游的词名，愿以身相许，这时少游在郴州，遂寄以小词，后来秦谪岭海不返，妓相思极苦，竟以缢殉。这首词就刻在碑上：

雾失楼台，月迷津渡，桃源望断无寻处。可怜孤馆对春寒，杜鹃声里斜阳暮。驿寄梅花，鱼传尺素，砌成此恨无重数，郴江幸自绕郴山，为谁流下潇湘去？

所谓三绝碑者，是秦少游作词，苏子由跋，米南宫书，所以称为三绝，不过碑文已极漫漶了。

义帝墓在西塔街之极西，是楚义帝的陵寝，古树丛生，荒芜不治，郴州人拟在墓之左右，建一公园，但尚未实现。

唐韩愈赴潮州时，亦曾路过郴州，经北湖，赋诗有"叉鱼春岸阔"之句，郴人因建一叉鱼亭，现在西城外，亭前有韩公祠。

我认为郴州最有希望的名胜，是一个温泉，距离粤汉铁路车站，不过六华里的光景。我们虽在极短促的时间中，也决心往游。承四总段工程员谭议君的引导，乘工程汽车前往，下车后步行二十分钟，已到达了。温泉左近，一片平畴，前后有几个很苍碧的小山，树木也很茂盛，风景着实使人迷恋。泉之三面，有短墙围绕，东西设两门，一面就傍住小山，泉水便从这山脚下不断地汩汩流出。泉分三池，外面两个，里面一个，不过设备极其简陋，完全是公开的，任何人都可以进去一试。水质的温度，约为摄氏四十度。我们到温泉时，有许多人正在里面上下浮沉，悠然自得，不过这些浴客，都是劳工阶级，并且混杂在一个大池里，大家赤身裸体，很不雅观，爱体面的人，或者不情愿下池同浴。现在粤汉铁路正计划自车站开辟一条马路到此，如果成功后，将来一定可以吸引不少游客。至于浴池的设备，也应该大加整理，最低限度，要像南京汤山陶庐的布置，建一个简单的宿舍，将泉水用铁管引到屋里来，分为几个小池，如是方足以歆动游侣呢！

郴州的温泉，据《水经注》所载："温泉在便县之西北，左右有田数十亩，资之以溉，常以十二月下种，明年三月谷熟，温水所溉，年可三登，其余波散流入于耒水也。"《元和志》："温水在高亭县北，常溉田。"《舆地纪胜》："平地涌出如汤，沐浴可以已痒，东流合郴水。"从上面记载看来，温泉的历史，似已很久，不过不为世人所注意而已。

游温泉后，仍乘工程汽车前进，这时我们已在山上驶行，坡度极陡，盖湘粤边境的山岭极多，公路随山转移，形势甚觉壮观。自车中四望，小山都在足底，大的峰峦，绵延不绝。

午后四时，车过宜章，从窗外看到排列成行的古树，亟下车往观，据车夫说，这就是古代所筑的郴州大道。大道极为宽阔，中铺整齐之石板，两旁古松成行，枝叶苍翠，一望无际。以意度之，这样大的古树，至少有一二百年以上的寿命。我们最认为惊奇的，是大道植树铺路的方法，和现代都市的设计，完全一样，可知道中国古代建筑的文明。不过这大道的历史，我回沪后，遍阅各书，均无从查考，至今引以为憾！

宜章是湘粤交界的要道，粤盐的市场。凡是广东运来的盐，多先运到宜章集中，然后再转运郴州、耒阳、衡阳等处。我们一路看见挑盐的人，自广东边境向宜章走来，前后不下数百人。我想粤汉全路通车后，粤盐的运销，路局方面，应有整个的筹划；同时湖南的米，运到广东去，亦是极重要的问题。不过湖南的米，不合广东人的胃口，关于改良种子等等，湘省当局，应该加以深切的注意。

宜章的名胜，如蒙岩野石铺、仙庵、木根祠、谦岩、石虎山等，我们都无暇往游，在途中经过了艮岩，遂停车一看。艮岩门前有两棵极高极古的树，碧绿的枝叶，极其好看。田野间涧水淙淙，显出非常幽静的样子。走进门，是一个供祀观音大士的佛殿，殿后有一个山洞，异常黝黑，是谓前岩。再进是后岩，岩有门可入，不见泉水，但闻泉声，所以岩前建了一个听泉亭。

自此更南行，到了小塘，这是湘省公路最后的一站，再走几十步路，便是广东省。

汽车开到广东的公路，我们是在五岭上经行。五岭者，是南岭山脉以次而西的五个岭路。这五岭是大庾岭、骑田岭、都庞岭、萌渚岭和越城岭。我们所走的，就是五岭中的骑田岭，岭高一千二百尺，公路便随着这骑田岭的山势而建筑，危险的情状，实在是骇人心目。

这一段路真是前临绝壁，后有深渊，五步转弯，十步上岭，盘旋不已，往复回环不已，车夫聚精会神，乘客平心静气，好容易走了一小时的光景，方到了坪石。远望金鸡岭的峰岚，说不尽惊喜交集的心情。

山水桥洞

坪石是株韶段第三总工段的所在，办公房屋在一座小山上，高高下下，有几座房子，一部分办公，一部分居家。最令人满意的，是上山的几条小路，用洋灰桶拆下来的木板，铺成了几百级，走起来固然方便，远望尤其美观，废物利用，工程师真会想办法。在小山上眺览，望到几片清峰，一湾流水，胸襟顿然开朗起来。李段长耀，是工程界的老前辈，资望和经验，都不容他不肩负南段最艰巨的工事。这天晚上，便在他家里晚饭，饭后我们就寄寓在工段的客室内。

第二天是三月九日，早上离开工段，坐工程汽车到金鸡岭，这里是第三工段的第一分段，办公室也在小山坡上。我们由副工程司张金品的导引，去参观这一段的五大拱桥和山洞。

我们昨天横跨了骑田岭从湖南到广东，是由北而南，山岭的重叠险峻，道路的回环曲折，我已经约略说过，不过昨天所走的是湘粤两省交界的公路，今天所要看的，是这一段崇山峻岭的铁路工程，行程复由南而北，就是仍从广东再到湖南省界，沿途游览一回。

手摇车架上了铁轨，张工程司和我们，便在人工劈开的两山中前进。山是赭红色，石头大大小小，奇形怪状，如田螺，如磨盘，如狮如狗，此段地质为红砂石，石层软硬不一，经过强烈之开凿后，所以变裂得如此。至于两面所看见的，上面是**重重叠叠**，绵延不绝的峰峦，下面是弯弯曲曲，源远流长的碧水，山随水转，水绕山流，风景的美丽，如在画图之中，我于此不得不叹造化的神奇。此处回环曲折的水，是武水的支流白沙河。手摇车走了半小时，我们行抵第一大拱桥，名新岩下桥，共分六孔，中四孔，各一百英尺，两端各一孔，每孔五十英尺，桥尚在建筑之中，用无数木条纵横织成桥孔，作穹隆形，远望好像六个图案，非常美观。这个桥已筑成十分之九，再需时一个月，便可完工。

下了手摇车，走过第一个大桥，换乘查道车去视察其他四个拱桥。查道车系小型电车，烧柴油引擎，可以坐十六个人，座位很舒服，比较手摇车好得多。

其余的四大拱桥，是礁磅冲桥、省界桥、风吹口桥、燕塘桥，大致和第一拱桥相仿，不过都没有它的伟大而已。这里应该说明的是省界桥，是广东湖南两省交界的大桥，两省以山为界，中有白沙河横亘，形势天成，省界桥便跨在河上，将湘粤两省的交通联系起来。

在视察五大拱桥的途程间，还经过许多山洞，因为铁路工程，务取其直，不能随蜿蜒屈曲的山峰来铺轨道，小的山是轰平了，大的山就开洞。株韶段有十六个山洞，而南段郴州乐昌间已占了十四个，可见这一段工程的艰巨了，最长的山洞，是礁硐冲隧道，有三百米。我们乘查道车前行，方在一个山洞里开出来，前面忽又有一个山洞，两洞相距，不过数十丈，将来列车开行时，车尾未出后洞而车头已进前洞，乘客于片刻间经过两个山洞，必定认为诧异的。我们平时乘京沪车经过镇江山洞，尝认为这是一个伟大的工程，这次到了粤汉路，看到许多隧道，反不以山洞为奇；然而逢山开洞，遇水架桥，粤汉路所遭逢的困难和这一段山重水复的情形，是不言而喻了。

上半天参观了桥和洞，下午别了杨裕芬兄，从坪石车站向乐昌进发。这一段铁路傍山依水，峰峦不断，碧水长流，说不尽的诗情画意。这里的水，是北江上游的武水，源出骑田岭南麓，北江本有二源，一是浈水，从大庾岭南麓发源，其一即是武水，两水至韶州而合。武水滩多流急，上行拉纤甚苦，下行因水流湍急，亦时常失事，有"九泷十八滩"之目。——车中看见对岸的韩文公庙，庙前是风景最佳胜的韩泷，据说唐韩愈谪宦潮阳时，曾在此泊舟。

在青山碧水中车行二小时，薄暮到了乐昌。粤汉路株韶段的工程，原自广东的韶州起，至湖南的株洲止，唯韶州至乐昌间早已完工，即移交南段广韶路局接管，所以我们到了乐昌，可以说是株韶段的终点，亦就是广韶段的起点。下车后，有一事觉得奇异的，是站上的脚夫，三分之二由女子充任，一肩行李，健步如飞，几十斤的重量，似乎毫不在乎，我们男子，看见了真有点惭愧！

乐昌没有人力车，由车站到我们所住的粤汉酒店，须步行十分钟。马路多是水门汀做的，不十分干净。在路上我留心细看，到处是烟馆，有一家的牌号，是白云戒烟室，其实既是烟馆，又何必名为戒烟室呢？友人说这或者是到这一家来，吸烟的分量，有逐渐减少的希望，慢慢地能够戒绝，亦未可知，我知听了大笑。烟以外还有赌博的场所，银牌番摊，也随处可以见到。

粤汉酒店，在乐昌是最大的旅馆，底层开商店，二层茶室，晚上最为热闹，三层和四层是旅馆部分。我们的邻室，终宵雀战，累得我一夜未曾阖眼。乐昌还有花舫，和江山船差不多，有许多过客便住在船上。

我在湖南时，天气酷寒，受了大苦，以为过了骑田岭，到广东乐昌，一定非常晴和，岂知这里也并不暖，厚呢大衣，始终不曾离过身。

到广东后，第一件困难，是言语不通，幸而伴我们赴广州的何景崇君是广东人，一路承他做翻译，否则必闹笑话。其实何君只能说是上海的广东人，因为他原籍广州，生长上海，有生以来，只到过广东一趟，这次伴我们赴广州，算是第二次。广东人唤外省人为老兄，这种字眼，不能不算尊敬，其实完全不是这么一回事，老兄实在就是外江佬，其性质和苏州人唤北方人为"湾舌头"差不多，比较上海人称乡下人为"阿土生"稍为好一点。据何君说，某日，有一位广东乡下人到坪石去，这里的站长是北方人，广东乡下人不知什么是站长，竟大呼站长为"老兄头"，我听了大笑！我们自乐昌一路到广州，虽不敢以"老兄头"自居，然而很显然的是老兄。

闲言休絮，我们在乐昌过一夜，翌日是三月十日，天未黎明，即起身整理行装，因为到广州的火车是七点钟开行，从旅馆尚须走到车站，所以不得不早为准备。赶到车站已六点半钟，火车的行列，已经在月台上等候着。

六点五十分了，还不见何景崇君的踪迹，我们焦急万状，恐怕在车中言语不通，演出哑旅行的趣剧。当站长扬旗的时候，何君很匆忙地赶了来，我们如获至宝，一询原委，方知道他的手表，不知如何于半夜停止工作，彼此慰藉一番，累得他满头大汗。

广韶段的车辆，实在污秽得可以。车窗上灰尘堆积得不少，玻璃好像不曾拂拭过，车厢中还有人时时来扫地。我们以头等票坐二等车，事实上二等车和京沪路的三等一样。头等车也有一辆，不过是军人包的，普通旅客不许进去。有人说粤汉铁路南北两段，北段湘鄂是路坏，南段广韶是车坏，这个批评，确有相当的见地。

乐昌韶州间，也有好几个山洞，其中有一个最长，火车经过，足足有三分钟。

中午抵英德，车停了半小时，客人多下车吃饭。这里月台木栅外，有几十家小饭铺，当火车停止时，只听见一片"有饭吃"的呼声，我们都很高兴，如果大家有饭吃，一切纷争，岂不是都完么？我们也买些白鸡腊肠之类，解决了午饭的问题。

下午将到广州，看见铁路两旁的古树清溪，风景异常幽雅，这就是驰誉羊城的荔枝湾。相传此地本为南越王昌华宫故址，现在已一无遗迹可寻。荔枝湾的荔树多已残伐，仅荔香园后面还有几十棵，售荔枝的虽多，但都是从别地运来的。河上小艇，售鱼生粥，在车中亦隐约可见。四点钟，我们是到了广州，同时也完毕了粤汉铁路的全程。

广州名胜

我们终于到了广州，下了车，雇了一辆汽车，沿着长堤向东走。马路上全是人，其拥挤的程度，和上海的日升楼一样。所有建筑，多是六七层的大厦，在第一座建筑前，多留出极宽阔的甬道，作为行人道，这是因为广州时有阵雨，乍阴乍晴，行人在甬道上走，就可以避免淋雨。长堤的一切，简直就是上海的黄浦滩。

约十分钟后，我们已到了新亚酒店，乘电梯上楼，选定了房间，坐下来深深地透了一口气。自上月二十八夜车离沪，到今天是两个星期了，白天辛苦赶路，晚上睡得不好，所以到了新亚，如到家一样。这一天新亚酒店有人做喜事，怪长的鞭炮，放了几个钟头，据说最长的可以自六七层的高楼上一直垂到地面。至于一串鞭炮，代价最少五六十元，贵一点的在百金以上，这是我们江浙人听了骇然的。

晚上，承中国旅行社经理凌鸿度先生招待晚餐。餐后我们在新亚左近游夜市，没有什么特别感想，只觉得灯火辉煌，人头济济，路旁卖水果和鱼生粥的极多。永安和先施公司，绝对没有上海的规模大。路上走了不久，忽然下起蒙蒙的细雨，只得中途折回。

到广州还是穿厚呢大衣，天气和乐昌差不多，丝毫没有燠热之意。旅馆中还烧了微温的热气管，要不然，夜里准会受了冻。新亚的房间中，也有一本新旧约全书，这是和上海新亚相同的。

翌晨八点钟，托中国旅行社雇了一辆汽车，去游览广州的名胜。

先到粤秀山——就是观音山，经过中央公园和对面的广州市政府。我最爱中央公园的古树，和满园苍碧的花草。园中石凳，多系商店捐赠，上镌广告词句，殊觉不雅。园的中央，有一个大喷水池，池中竖立一个观音大士像，大士手执一瓶，泉水便从瓶中喷出。这园的故址，是旧巡抚署，后来改成了公园。广州市政府的基地，原是公园的后部。市府的外观，和上海市中心的新市府差不多，规模稍为小一点，然而环境的美丽和交通的便捷，却非上海市府所可及。

出了公园，便到中山纪念堂，矞皇典丽的伟大建筑，令人肃然起敬。我以为纪念堂的壮丽，固然是建筑得法，但是最大的原因，还是因为堂的四周，有极广阔的空地，和青翠成行的树木，远远地向纪念堂看，格外显出庄严崇高的格局。所以研究建筑者，除了建筑本身以外，应该注意四周的布置。上海的高大建筑，如华懋饭店和国际饭店，只觉其高而不觉其伟大，就是因为地位所限，无法布置的缘故，如果把国际饭店建筑在跑马厅里草地上，远远眺望，一定也有庄严伟大的格局，这就是绝大证明。中山纪念堂的故址，最初是抚标箭道，清末改为督练公所；是训练新军的机关，革命后改司令部，后为都督府，中山先生任非常总统时，即以其地为总统府，近年始完全拆去，建成伟大崇高的中山纪念堂。堂的下层是演讲厅，陈设华丽，可容数千人。

粤秀山的五层楼，名镇海楼，是广州最古的建筑物，据说是南越王赵佗所建，当龙济光据城之役，毁弃已尽，最近才把它重建，里面用铁筋洋灰，外面涂红色，完全恢复旧观，我们竟然看不出是新建筑。从这一点，我们可以窥知粤省市政当局的苦心，比较湖北人把黄鹤楼改成洋房要高明万倍。镇海楼全部现已改为市立博物院，陈列标本不少。在楼的左面，建有纪念邓仲元先生的仲元图书馆，是具体而微的宫殿建筑，藏有图书不少，我们因时间匆促，也不去浏览了。此外还有粤秀酒家，位置在山腰，是一座三层的房子，楼上品茗，可以眺远。

中山纪念碑在粤秀山的最高峰，碑下有石门，由此入内登塔。塔顶有四个铁窗，可鸟瞰广州市四面的景色，郁郁苍苍，无限雄壮。广州市的圆形水塔，是在我们的足下。

今天的天气，虽然没有太阳，可是还不十分寒冷，我们登临了粤秀山，仍鼓兴去游黄花岗，凭吊精神不死的七十二烈士。从绿树浓荫的甬道中前进，先望见缭以短垣的小亭，亭里面石碑，上书"七十二烈士之墓"，亭后的石台，有三个门，容人出入，宛然是一个城。石台上便是大石砌叠的记功坊，从底层至顶，大约是十层，一层一层的小上去，最高顶上置一个自由神石像，底层的四角，还竖立着四个石柱。

黄花岗七十二烈士的记功坊，大概如是，我们认为建筑上有一点不和谐，尤其是顶层所竖立的自由神。相传七十二烈士于辛亥年三月二十九日下午五时半，由黄兴率领革命军由小东营进攻清两广总督署，布置未当失败，死者七十二人。清吏以烈士遗体，付诸各善堂埋葬臭岗，党人有潘达微者以为不可，奔走号哭，并得当时有力者江孔殷和徐树棠的赞助，始得一片干净土的黄花岗将七十二烈士埋葬。于是黄花岗的名称，遂和民国历史并垂不朽。

民国成立后，始将黄花岗的墓道，重行建立起来，国府主席林森先生主持一切，约当日未死党员，调查七十二烈士的姓名和事略，到民国十一年，始将烈士七十二名的真实姓名审查清楚，我们读了胡展堂先生最后所立的碑文，便知其事：

七十二烈士既葬黄花岗之八年，闽侯林森等修其墓，复于三月二十九日之后死者审求先烈之姓名里乘，得五十六人，番禺汪兆铭书而勒诸石，大埔邹鲁为文记其事。越三载，民国十一年春，续得十六人补志，于是而七十二人者以备。民国十二年九月番禺胡汉民书。

我们吊谒烈士的墓，是三月十一日，距七十二烈士于三月二十九日在广州起义的日子，尚有十八天，追念先烈往事，胸中感怀不尽。

离开了黄花岗，顺道去游览十九路军将士纪念碑，碑是建筑在很广袤的石阶上，前面有好几层石级可以走到碑前，石阶的后面，围以半圆形的石栏，好像一把太师椅子。这个纪念碑，虽然很简单，但是它的形态，实在很庄严。纪念碑的工程，现已完竣，四周广场和甬道上的树木，尚在整理修饰之中。我想，稍有血气的人，尤其是来自上海的我们，对于在淞沪血战的十九路军将士碑，回想一·二八大炮飞机威胁的情形，我们能不感伤么？在青葱的场地上，徘徊了半小时，终于怅怅然而去。

广州住宅区在东山一带，树木幽倩，道路整洁，家家都有小园圃，碧绿的草，鲜艳的花，柳丝拂到短墙以外，一切静悄悄的。我们的汽车，在东山兜了一个圈子，看了不少阔人的住宅，这里很有点像上海西区的静安寺路和霞飞路，不过范围较小，而且这许多高等住宅并不甚壮丽，不过是小小结构而已。

自东山折赴花塔街的六榕寺，门首匾额，系苏东坡亲笔所写的"六榕"二字。寺内庭院中，建着极高耸的六榕塔，最近修葺，焕然如新。游人登塔，须买门券。寺内素筵茶点，极著盛名。

广州有英法两租界，在沙面，广阔不过四百余亩，即在长堤的尽头，地既狭小，各国领事署和洋行又多开设在里面，所以拥挤得连车马都不通行。相传这个沙面租界，既无租赁的年限，又无租赁的条约，西人每年还出几百块钱的租费，从这一点，我们对于以前政府所办的外交，不能不深致慨叹。想起当年沙基的惨案，经行现在的六二三路，内心的痛苦，是不用说的。

从长堤向珠江远望，可以一目了然地看到河南，这一块地是广州人娱乐的大本营，晚上尤其好看，霓虹灯扎成的大字，多是银牌，是公开聚赌的场所。自海珠桥上可以从长堤一直走到河南，或者坐一只小艇荡过去。河南本来有许多大商店，可是受了不景气的影响，近年来的生意，是萧条极了。

永汉中路是市内最繁盛的马路，旧名双门底，以前这里有古代的铜壶滴漏，经过若干的变乱，现在已无遗迹可寻了。广东省财政厅也在这一带，所以大家都名为财厅前。财厅前是闹市的中心，从此地乘公共汽车，可以到四面八方去。

广州人的吃，是普遍到群众的嗜好，有钱的人，一席所费，花几百块钱，并不稀罕，就是一般劳工或者拉车的人，每日所得有限，却也自奉不薄，用七八毫去饱餐一顿，是极普通的事。衣履怎样不好，倒不在乎，唯有这吃的问题，必十分美满，纵使袋里空空如也，亦十分甘心，大有今日先吃，明日再说的气概。广州的酒店和茶室，对待顾客，一律平等，衣服不甚整洁的人，照样可以高坐大嚼，气概不凡的顾客，他们也未必巴结，这是上海一般堂倌所不可及的。还有一般摩登妇女，尽管衣服穿得漂亮，脚上却拖一双拖鞋，公然到酒楼菜馆去大嚼，不以为奇，这大概也是习惯成自然了。

最不经济的，莫过于广州的茶室了。顶讲究的是茶室，次一等的名茶楼。这里面的布置，非常华丽，桌椅的精良，器皿的雅洁，令人看了满意，可是七八人吃一顿点心，总要花十余元，并且不算贵。在这里，有一事要注意的，就是这些规模较大的酒店和茶室，每一个厅总要算租费的，假如我们两三个人到一间广大的厅内，这间厅原可以容纳八九人的，被两三个人占了去，就得出八九个人的茶钱。

饮茶并不是高人雅士独有的享乐，劳工和车夫也得饮茶，上下午两顿茶，总要费上四五点钟，所以广州的工人，从早至夜，做不了几点钟的工作，一至饮茶的时候，他们可以不顾一切，放下了工作就走，好像法定的钟点一样。

其实，会吃的人，并不欢喜到高等酒楼或茶室去，他们所去的，是不甚著名而会做几样拿手好菜的地方，据说，有一种生鱼片，厨司把锅子烧得通红，便拿到顾客面前，请他验明以后，然后下锅。这种吃法，像我们"老兄"自然难以问津的。

在广州游览了一个大概，虽然不能说完全看到，但是走马看花，大致如斯而已。我们因为已定了杰佛逊总统轮的舱位回沪，且须到澳门中山一游，不能不赶速上香港去。在中午，承何景崇君送我们到大沙头广九路车站，又匆匆地上了征尘。

广九车的设备，颇称完善，头二等座位，大致相仿，最足称赞的，是行车的安稳迅速。最应该改良的，是车中的小贩，此来彼往，络绎不绝，应时的食品，色色俱全，无论头等二等，都有小贩的足迹，火车走了四小时，他们也在车上跑了四小时，闹得旅客个个不安，我真厌恶极了，希望广九路局切实加以改良才好。

一路的风景真不恶，山环水抱，老树杈丫，将到九龙的几个大山洞工程，尤令我们赞叹不止。下午四时，火车准时到九龙，渡海到香港，已在薄暮时候。

澳门中山

　　到香港是三月十一日的下午四时，我们由上海银行经理欧伟国先生的介绍，寓在思豪酒店（Hotel Cecil），关于香港的一切情形，将于第十记中述之。我们现在仍照预定的计划，赶紧作澳门中山之游。

　　最感困难的，莫过于说话了，我们离开广州时，株韶段的何景崇君也回到乐昌去，上广九车后，无人当翻译，唯有做道地的"老兄"。和车僮说话，还能勉强用英语，到香港后，英语也不能到处通行了，并且中国人和中国人说话，如果完全借重英语，亦复不成体统。我仔细考量之下，到澳门去，非请一个朋友陪伴不可。我离开上海时，曾写信通知在香港的老友沈学谦兄，到港后便四处寻觅沈君，一直到深夜十二时，才将他寻到。——多年不见的老友，一旦异地相逢，自然格外欢喜。沈君可不容易，会说一口顶呱呱的广东话。最妙的，沈君的夫人是苏州人，所说的广东话，比较沈君还要纯粹得多。沈君夫妇是热情的人，允许伴我至澳门一游，临时又加入一位吴君，于是乎我们一行有五个人。

十二日下午四时许，我们乘港粤澳汽艇公司的轮船出发，票价并不很贵，来回票还打了一个折扣。船的大小和长江轮差不多，也有两层台甲，大菜间及吸烟室也布置得楚楚可观。每个房间有两只铺位，床毯及其他一切设备，似乎比长江轮还要精致。在船上玩了二小时的扑克，吃了一回茶，谈天说地若干时，不知不觉地便把时间消耗，澳门是到了。

我们寓在华人饭店，当电梯停止我踏到二层楼时，一股鸦片烟的气味，向我鼻孔里直钻，在每一个房间短门下，又可以窥见男女两人的四条腿，横摆在两只方凳上，无疑地，是躺在床上大抽其鸦片烟。此外，打牌的声音，噼噼啪啪，说话的声音，嘻嘻哈哈，几十个房间，没有一间空的。

这些我并不以为奇异，我早已认清楚这里是蒙德卡罗，这里是东方唯一的赌城！

白天，在澳门，是没有东西可看，一切的动作，都是在晚上进行着。我们在旅馆中休息了一会，便出外去逛澳门的夜市。

路上电灯照耀，如同白昼，到处都是赌博的场所，像荣生公司，富华公司，大利公司等不知道有多少家，还有译西文 Gambling House 为"干白林好司"的。招牌以外，又用电灯扎成"楼上银牌"四个大字，炫耀得眼花缭乱。

有一家门首，挂了一块极大的玻璃板，里边映着电灯，上面写了许多中国字，大概是一百字左右，屋子里面有人喊出一个字，意思是中奖了，这个字马上就映出红光来。在这家门首，拥挤了不计其数的人，有西洋人，有黑人，有印度人，有极多极多的我们中国人，形形色色，洋洋大观。我站在一角，旁观他们的动静，或作微笑，或在嗟叹，或正切齿，或竟痴呆，我看见这许多不同的表情，实在替他们可怜。据说这就是白鸽票中的一种尾胆票，如买中一字，可以得到七十倍的奖金。

看了一回，又到一家赌场兼舞场的所在，这里是分开两部分，三分之二是舞场，三分之一作为赌博，可是仍由一个门进出。赌场设在楼下，男女老幼的赌客，便围绕住这一只台子；在楼上的赌客，可以倚着栏杆向下面看，如果要参加，只须将钱交给管事的用小篮以绳垂下去下注。这里的赌法，是用三粒骰子摇出来，赌客可同时下注几门，输赢甚巨。

舞场部分，生涯寥落，多是些西洋下流分子，在里面胡乱跳舞，丝毫没有秩序和礼貌，我们不愿多所逗留，看了几分钟就走。

我尝在电影中，看到蒙德卡罗的轮盘赌情状，在上海也曾见过，以为澳门应该有这种地方，但是走了几处，始终未能寻到。据说澳门赌博的种类，可分为番摊、铺票、山票、白鸽票和澳门政府所办的慈善彩票五种，其余杂赌，花色繁多，不胜枚举。

走了一大段路，肚里闹着饥荒，遂到一家名"东坡酒家"的饭店去吃晚饭，菜的味道还好，不过价钱太贵，我们并且尝到澳门的鲜蟹，和在上海所吃的青蟹差不多，这一席的便饭，花了港币十五元。正在吃饭的时候，忽然听到街上有人叫卖《新声报》的号外，买来一看，原来是对函仔的光远爆竹厂火药局失慎，伤毙达百余人，以女工及小孩占多数，当地的商店甚至于闭门停止营业，于此可知这一次大火是惊天动地了。《新声报》认识这次大火的重要性，特地派记者乘电轮渡海，去调查详情，赶紧出了一张号外。我想这种事情如果出在上海，各大报未必肯出号外，其实这种号外，倒是大众要看的。

这里还有一条马路，是妓女聚集的地方，两旁房屋，门户相对，污秽湫隘，不堪想象。屋里男女杂沓，谑浪笑傲，毫无令人引起好感之处。

澳门夜里的情景，如此如此，一切所表现的，是丑与恶。在赌场附近所见到的一种景象，简单地说一句，和上海北四川路虬江路一带相仿。除了公开赌博场所以外，烟馆亦遍地皆是，一灯相对，烟云缭绕，向燕子窠里一望，好像到了鬼国一般。

澳门是没落了，提不起兴致再看下去，我们便回到华人饭店，醒醒的被，红木的床，胡乱睡了一夜。

第二天（三月十三日）早上起来，到海边去一看，是漫天大雾，茫茫一片，海和天都分不清。我们向岐关车路公司雇了一辆汽车，到石岐（即中山县）去。汽车离开了这丑恶的烟赌区域以后，转了几个弯，走上了平坦的柏油马路，看见两旁大可数抱的古树和淡雅精致的房屋，竟使我暗暗吃惊！原来澳门幽丽的景色在这里，烟和赌是用以毒害我华人的，葡萄牙人不过尽量吸取我们的金钱而已。

澳门和中山交界的地方，有一座高耸的城门作为界限，门首有几个黑人兵士，耀武扬威地站立着。汽车驰过了门，便是中国地方的关闸。前行几分钟，过拱北关稽查处，这是中国政府防止走私的稽查所，因为有许多人尝从澳门运货至内地，偷漏关税，所以设立一个稽查所。我们是游客，当然不会贩私货，关员在车前看了一下，汽车仍向前进发。

所谓岐关车路者，是从石岐（即中山）到关闸的长途汽车路，全长约三十八英里左右，公共汽车，一天到晚，络绎不绝地开行着。现在岐关车路公司和港粤澳汽艇公司办联运，从石岐上车到澳门，接着轮船开行的班次，便可以直达香港，这是非常便利的。自此一路以下，古树清溪，风光入画。途中经过一处，有几千万棵的芭蕉，种列成行，好像椰子林，天上铺着淡淡的云，远望起来，异常好看，这是南国特有的景色。

在荒僻的田野间，尝可以看见高耸的洋楼，四无依靠，都是当地富户的住宅。这些房子，方向不一，我相信中山县的人士，或者欢喜研究风水的。

路既平稳，汽车又走得快，不到一小时，已到了石岐。中山县政府，前几年已迁到唐家湾，不知如何，现在又迁回石岐。此地的马路，极其宽阔整洁，商业非常繁盛，商店的规模均不小，比较江苏的无锡，浙江的湖州，还要热闹，这真出乎我们意料之外。中山县政府便在闹市商店的中间，一点没有衙署气概，左面还有一家影戏院。我们在路上游览一周，便乘原车到翠亨，瞻谒总理的故乡。

汽车停在总理故居的门首，谁都不相信这是总理生前的住宅。小小的门，穿过一个庭院，便是一座两层楼的旧洋房。室内的布置，尤其简陋，桌椅都是极老式的。壁上挂满了照片，在历史上极有价值，不过因年代较久，有几张已经变成暗黄色了。总理的老姊，很殷勤地招待我们，命仆人治茗。我们在题名簿上各人签了一个名，便退至室外，在庭前眺赏一番。庭前有老树一株，据说是总理手植的，此外，有少许花木点缀着。我相信这一切的一切，和总理生前一样。

像这种简陋的住宅，便是中等人家也不如，然而总理的一生，便从这陋室中格外显出他的伟大崇高。

昨天是三月十二日，是总理逝世纪念，我们便在次日瞻谒他的故居，这是何等巧合的事！汽车离开这革命伟人的故乡，心中有说不尽的景仰之情。

前进四五里，途过总理故乡纪念学校，建筑宏伟，学生甚多。这校的建筑费，据说是孙哲生先生长铁道部时，从车路征收附加费而来，去职后，此款无着，向中山民众实业公司借款十六万元，方把学校建筑完成。此校的常年经费，规定十二万元，由国库、省库和县库三方分任，有董事会主持一切。进校有一段甬道，树木多已长成，气势雄伟。我想，这里的学生，个个学总理好学不倦的精神，将来一定有伟大的成就。

归途中经过一个地方，地名是"雍陌"，这里有几个温泉，岐关车路已辟一条支路直达其地，我们遂乘便一游。支路口有温泉站的路牌，路基尚未十分坚固，汽车驾驶极难，不过路程是很短的。所谓温泉者，并不是从山上流下来的泉水，因为这里根本就没有山。这里的温泉，是从地上喷出来的，一共有五六处之多。附近有两间小屋，置备铅桶浴盆，看情形未必能取水沐浴，仅可在此田间，取一些水洗洗脚而已。

返澳门后，时已中午，尚有余暇，仍乘汽车绕游全澳。

澳门的房屋，外表漆成各种淡雅的颜色，掩映在绿树浓荫中，异常美丽。孙哲生先生在澳也有一所住宅，铁门上有青天白日的党徽。

葡萄牙人虽然以烟赌政策来取中国人的金钱，可是近几年来，全世界遭逢着不景气的侵袭，澳门又何能不受影响呢？烟赌的收入，现在一年减少一年，葡人无计可施，竟巧立名目来征税，譬如电灯也须收税，什么也须收税，但是所得的结果，还是入不敷出。澳门的前途，照这样情形，葡萄牙人总是不安的。

申园跑狗场，在上海被工部局禁止后，以为澳门有发展之望，便实行迁地为良，到澳门来努力一番，不过事与愿违；现在也实行闭歇了。

午后四时，乘金山轮返港。

香港游观

香港是中国南海的一个小岛，自一八四二年租与英国后，至今不过九十四年，经英人的毅力建设，从荒僻冷落的渔村，一变而为繁华绮丽的城市，我们不能不承认这一切都是人为的。现在的香港，从山顶至山脚，无一处不通马路，即极远僻之处，亦多是平整光滑的柏油路，香港是已到了无可再发展的时期了，英国人现在正竭力经营对岸的九龙。

九龙是在一八六〇年由我国租借与英国建筑市场，到一八九八年，又将租借地扩展到深圳，名为新界。综合香港、九龙和新界，在英国人管理之下，是有三百余英里的土地。

我们自广州乘广九车到九龙，下了车，看车站和码头的形势，不能不赞叹水陆交通联络计划的精密。出了车站后，公共汽车云集，好像每一条路线都以这里为出发点似的。过海的渡轮，也就在这海滨，当旅客纷纷下车时，渡轮早已停在码头，每一个人付一毫港洋，进了转栏，便走上渡轮去。总而言之，水陆的交通，在这里是联络得极密切了，旅客丝毫没有受着不便之处。

渡轮的格局，和上海市轮渡一样，自上午五时到晚间九时，每十分钟对开一次，夜里一时又多开一次。早中晚上落办公房的时间，因往返者多，每五分钟各对开一次，这样，香港和九龙的交通，从早到夜，几乎时时刻刻有渡轮，可谓便利达于极点了。

我们到香港后，便乘爬山电车，到山顶去看夜景，由旅行社彭致祥君导引。爬山电车是用铁缆绞上去的，上下同时对开，同时停靠，上山的车到了山顶，同时下山的车便也到山脚，因为铁缆互绞，两车实有连带关系。自山下到山顶，不过五分钟的光景，绝对没有危险，更没有害怕的必要。我们上到山顶，天空有薄薄的微雾，山下的灯光，像一点点的星，躲在云雾之间，似明似灭，美丽的景色，因天公不作美，竟然未能领略。这一千八百尺的高山，名叫域多利，又名扯旗山，不过所扯的旗，是英国的米字旗而已。在山顶上，不许中国人居住，据说何东爵士原有一住宅在山顶，后来经英国政府的商请，把半山的一宅洋房，和他交换，在何东爵士本来没有问题，也就答应了。

香港本来是一个小岛，范围极狭，山下最大的马路，不过三条，就是皇后大道、德辅大道和爱德华大道。路旁多是高大的洋房，屋基已接连山脚，至于再后面房子，已经是山地了。在干路中，有许多很短的支路，上高下低，或者做成一层一层的石级。香港虽然车辆极多，往来便利，但老于香港者多喜步行，因为穿行小路，比较乘车，尤为便捷。有一次，我从思豪酒店到上海银行和旅行社去，走了一段路才到，第二次彭沈两君来，也是和我同到上海银行，从思豪出发，他们只须走进一座高房子，穿出一条小路，上海银行是已经在望了。

其实这里的交通，已无远弗届，两层楼的公共汽车，在路上疾驰着，只须花一毫港洋，便可高坐在上面，走遍这条路线的全程了。至于出租汽车，则沿途随时可雇，每次最少四毫，车上装有一计程表，上车时，车夫将表一按，立刻就跳出四毫的字样来，大约四毫的代价，可坐汽车廿分钟，此后看时间的多少，车费逐渐增加。这种汽车的车牌上，写明是 Public Vehicle，并且有黄色或红色的边，所以一看即知，上车时毋庸和车夫讲价的。

香港的旅馆，在闹市中的，有香港大酒店（Hongkong Hotel）和 Gloucester Hotel，都是规模很大，内部装潢，和上海的华懋差不多。在浅水湾方面，有 Repulse Bay Hotel，背山面海，风景极佳，至于九龙，则半岛酒店（Peninsula Hotel）可以和香港大酒店相颉颃。我们所住的思豪酒店，是中国人开的，房间宽敞，中西饮馔，也很精美，所以生意不恶，并且房金很便宜的。

每一个人初到香港，总想买一点便宜东西，因为这里是自由港，各国的货品，是不抽税的，所以价钱也就便宜了。但是金价时有高低，港洋折合沪洋，也出入很大，并且讨价还价之间，相差极巨，非有熟人引导，难免上当。

"不二价"这三个字，在香港是完全失效了。无论在中国铺子，或者外国铺子，规模大的或者小的商店，总有还价的必要。普通的日常用品，照码洋可以打一个八折，倘使有熟人，还可以格外从廉。先施、永安和大新三公司，我们都去买过东西，在柜台上和店伙讨论价格，他们一面摇头叹着不景气，一面拿算盘计算成本，如果不亏本的话，也就卖了。除了三大公司以外，尚有一家中华百货公司，规模不小，搜罗的东西也不少。其余印度人所开的丝绸店，到处皆是，丝绒和绸，总有千百种花样陈列在橱窗里，店里雇着女子，殷勤招待，竭力为顾客设计，卖成以后，并可于二十四小时以内，将衣服做好。不过印度店的价钱，高低相差甚巨，譬如定价六毫一码的丝绸，如果还价得法，准可以三毫一码成交。

现在香港也受不景气的影响，市面上日本货充斥，无论哪一件东西，任凭怎样去研究，总没有日本货的便宜，各国的商人，简直无法可想。香港政府的收入，也是入不敷出，每年总要从英国汇巨款来接济，香港也到了严重的时期了。

这里普通人所住的房子，都是借一个楼面，或者租一两个房间，像上海弄堂房子，每一家有单幢房子住，在香港是绝对没有这种福气。好在香港的天气，没有奇寒酷热，白天在外面做事，晚上回来一睡，空闲的时间，有的是茶室，尽可以在此中盘桓岁月，不但香港如此，就是广州亦然，其实仔细一想，我们都是天地间的过客，讲究居室之美，夜眠还是七尺，看透了一切，世间事不过如是而已。香港既然无可发展，于是一般人便搬到九龙去住。九龙有许多新建的外国公寓 Apartment，布置得精雅绝伦，爱静的人，便于此间租小楼一角，好在过海渡轮，往返不绝，和住在香港简直没有分别。九龙还有许多精美的小洋房，沿着海滨，我们在广九车中可以看得到的，淡灰色的房屋，门前长满了花草，一派幽静安闲的样子，俨然是世外桃源。

我们到香港后，气候可真暖了，卸下了笨重的大衣，行动轻松得多，天气是晴朗的，到处感觉着南国之春。在万分匆忙中，抽出三小时的光阴，在这岛国环游一周。当汽车盘旋着柏油马路上山的时候，我们都惊叹筑路工程的浩大，像这样浓荫四覆，平坦幽静的大道，如果不看见海，谁都不相信汽车是在离地千尺的山上经行。

我最爱浅水湾了！在浅水湾饭店的长廊上，望着明静如镜的海水，和蔚蓝的天空，四周静悄悄的，一点声息都没有，整个的心灵，是在碧海青天怀抱之中。尤其是饭店前一片广大的草坪，绿得令人爱煞，东北角上有一段花棚，上面都是垂着一束一束的黄花，处处显出浓艳的春光。小楼露台上，坐着一位英国老者，头发已上了霜，他痴望着海，那一副似睡非睡的样子，是为春光所醉了。

饭店的下面，是海水浴场，更衣的小屋，布满在浅水浅滩之上，在夏天的时候，这里游泳的热狂，是一般人所津津乐道的。香港游泳的地方，有好几处，不过以浅水湾为最佳胜。我也曾去过青岛大连，总觉得汇泉和星个浦是雄旷，哪里赶得上浅水湾的明媚！

　　我们离别香港的那一夜，承欧伟国先生招宴于金龙酒家，饭后坐着欧先生的汽车过海，由彭致祥君陪伴。过海的渡轮，大得像一座栈房，同时可载十辆汽车，人便坐在车上，这只渡轮因为太重的缘故，所以行驶得很慢，但是也不过花了二十分钟的光景，便从香港把汽车驶到九龙的岸上。

　　香港的夜景，是要在九龙看的，当我们立在渡轮码头上向香港望，灯火满山，从堤岸散布到山顶，好像几千万颗的繁星，是在吐露着光芒。英国诗人说，香港的夜景，是镶满宝石的王冠，散着星儿的仙岛，在九港远望，是的确有这样的气概。我们在码头上伫立了多时，对香港的夜色，大有依依不舍的心情。

　　九龙的地方，是广阔极了，汽车绕行了二小时，在夜色昏沉中，看不到什么，车中听彭君的谈话，知道这里还有一个九龙旧城，当初辟作租界时，中国政府无论如何，要保留这个城，现在城的外面，都是马路，城内还是保留着几百年前的景象，居民也日渐稀少了。

　　英国人在九龙最近辟了一个飞机场，是靠着海的，我想万

南游十记

271

一大战爆裂时，这里一切的一切，是无从悬揣了。

九龙现在忽然发现了虎踪，据说有樵妇九名，被虎狂追，几为所噬，这是第一次。我们到港时，老虎再度出游，是养鸡场里两个园丁所发现，猛虎正在张大其口，准备向鸡袭击，后来看见了人，便向山边的路跑去。当时九龙警署接得报告，便立刻由警署帮办会同英印警士等组织了一个临时猎虎队，带了长短的枪械在山路上搜寻，结果老虎已不知去向了，只发现了野兽的足迹，有六英寸长，四英寸阔。这时九龙方面个个谈虎色变，好像一件惊天动地的大事。后来回到上海后，又从报上知道老虎三次出游，并且同时发现了两只，这是此行中有趣味的一件事。

九龙有宋王台的古迹，在历史上极有价值，我为时间所限，未能往观，但是向往之心，至今在怀。现在把赵叔雍君游港时关于宋王台的一段记载，录在下面：

九龙虽为荒岛，特有赵宋之遗迹；盖南渡以后，迄于端宗，国势日迫，寇祸频仍，不得已而端宗（帝昺）有浮海蒙尘之役，自浙而闽，以迄九龙；六鳌无灵，风雨乍至，端宗不获已，觅登陆避雨之处，今见九龙有巨石三数，叠架成隙，可以避息，即同往登陟，处巨石间。既而金元兵浮海又来，始舍此更南，以至崖山，丞相白鹏，同殉国难，千载之下，英爽若凭，皆其过程中之一节，辄不为人所知者也。中国四千年之历史，文学教化，无过赵宋，乃独以权奸误国，遂失其祚，一治一乱之道，有非理解足以穷者，要当归之于劫运而已。现兹巨石依然，王孙几同陌路，仙源一脉，何日再兴，会伫风雷，振奋以相待乎？巨石之外，围以缭垣，前有牌楼，土人谓之宋王台，西人于存古之道，亦足尚已！山路陂陀，直达石次，游人凭吊，络绎不绝，亦足见泽溉之深长。特石旁但有题字，未见名人劖刻，余匆促间毡椎不备，亦但徘徊不忍去，而终于一去，并请同游者饬人来为摄一影，以资衿秘。

从香港坐杰佛逊总统轮回上海，舟中无可记载，但是海行畅适，一无风浪，精神上极感着愉快的。

汉粤纪行

汉粤纪行凡十函，系于旅中写寄申报者。在《南游十记》缮成以后，余更取《汉粤纪行》读之；以二者内容虽微有相同之处，然十记所述，类多琐屑，反不若纪行之较为率直；盖纪行诸作，多于旅次写成，白日奔波，夜晚思索，凡有所见，即纵笔疾书，但求迅捷传达，固不计文之工拙也，考虑至再，因并印于卷末。又沿途所写诸函，均由中国航空公司飞机寄沪，故异常迅捷。

第一函　江行纪趣

　　余于二月二十八日之夜，乘京沪夜车出发，车中水汀，热度极高，至不可耐，翌晨（二十九）五时起身，已舌干喉燥，亟询车僮何以如此之热？车僮笑曰："外面冷得很哪！"余远眺窗外，果见远山犹有积雪未溶，陌上农人，清晨操作，尚披棉絮，而小河中更结极厚之冰，可知昨夜之酷寒矣。冷热之间，苦乐悬殊，车僮一言，令人惭悚！稍顷，余至厕所，见车外踏板上立一乡人，两手紧握铜梗，此人决系无钱乘车，不得已而出此者，当时余噤不敢言，盖恐一声呼喊，此人松手，性命必不保矣。伤哉！七时二十分抵京，误点二十分钟，出站后，由中国旅行社招待陪赴江边，登怡和公司之吉和轮。余在沪时，已定乘招商局之江顺轮，船票亦早购定，乃临时江顺改期，而余又以行程早定，无法更变，不得不以吉和轮起程。友人告我，此轮年老，决不如江顺之舒适也，余漫应之，孰知登轮以后，方知吉和轮虽然年老，并不多病，船中各处，异常清洁，刀叉杯皿，与夫舱门拉手，莫不擦得光亮，甚至一钉之微，亦每晨拂拭，绝无纤尘，于此可知英国人办事之不苟。膳厅中，陈设楚楚，有老气横秋之桌椅，蜀中三峡之壁画，书斗中备有极旧之英国杂志，案上铺以紫红色之台布，总之，一切所显露者，颇似英国老牧师家庭中之客厅，简单而切于实用，舒适而不奢侈，兹数语盖舟中极确当之品评也。

江行平稳舒适，振笔作书，无殊本报编辑室中，而舟中萧闲清寂之趣，与馆中午夜镫昏握管构思相较，则江行之乐，殆难以言语形容。舟中生活，除在甲板散步外，唯"吃吃困困"四字，足以解答一切，大有贪吃懒做（Overeat，Underwork）之概。江中风物，自芜湖以上渐趋佳妙，凌晨推窗一望，霁色扑人，山翠如沐，云岚舒卷，如对画图。间有青峰，绵延不绝，江流曲折，移步换形，片刻流连，景色各异，宛如展阅山水长卷，有引人入胜之妙。一日中午，天气晴朗，将至九江，远望庐山，气势雄伟，山巅白雪皑皑，与日光相炫耀，尤极奇丽。闻夏季至庐山避暑者甚多，江轮营业甚旺，此时乘客，不过寥寥数人而已。舟停九江，埠头小贩，以瓷器求售，有花瓶、茶具、玩物等，种类极多，索价与卖价相差甚巨，彼争此夺，扰攘不已，而船未靠岸，跳跃上下之状，尤骇人心目，平民谋生之难，生活之苦，令人悲痛。九江所用钞币，多系湖北省银行及农民银行者，上海所通用之两毫小洋，竟拒而不受，至新铸镍质辅币，犹未见到，想推行至此，尚需时日也。江轮经行各埠停靠时间，多以上货卸货需时多寡为标准，多则三四小时，少则半小时。余此次所历之地，如芜湖、大通、安庆、九江等埠，则均停泊片刻，即启碇航行，盖在不景气笼罩之下，社会购买力薄弱，一切商业，自趋于极端萧条之境矣。舟中同伴，除英国兵士六人自为一组外，有铁道部平汉路专员黄宪澄君，自九江上船之美国人 Underwood 君，连余夫妇共计十人，黄君足迹，遍于南北，见闻极广，为余述港粤情状至详。舟行二日有余，至三月二日之上午，安抵汉口，渡江至武昌，将于午后八时半在徐家棚上车，径赴长沙。汉粤纪行，此为起点，长途仆仆，又上征程矣。（三月二日自武昌寄）

第二函　自汉口至长沙

吉利轮于二日晨八时即抵汉口，先赴中国旅行社江边招待所稍憩。汉口天气酷寒，冷风刺骨。十时许，由粤汉路株韶段武昌运输所胡选堂君招待赴武昌，乘湖北建设厅轮渡过江，自汉阳门上岸，即登黄鹤楼眺览。黄鹤楼已非故物，系新建之高耸洋楼一所，所谓昔日之黄鹤楼者，仅于照相馆橱窗中一窥其陈迹而已。自黄鹤楼远望，汉口汉阳，历历在目，而长江中风帆上下，气势异常雄伟，武汉三镇之险要，不难于黄鹤楼头见之。游毕，即乘人力车沿江岸赴徐家棚。徐家棚者，粤汉路武长段（即湘鄂路）之起点站也，株韶段之材料运输所，亦设于是。余始意湘鄂路规模初不甚宏，岂知身临其地，则湘鄂路管理局之范围，并不在津浦平汉之下，各种设备，应有尽有，办公房屋与员工住宅，尤鳞次栉比，不下数十宅之多。但此路车辆之坏，行车之颠簸，在国内各路，恐无出其右者，抑亦异矣。余等以赴长沙之车，须于夜间八时半开行，枯守徐家棚亦无济于事，乃复渡江至汉口，作半日流连。汉口街衢整洁，法租界房屋，尤称美观，唯市面甚属萧条，居民购买力，极为薄弱，即素以"声光并佳誉满武汉三镇"之中央大戏院，亦寥落万状，余等往观马克斯兄弟主演之《明月照三星》，仅有观客十余人，偌大戏院，如此好片，而营业不振，至于如斯，即此一端，可概其余矣。

晚六时，乘粤汉路渡轮过江，返武昌徐家棚，约十分钟即达。粤汉路全线通车时，徐家棚地方，必更形重要，将来与长江各轮办理联运，旅客货物，如先至汉口，再渡江来此，必多周折，鄙意应在徐家棚加紧设置码头，以应需要，如是则上海开汉各轮，先湾徐家棚，再至汉口，方为妥善，国营招商局，尤宜亟起图之。余等既至徐家棚，即登湘鄂路开长沙之车。徐家棚车站甚小，以沪杭甬路徐家汇站比较，犹有弗如，站上虽有电灯，但惨淡无光，情状萧瑟。是夕仅有头等室三间，每室备铺位四只，故挈女眷同行者，大费踌躇，如同时有头等客多人，必须男女同室，极为不便，余等在上海享受预定铺位之便利，在此打破无余。头等室中电炬亦甚昏暗，且无被褥，必须向茶房出钱租赁，回思前三日沪至京，车上灯火辉煌，毛毡洁白如雪，两两相较，实有霄壤之别，余并非以享乐为目的，实以旅客出相当之车价，应受相当之待遇也。

自武昌至长沙，仅三百六十五公里，头等票价，售十四元余。八时半车行，震撼之剧烈，令人心房都碎，旅客在车厢中，如小儿之睡摇篮，其震动之程度，可使身体每一部分，均受其影响。是夜，余卧车中，昏昏沉沉，似睡非睡，痛苦情形，笔难罄述。次晨，天甫黎明，即披衣起坐，强自镇定，看车外景色，以祈求长沙之终于到达而已。余尝研究湘鄂路所以败坏至此，亦有其原因，盖以自鄂至湘，原有水路，时间亦不甚长，湘鄂往来者，均谋节省金钱，乘坐小轮，既经济，又舒适，故铁路营业，因之不振，收入既少，养路费用，自然无着，于是枕木糜烂，无从更换，车辆破旧，无从购置，一任其陷于万劫不复之境矣。现粤汉全路，通车在即，湘鄂路当局以全路通一，于本路至有希望，亦在力谋整理之中，果能彻底改革，则后之经行该路者，可免坐摇篮之苦乎！

自鄂至湘，中途最大之站为岳州，惜于昏夜中驰过，未能一见洞庭为憾。早晨过汨罗站，得睹澄洁之汨罗江，水浅沙明，景色绝丽。自汨罗以下，天已大明，两旁风物，尽收眼底。湘省之田，都作梯形，水深土厚，肥沃可知，老树连山，篱落相间，大有水田漠漠，阴阴夏木之概。沿途所见之山，多作赭红色，山尽必为大平原，盖湘省完全属于盆地也。

十时四十分抵长沙，承株韶段株洲材料厂仲厂长树声、武昌运输所王主任寅清、中国旅行社吴叔尧君到站相接。长沙市面之佳，秩序之好，殊出人意料。街衢大多铺石板，整齐为苏州杭州所不及。繁盛之区，商铺规模，几与上海相埒。长沙亦厉行新生活运动，路上随时可见"行人靠左边走谨守秩序"之磁牌，余细加视察，果见街上行人，去者循左，来者自右，丝毫不苟，余偶不注意，在途中吸烟，亦为警察劝阻。长沙有一特异之现象，即无论何处，可以见到青年之兵士，亦不知其属于何部队，此种情形，似为他处所无。市中出售湘绣，到处可得，唯价均昂贵，且又非精品。

余等跨水陆洲（如西湖中之湖心亭）两渡湘江，至岳麓山游览。山下岳麓书院，为朱子讲学四大书院之一，即今之湖南大学，规模宏伟，环境优雅，诚治学良所也。校门外悬有对联，为"惟楚有材""于斯为盛"八字。自岳麓山顶，俯瞰长沙，一览无余，湘江映带，帆影往还，尤极壮观。是夕余等宿

于长沙，将于明日（四日）赴株洲渌口。（三月三日自长沙寄）

第三函　记渌河大桥

余侪于四日晨离长沙至株洲，所乘之车为长沙株萍段，亦为湘鄂路局所管辖。此路原仅株洲至萍乡一段，系商人所办，嗣收归国有，复由株洲接至长沙，为萍乡运煤之唯一孔道。余侪所乘之客车，乃一运货之木棚车所改造而成者，敝陋污秽，不堪想象，但此系唯一之客车，舍此将无车可坐矣。车行后，两旁所见者，都为市肆，若理发店，若茶馆，若小饭铺，应有尽有，骤观之，几疑坐火车在弄堂中行驶，甚为可笑，直至长沙市郊以外，方出弄堂，向旷野中行去。至车中情形，与镇扬小轮相仿，小贩叫嚣，出售各种食品，亦色色俱备，所缺者，唯无女子度曲耳。闻同车某君言：此车行驶甚缓，揩油乘车者，可一跃而上，及查票员至，又可一跃而下，尚有胆大者，竟攀车底，附载以行，盖车底轮轴间装有铁杆，人坐杆上，毫无畏惧，如有失手而辗毙者，人且斥为无用。噫！亦太可怜矣。长沙多雨，此车行时，旅客必备雨伞，因车顶已漏，大雨倾盆时，或且淋漓满身也。某君之言如此，余闻之不禁失笑。

午后一时许车抵株洲。株洲为一小镇，属于湘潭，为粤汉路株韶段之起点，将来京湘路告成时，此镇尤为重要，唯以距长沙密迩，商业方面，似无发展之期望耳。下车后，即赴株韶工程局第七总段第二分段办事处稍憩，其地为一祠堂，房屋宽敞，在此荒僻之区，极不易。得四周小山重叠，门前碧水萦回，风景至为不恶。

工程司金士鳌君，车务段段长谢岳君，在此工作，已历时二年有余，生活甚为枯寂，余笑谓二君，株韶段通车在即，大功告成，精神上之愉快，当可抵偿生活上之枯寂矣。在株洲停二小时，换乘株韶局工程车至渌口，参观渌河大桥，中途过第七总段段长吴思远君之家，即于门前用扶梯自车上爬下，如此落车，生平尚为第一次。

在吴君家休息半小时，即用手摇车驰赴渌河之滨。查粤汉路株韶局最艰巨之工程为桥与洞，南段多洞，（南段亦有五大拱桥工程）北段多桥。桥之工程，以（一）渌河（二）洣河（三）耒河三者施工较难，渌洣耒，三河均湘江支流，系铁路必经之道。余侪登手摇车后，工人四名，驾车如飞，天寒风劲，冷不可言，甚觉苦楚，继念此路员工如此艰辛，余幸得来观，尚何畏怯，精神乃为之一振。车行约二十分钟，已抵渌河之滨，巍峨大桥，亦呈露于眼前。下车后渡河至南岸，由吴段长前导，经行若干木架，至第十孔桥墩参观，此孔为斯桥最后工程，有工人甚多，方浇士敏土于墩内，情景至为紧张。

余侪所立之地，已在河面之下，盖浇制桥墩，必先打坝，隔断水流，吾侪既立坝内，故在河面之下也。渌河河面，南北两岸，计阔三百米，水位最小时深仅三米，最高时竟涨至十八米。至渌河桥之长度，凡三百四十四米，高二十一米（自桥基至桥墩顶），桥台（即桥之两端）二座，桥墩十座，凡十一孔，钣梁者七孔，每孔十八米，桁梁者四孔，每孔五十五米。每年春末夏初，约在四五月间，为渌河涨水时间，此际雨量极多，兼之山洪暴发，往往溢至两岸，桥梁施工，特别困难。二十三年水患更巨，大小发水，凡二十余次，往往一夜之间，涨水七八尺，令人无从预测，故今日所施之工，翌晨已被冲洗净尽，江水滔滔，唯有向其太息而已。兼之打坝所用之桩，为经济所限，多用木板桩，钢板桩仅有少许，且系向首都长江轮渡工程所购来之旧货，在二十三年秋季，甫将钢板桩两面打好，忽遭大水，乃全被冲倒，于是全功尽弃，只得再度施工，此该桥施工之大概困难情形也。

吴段长云，此桥历尽艰辛，一言难尽，现在日夜开工，桥墩工程，再有四日，即可完毕，至于架桥敷轨，需时甚暂，大约至四月初，即可自株洲直接过桥通车前进矣。至涞河桥早已完工，耒河桥将于四月初告竣，故全线于五月底通车，实不成问题也。又渌河桥之墩台工程，系董子纪承造，架桥工程，系上海新中公司承造。余侪在桥畔参观甚久，天已入夜，复坐手摇车至第七总段办事室休息，一日奔波，至此告一段落。膳后在煤油灯下记此，已至午夜。明晨仍乘株韶局工程车向衡山进发。（三月四日深夜在渌口）

第四函　在南岳与凌局长谈话

五日晨九时，余侪仍乘手摇车自第七总段出发，至渌河大桥，渡河后，更步行里许，方达停车之处。车系株韶局自制之车，乃以钢板货车改装而成，座位均为横列，清洁简单，切于实用。车行后，异常平稳，与京沪路初无二致。沿途挂接石子车，需时较长，故行驶稍缓，凭窗外瞩，湘江烟水，一望迷茫，时有茂林修竹，瞥眼而逝，风景之美妙，如在钱塘江上。一时许，达衡山站，尚无月台，仍以扶梯下车，下车后即乘竹舆，向南岳进发，一路溪光山色，宛然云栖道中，行约二十分钟，至湘江江边，以竹舆置舟中渡江，仍乘之前进，再约半小时，始至湘省公路衡山站，自此以汽车循公路前进。湘省公路，四通八达，夙驰盛誉，即此短程，弥觉稳适矣。三时许，抵中国旅行社南岳招待所，预定于今夜在此休息。四时许，株韶段工程局局长凌鸿勋氏，因公赴长沙，过招待所小憩，因得晤谈。余以工程方面之事，为社会人士所不易知者，因举普通问题相询，兹略志如次：

（问）粤汉路现分湘鄂、株韶及广韶三段，为世人所共知，三段并计，共长若干公里？

（答）自广州黄沙站起，至武昌徐家棚站止，共长一千零九十六公里。

（问）将来如全线整个通车，自广州至武昌，应需几小时？

（答）粤汉路比平汉路尚短一百余公里，如全线通车，当需三十余小时。唯特别快车，须经过一年后，方可开行。

（问）株韶段对于客车之设备如何？

（答）已向英国订购新客车五套，约今年十一月可到。每套客车中均有头二三等卧车及饭车，车内一切设备，系最新式者，大致与津浦路蓝钢车相仿。至于普通客车，则湘鄂、广韶两段，各以其原来车辆，开行区间车。

（问）机车订购多少辆？

（答）向英国订购大机车二十四辆，均系最新之四八四式，每车拖力一千吨，至速度则在平地每小时可走六十公里，现在已运到十辆。

（问）与平汉路联运之计划如何？

（答）拟仿照津浦京沪联运办法，在汉口、武昌间计划长江轮渡。

（问）株韶段最艰巨之工事如何？

（答）在郴州与乐昌间，凡一百二十公里之长，其地为长江与珠江之分水岭，地形崎岖特甚，岗峦错杂，溪涧迂回，中间亘以高低不一之大小山脉，蜿蜒纵横，趋向无定，故勘定此段路线，最为困难，据英国人测量，至少须辟山洞六十六个，但经本局缜密研究，减至十四个山洞，如照英国人计划施工，恐至现在还不能完竣。

（问）工人均来自北方欤？

（答）否，土方工人，多就地征工，均为湘人，架桥工人，来自上海，其余铺轨及做桥墩等等，以北方人为最多。

（问）工人最多时有多少人？现在多少人？

（答）二十四年工作最紧张时间，有工人十八万人，现在有六万人左右。

（问）此路完成后，对于中国交通上，究竟有若干影响？

（答）最要紧者，广东至内地，向无陆路，只有水路，取道香港，一切受其垄断，甚至商家交易，均以港洋为本位。将来粤汉路通行，广东大商家，可与内地接触；而内地之出产，如四川、广西、贵州等省以及长江各地之土货，均可由此路出口。以湖南一省土产而论，关系尤为重要。湖南出产桐油，去年值二千万，占出口额第一位，将来由粤汉路运出，何等便利！

（问）华中华北一带及长江上游旅客，往昔赴粤，必取道上海，航海以行，此后当取道此路矣。唯上海一带之旅客，如不乘海轮赴粤，溯江西上，从粤汉路南下，不知经济及时间，比较乘海轮如何？

（答）车价绝对不贵，至于时间，则本路全线，需时不过三十余小时，似亦无若何影响。唯自沪至汉之轮船，如何缩短时间，是又另一问题矣。

（问）全路通车后，车票价格如何？

（答）三等车约定为十四元左右。

（问）株韶段全部完工，共用款项若干？

（答）现款计国币三千八百余万，料款一百六十四万镑。

（问）开工以后，雇用洋员计划否？

（答）工程无一个外国人，包工亦无一个外国人。

（问）将来全路以货运抑以客运为主，株韶段收支预计，能否相抵？

（答）自以货运为主。株韶段收支方面预计至民国三十年后，可望将债务清偿。本路建筑款项，系借自中英庚款董事会，有契约规定，将来营业收入，只许用百分之六十五，其余均用以还债。

（问）株韶段究竟何时可以接轨？现在工程是否告竣？

（答）截至二月底，（一）土石方完成百分之九十八。（二）隧道已完工。（三）御土墙及小桥涵渠已完工。（四）大桥完成百分之九十二。（五）铺轨工程，全段四百〇五公里，已铺三百四十一公里，现只余六十四公里。本年五月十五日接轨，当不致有误。（著者按：已提前于四月二十八日接轨）

（问）株韶段预定何时完工？现在缩短若干时？

（答）民国二十二年七月，铁道部与中英庚款董事会签订借款合同后，始大举动工，当时预定四年完成，应为明年六月间接轨。现在自开工时计算，至五月间接轨，计共三十五个月，较原定四年，提前一年一月，换言之，即四年计划，以三年完成之而已。

余与凌局长谈话半小时，深以此项巨大工程，外界不及详知为憾，凌谓本人实事求是，施工时期，朝夕忙迫，但求早日完成，其他均非所计，故实在情状，非到路勘视后，不易明了云云。凌局长谈毕，仍乘车前进，余是夕宿南岳招待所，明日上午游山，下午赴衡阳。

记者又按株韶段自本年一月一日起已开区间车，计分三段，（一）自株洲至衡山，（二）衡州至栖凤渡，（三）坪石至乐昌，唯各车系工程车，仅挂三等客车一辆，在车上售票。

至粤汉路全路，由武昌至长沙，乘湘鄂车，中段由长沙至坪石，乘公共汽车，坪石至乐昌，乘株韶车，乐昌至广州，乘广韶车，亦可由汉口直达广州，唯途中须历时三日夜耳。

第五函　南岳之游

自本月二日抵汉以后，迄于今日（六日）凡五日矣，每日均在阴霾之中，未尝一见阳光，友人告余，湘省时时下雨，一年之中，几有三分之二以上之时日阴雨，若阴晦而无日光，已可谓为晴天，君当引以为幸，毋弗知足也。六日晨余等乘竹轿游山，先至祝圣寺，建筑雄伟，古木苍翠，流连片刻，便尔退出。出寺后，轿夫以余体重，请增一轿夫，笑谓余曰："你福气很大呢。"余初不解其意，嗣经仲树声君告我原因，不禁莞尔!

自祝寿寺前进，沿途见水田甚多，有溪曲折流乱石间，渐闻水声，如走奔雷，半小时后，至水帘洞，为一瀑布，自高而下，闻其源在祝融峰，瀑形不肥，但轻明若帘。瀑旁大石上镌有"不舍昼夜""高山流水""何去何从"等字。游水帘洞后，更经行若干时，至南岳市，所谓南岳市者，系南岳庙前之街市，闻自唐宋以来，游山及烧香者均于此驻足，日久繁盛，遂以成市。市中各种店铺俱有，而旧式旅店尤多，七八月间，四方香客，至南岳进香，泰半住满。自此即入南岳庙，庙貌崇闳，不亚于杭州之灵隐寺，甬道极长，松柏成行，极为美观。最特别者，系大殿四周，均绕以长廊，其建筑方法，与北平故都之宫殿相同，长廊四周，围以石栏杆，栏杆石板，均有浮雕，所作树木花鸟，无不精巧。闻每年来此进香者，总数在二十万人以上，即江浙一带如上海、苏州、杭州等处亦有多人前往，可谓盛矣。余等自南岳庙后登山，山路皆新筑成之马路，极易行走，其情状与莫干山之新路相同，唯远望山顶积雪皑皑，寒风扑人，坐轿中，战栗不已。行未久，即至络丝潭，为另一瀑布，水声宏大，瀑凡数折，较水帘洞为美观也。自此前进，经玉版桥，地势益高，气候益寒，视上海隆冬天气为尤甚，是时且飘雪花，余等冷不可耐，叫苦不已，更前进若干里，方达半山亭，盖自山麓至山顶，此为一半也。

即至中国旅行社招待所，围炉进膳，寒气大消，此地有房间十余，为全山最胜处，夏季逭暑，不亚于匡庐，今年夏季，即可开放云。膳后以天寒路滑，雪又未止，不能再上，乃循山之阳另一新路下山，此段因向阳关系，树木较多，风景亦渐胜。途中经磨镜台，左近有湘省主席何键所建之别墅。更下，游福严寺及南台寺，依山建筑，环境均佳，南台寺中且有日本僧人所送藏经五千余卷，庋藏小楼书橱中，有石碑记述其事。此外又有贝叶佛像三十二张，绘工精致，名作也。余等至是乃下山，仍至山麓之旅行社招待所小憩。

综观南岳之胜，在于博大雄奇，寺观古迹，散置各处，非一览无余者可比。山高凡三千余尺，尤宜于消夏，兼之湘省府设局管理一切，前途颇有希望。凡自汉口来游者，可由长沙乘汽车至山，自广东来者，可由衡阳换车至山云。余等在旅行社小憩后，即由株韶局杨主任裕芬伴同乘汽车至衡阳，凡行二小时而达，至衡阳城外，渡江至江东岸，即宿于杨君寓所。

第六函　衡阳

粤汉铁路凡一千零九十六公里，自粤至汉，以衡阳为中心点，故株韶段工程局即设于是。其地为湘南大郡，人口稠密，市肆殷阗，名胜古迹，所在多是，粤汉路全线通车后，衡阳地位之重要，自不待言矣。

余等自南岳山麓循公路乘汽车至衡阳郊外汽车站，原可于此下车，嗣以车可进城，乃开驶入城，城垣极尽低矮之能事，举手可攀，汽车开入，门拱几达车顶。城内市面极好，亦能厉行新生活，路中置有行人靠左之路牌。马路准备放宽，两旁拆去房屋，唯路面尚未做，闻衡阳县府拟以粪捐作为筑路之费，一年可获数万金云。衡阳商业，可拟诸无锡，大商店多在湘江西岸旧城，若上海银行、中国银行、商务印书馆等均设有分店。

株韶段工程局设在江东岸，余等渡湘江，不五分钟，便达其地。上岸后，见一切建设，宛如新辟之市区，有坦荡之马路，有林立之路灯，三岔路口，置有新式岗警亭，或圆或方，备极美观，亭下且映放红灯，以便行车自江边乘人力车前进，行约十分钟，见一巍峨壮丽之大厦，即为新建之衡阳车站，此种建筑，在湘南尚属仅见，按照铁道部计划，原拟于衡阳建造工程局局所，嗣该局以工期短促，为撙节经费计，似无兴建之必要，缘呈准铁道部，将车站提前建筑，在未通车以前，将局迁入，以利办公。衡阳车站为二等站，建筑外表，采用单洁庄严之近代立体式，共分三层，计地下层、地平层、楼上层，计屋数十间，均切于实用。现衡州客车已通至郴州，每日乘客至站出入者甚众。

除车站建筑以外，该局又在站南广地，辟为员司住宅区，占地五十余亩，建屋十六座，分为甲种三幢，乙种四幢，丙种八幢，又公寓一幢，屋前均有广场，杂莳花木，电灯自来水，亦应有尽有。住宅区曰励志里，俨如上海之新式弄堂，唯此项住宅，一律为平房耳。丁文江氏前在衡阳中煤毒，即在励志里之招待所中，衡阳酷寒，令人难受，春初尚且如此，况在隆冬耶？唯丁氏煤毒已获救，不图复发旧疾，竟致殒命，伤哉！

衡阳名胜古迹极多，有回雁峰，为衡岳七十二峰之首，闻雁飞至此折回，故名。又东洲竹林，幽篁夹道，为王船山先生讲学之所，附近设有船山学校，以留纪念。此外吴三桂往云南时，曾先于此称帝，故衡阳尚有东华门之名称，且不无遗迹可寻，除以上所言者外，尚有石鼓山（即石鼓书院）、岳屏山、花药寺、西湖、思杜亭、嘉树园（即株韶段苗圃），余等以时促，均未及往观也。

衡阳不但为粤汉路之中心点，且有公路，可通广西，现湘省境内之公路，已筑至边界，唯广西公路，尚未展筑至此，因沿途高山极多，施工不易也。

株韶局员工初来衡阳时，因人数极众，食用所需，率取之市肆，故地方上亦多得一笔收入，唯日久未免高抬物价耳。其实以该路员工如是其众，在初来衡阳时，似可即办一消费合作社，庶供求可以相给，而生活亦可较为舒适也。

最近铁道部为督促粤汉路早日完成起见，特派督工专员三人至路督促，此三人为周技正良钦、夏技正全绥、新路建委会聂科长肇灵。周技正年事已老，在粤汉路初期，曾任测量，并于民国二十一年间，任韶州乐昌间总段工程司，深知该路历史，夏技正亦曾验收韶乐段工程，聂科长前任浙赣路主任工程司。此三人在工程界素负声誉，到路后迭赴各工程段视察，于路工进展，亦不无策划云。

铁道部张部长公权，即至粤汉路视察，连日各方均筹备招待，南段局长李仙根，广九路局长李禄超，均将至衡阳迎候，关于整理南段及湘鄂段，闻均将于此次视察后作一通盘之计划也。

第七函　自衡阳至郴州坪石

八日晨，余等乘株韶局工程汽车离衡阳，向耒阳郴州进发，而以坪石为终点，铁道部督工专员周夏聂三君同行，彼等盖均赴郴州督工者也。自衡阳至郴州，原已通车，唯以路轨初成，车行稍缓，须至薄暮，始可行抵郴州，余等以预定行程，必须于今日驰抵坪石，故以工程汽车仍循湘省公路前进。自衡阳出发后，地渐向南，气候较暖，兼之今日天公已放晴光，车中乃大为舒适。途中时见铁路线横过公路路线，盖公路可随地势曲折，而铁路则注重截弯取直，不能过于弯曲也。车过耒阳，未及停车，仍继续前进，约中午抵郴州。

郴州为湘南大邑，以接近粤省，峰峦重叠。余等在公路车站下车后，即先至株韶局第四工程总段，晤总工程司刘宝善君，铁道部三专员，即暂驻于此。在段午膳后，即由此段工程员谭议君导余等出游。郴州古迹，颇多价值，有三绝碑，系秦少游作词，米南宫所书，苏子由所跋，故称三绝，碑文漫漶，非细加审览，对证古书，实难辨识。据谭君言，渠与郴州中学校长某君善，得知原文，亟钞录如下：

雾失楼台，月迷津渡，桃源望断知何处？可堪孤馆闭春寒，杜鹃声里残阳树。

驿寄梅花，鱼传尺素，砌成此恨无重数。郴水本自绕郴山，为谁流下潇湘去？

此外有苏仙亭，据云苏耽之母感仙孕而生耽，耽既长，跨鹤仙去，至今亭上有神仙石，石上犹有鹤之爪印。又有橘井观，谓苏耽之母将死，遗言郴州明年必大疫，如以橘叶取井中之水饮之必可解，后其言果验，今井址尚存，医家所常用之"橘井"二字，实发源于此云。除上述者外，更有义帝墓，为汉高祖与项羽故事。又鱼亭为韩愈南谪过郴时故事。凡上所言，类多神话，然郴州有久远之历史，自不待言矣。郴县县府，颇与铁路合作，且请工段为地方计划马路，一系沿山而筑者，一系贯通城区者，其贯通城区之马路，且与郴资公路相衔接，今一切正在力疾进行之中。

郴州又有一温泉，距车站约六华里，余等以犹有余暇，更请谭君为导，作温泉之游。此泉闻系谭延闿氏所提倡，在长沙时尝至此沐浴。余等仍以汽车行二十分钟，下车后更步行二十分钟即至，泉在一小山之麓，终年汩汩不绝，水微温，含矿质甚富，唯设备甚属简陋，浴池作方形，且为露天，上盖瓦屋，四周缭以短垣。余等至时，有乡民十余人，状甚不雅，嗣经路警劝令退出，始得至池旁详为观览。泉流恐仅一支，唯水势甚旺，余试以手探之，水温似与南京之汤山温泉相仿。路局现正计划自车站辟一马路至此，四周嘉树葱茏，环境尚称不恶，果再加以经营，设置精美浴盆，则郴州一地，借此温泉与上述之名胜，必可吸引不少游客也。

　　游温泉后，仍乘原车前进，此时车已驶行山上，坡度极陡，因湘粤边境，山岭极多，公路盖随山势为转移也。午后四时，过宜章，见路旁有大道，亟停车往观，大道甚为宽阔，均铺极整齐之石板，两旁古松成行，枝叶苍翠，一望无际，以意度之，非一二百年，决不能植此古松。最可异者，此种植树铺路之方法，与现代都市设计，绝无二致，可见中国古代建筑之文明，实足令人矜式。闻车夫言，此大道名郴州大道，可自郴州直通宜章，唯大道之历史，尚有待于查考，旅中无可写告也。自此一路以下，风光愈好，途中挑盐担北去者络绎不绝，先后何止数百人，均系自粤省贩盐入湘者，车更前行，过小塘站后，即为粤省之境界矣。粤省公路奇陡，路随山转，盘旋往复，成一大环，车几在山顶上行驶，俯视左右，则小山都在足下，若非车夫调度得宜，必多危险。入粤境后，行驶未久，即至坪石，株韶局第三工程总段所在地也。办公房屋，建在小山之上，远望青峰片片，风景极尽天然之美，是晚即宿于工段。

第八函　纪五大拱桥与坪乐间山水

在坪石第三总工段寄宿一宵，九日晨，仍乘工程汽车，至第一分段，晤副工程司张金品，由张君以手摇车伴余等视察五大拱桥。余等本已循湘粤公路由北而南，兹为参观桥工计，复遵铁路线，由南而北也。出发地点为金鸡岭，岭为坚石所成，上有石状如金鸡，因以得名。手摇车上路后，因坡度极高，且推且摇，始得前进，沿途所见，均崇山峻岭，岗陵起伏，两山之间，中有流水，山随水转，水绕山流，铁路线即在重山复水中前进。此水为白沙河，系武水支流，水浅流急，澄然一碧，风景幽丽。此段地质为红砂石，石层或软或硬，经开凿后，变裂形状，如螺如盘，顿呈奇观。行约半小时，至第一大拱桥，名新岩下桥，共分六孔，中四孔各一百英尺，两端之孔各五十英尺，桥尚未竣工，以无数木条纵横织成桥孔，作穹隆形，远望之宛似六个图案，异常美观。此桥现已完成十分之九，再需时一月，即可毕事。过桥后已有轨道，即改乘查道车前进视察其他四拱桥，此四桥之名，为碓硇冲桥、省界桥、风吹口桥、燕塘桥，大致与前述情状相同，唯无第一桥之伟大耳。所谓省界桥者，系湘粤两省交界处之桥梁，两省以山为界，中隔河流，形势天成，故以省界名之。

在视察五大拱桥之途程间，复行经若干隧道，以碓硇冲一隧道为最长。吾人乘京沪铁路，每过镇江站，车行京畿岭山洞，尝认为一巨大工程，及至粤汉路游观，乃不以隧道为奇，可知尝见者反不以为贵；然而逢山开洞，遇水架桥，始益信粤汉路工程之艰巨矣。又余侪所乘之查道车，系一小型电车，烧柴油引擎，可坐十六人，车中左顾右盼，极欣赏山水之乐事，吾知全线通车，欲缓缓经行，流连光景，恐不可复得，今日之游，当认为可乐也。

中午返坪石，午后三时，自坪石站乘火车向乐昌前进，此段风景之美，殆为株韶全线之冠。路线系沿武水而前，武水为粤之北江上游，水浅滩多，流势湍急，以坪石乐昌间为最。余等登车后，见两岸青山，中流碧水，胸襟已为之一畅，乃车益前，境益幽，山环水复，移步换形，大有峰峦不尽，碧水长流之意，美妙乃不可言状。此中有九泷十八滩，舟行艰苦，舟子三四辈，时时涉水登岸，伛偻挽纤，以助舟行。滩之最多处，水翻作白沫，俨然雪浪。更前进若干时，过韩文公庙，盖唐韩退之先生谪宦潮阳时，尝泊舟于此，亲题"鸢飞鱼跃"四字匾额，凡舟行过此者，必停舟拜谒，以志景仰，庙门有联曰："史笔千秋传佛骨，寒流万古咽韩泷。"颇令人低回不已！或又言庙中所祀之神，乃为伏波将军马援，不知确否？总之此段行车，青山碧水，可二小时，如在画中，堪与富春江媲美。窃愿全线通车以后，于此处辟清幽客舍，供旅人作竟日盘桓也。薄暮抵乐昌。

第九函　自乐昌至广州

到乐昌后，车站上有一事可纪者，即所有脚夫，女子占三分之二，男子反寥寥无几。女脚夫泰半赤足，壮健逾恒，挑数十公斤之行李，若无所事者。此等情状，匪特江浙所绝无，即在北方，亦从未见过，男女平等，应从工作平衡入手，女脚夫真可贵矣。

粤汉路株韶段工程，原自广东之韶州起，至湖南之株洲止，唯韶州至乐昌间工程（即第一总段），早已竣事，即移交广韶路局接管，故余等现在至乐昌，可谓为株韶段工程局之终点，亦即广韶段路局之起点也。余侪在湘省境内自长沙至小塘（湘粤边界），一路与各种人物接谈，言语绝无隔阂，嗣入粤境之坪石，已微感扞格，直至乐昌，乃完全广东化，言语既苦未相通，遂不得不大做手势，作哑旅行矣。所幸株韶局稽查何景崇君伴余等至广州，充作舌人，方无困苦。

乐昌为北江大邑，马路多系水门汀，独无人力车，往来唯恃徒步。从车站至市廛，约十分钟即达，第一触于目者为烟馆之多，若白云烟馆，若云霞戒烟室，几于望衡对宇，所在皆是。此外银牌番摊，亦到处可见。菜馆之中，且盛行女招待，门首张巨板，大书"新到省港女职工"以为号召，所谓省港者，系指广州香港而言，一若江浙内地，认苏沪女子为最时髦者也。此间娼妓，亦复盛行，妓多寓花舫上，与江山船弥复相似，水上笙管嗷嘈，凡喜征逐者，多于此驻足焉。入暮，余等由何君导往粤汉酒店，系乐昌最大之旅馆，而污秽特甚，二楼为菜室，往来杂沓，旅馆部分，在三楼四楼，因无电火，煤气灯强烈刺眼，邻室终宵雀战，嬉笑怒骂并作，虽不解何语，以意度之，殆输赢结账之局面耳。

自此赴粤，须换毫洋票，乐昌钱肆，对中国银行之法币，最乐于承受，而兑价亦较高，其他各银行之法币，虽亦承兑，但价格每元相差一毫之巨，行旅者幸注意及之。

乐昌驻兵甚多，而纪律极佳，兵士间有冶游者，长官伺于门外，俟其出而就地笞其臀，围观者众，兵士赧颜，遂不敢再往，惩一儆百，乃绝妙绝趣之方法也。

十日晨，黎明起程，即趋车站，车站附近，号角大鸣，兵士方在操演，粤省治军之勤，于此可见。七时，广韶段火车开行，至午后四时抵广州。

至广州后，余等以一日之光阴，参观各处名胜，最令余感喟者，为新建之十九路军抗日纪念碑，徘徊瞻眺，未忍即去。第二日，乘广九车至香港，复由港往澳门及石岐小游，过翠亨村，谒总理故居。十四日自港乘杰佛逊总统轮，于十六日归沪。综余自上月二十八日离沪至归来时止，共十八日，历时虽暂，而所得之见闻，乃至有兴会，旅行为活动之学校，非虚语也。

第十函　归后杂感

粤汉路全线接轨，既已计日可待，此国人所一致认为欣喜者，顾以余观察所得，全线接轨，虽可庆幸，而全路通车，似犹有困难，此不得不愿当局加以深切之注意也。第一，粤汉路现分三段，湘鄂段枕木朽坏，车行动荡如摇篮，余已前言之，南段路较好而车辆极旧，且欠清洁，唯株韶段以新建之路，一切都称良好，譬之人体，头脚皆病，而腹部独健全，则此腹部者，虽健全亦复奚益？故今后最切要之工作，应谋医头医脚，务使与腹部同一健康，全身得以平均发展。闻铁道部有整委会之设，即所以谋粤汉全线之健全者，不悉于经费方面，果有具体办法否？第二，株韶段向英国订购四八四式巨型机车，每小时可行六十公里，已运到者为数无几，约本年十一月间，方可到齐。此项巨型机车，似非湘鄂段及南段铁轨所能胜任，在头脚未臻健全以前，如以此车通行全线，必致头破血流，断足伤胫，殊属非计。

余意在湘鄂段及南段未曾整理完毕以前，行车仍宜分为三段，即（一）自武昌徐家棚至长沙，（二）自长沙至乐昌，（三）自乐昌至广州，如是方无畸重畸轻之弊，倘行车时刻，厘定至当，在旅客方面，自无若何不便也。第三，湘鄂段及南段之路政不修，其唯一原因，厥为收入枯竭，无钱培养，但既不能开源，唯有节流之一法，铁道部当局，于此次整理两段路务时，尤宜研究两段营业之改善，如何而后可以开源？或如何而后可以节流？应得一根本解决之方案，否则纵令筹拨巨款，大加整理，亦只能痛快于一时，殊未能期其久远也。

以上所述，系于全线整理方面，略贡鄙见。其他尚有关于阐扬名胜，推行货运诸端，亦不揣简陋，陈述一二如次：一曰阐扬名胜也，查粤汉全线，经行鄂湘粤三省，长凡一千零九十六公里，沿线城市，若广州、韶州、衡阳、长沙、岳州、武昌等都蔚然大郡，名胜古迹，世所稔知，毋待赘述。其较小城邑，江村烟树，碧水青山，亦极尽旷远雄奇之致，惜盛名未彰无由显露耳。举余所知者，在粤省方面，有乐闻之福禄寿山。银盏坳之太和洞。琶江口之飞来寺，藏霞洞飞霞洞。连江口之盲子峡、扬鹰峡、石将军庙、曹主娘娘庙等。英德之冷藏岩、猪婆岩、李藩碑、南山寺等。韶州之翠华亭、舜风寺、芙蓉山、南华寺、九成台等。乐昌之韩文公庙、西石岩、梅山瀑布、九泷十八滩等。坪石之金鸡岭。在湘省方面，有宜章之蒙岩、艮岩等。郴州之苏仙岭、义帝墓、叉鱼亭、温泉浴池等。耒阳之凤雏亭、蔡子池、杜甫墓、马阜岭等。汨罗之三闾大夫墓等等。凡上所举，俱于历史上有相当价值，足资游赏。余意凡铁路经行之名胜古迹，似宜与地方人士共谋阐扬之道，修缮整理，务求得当。至道途较远者，亦可开辟马路，力求便捷，盖吸引游客，即所以造福地方，亦即所以增加铁路收入也。二曰推行货运也。查粤汉路沿线物产，如粤之工业织造品、盐及海味、水果、煤、烟、茶、木等等，湘之湘绣、黄豆、苎麻猪米、雨伞、桐油，等等，鄂之茶砖、木炭、米等等，实指不胜屈，而尤以湘省之产品为最丰富。

关于铁路货运，铁道部自实行负责运输以来，力求商业化，一洗从前积弊，各路营业，已为之一振。唯余之所谓推行货运者，系如何帮助商人发展其营业而促进货运耳。盖湘粤物产，既如是其丰饶，旧式商人，对于货物之供求，包装之方法，容或未能多所讲求，为铁路者，应示以各地金融之状况，生活程度之高下，以及社会上之购买力及一般的嗜好，同时于包装方面，亦应以最简单、最坚固、最经济、最便捷之方法，为之策划，于是铁路与商人，打成一片，唇齿相依，商人之业务，既臻发展，铁路货运之推行，亦收事半功倍之效矣。

此外，经行各处，目击一切之事，无论属于社会一般的，或粤汉路方面的，均十分振作，无因循苟且之现象，此实可欣喜者也。唯归途曾游澳门，则所见者，均为万恶之事，烟与赌触目皆是，主政者既借此征税，自亦无若何批评之价值。唯自澳门至中山，岐关公路，坦荡如矢，清溪古树，风物清嘉，殊令旅人欣赏不置耳！

附录

民国纪年与公元纪年对照表

民国纪年	公元纪年	民国纪年	公元纪年
民国元年	公元 1912 年	民国二十年	公元 1931 年
民国二年	公元 1913 年	民国二十一年	公元 1932 年
民国三年	公元 1914 年	民国二十二年	公元 1933 年
民国四年	公元 1915 年	民国二十三年	公元 1934 年
民国五年	公元 1916 年	民国二十四年	公元 1935 年
民国六年	公元 1917 年	民国二十五年	公元 1936 年
民国七年	公元 1918 年	民国二十六年	公元 1937 年
民国八年	公元 1919 年	民国二十七年	公元 1938 年
民国九年	公元 1920 年	民国二十八年	公元 1939 年
民国十年	公元 1921 年	民国二十九年	公元 1940 年
民国十一年	公元 1922 年	民国三十年	公元 1941 年
民国十二年	公元 1923 年	民国三十一年	公元 1942 年
民国十三年	公元 1924 年	民国三十二年	公元 1943 年
民国十四年	公元 1925 年	民国三十三年	公元 1944 年
民国十五年	公元 1926 年	民国三十四年	公元 1945 年
民国十六年	公元 1927 年	民国三十五年	公元 1946 年
民国十七年	公元 1928 年	民国三十六年	公元 1947 年
民国十八年	公元 1929 年	民国三十七年	公元 1948 年
民国十九年	公元 1930 年	民国三十八年	公元 1949 年